POR ESCRITO

A marca FSC® é a garantia de que a madeira utilizada na fabricação do papel deste livro provém de florestas que foram gerenciadas de maneira ambientalmente correta, socialmente justa e economicamente viável, além de outras fontes de origem controlada.

ELVIRA VIGNA

Por escrito

COMPANHIA DAS LETRAS

Copyright © 2014 by Elvira Vigna

Grafia atualizada segundo o Acordo Ortográfico da Língua Portuguesa de 1990, que entrou em vigor no Brasil em 2009.

Capa e desenho
Elisa von Randow

Preparação
Márcia Copola

Revisão
Carmen T. S. Costa
Jane Pessoa

Os personagens e as situações desta obra são reais apenas no universo da ficção; não se referem a pessoas e fatos concretos, e não emitem opinião sobre eles.

Dados Internacionais de Catalogação na Publicação (CIP)
(Câmara Brasileira do Livro, SP, Brasil)

Vigna, Elvira
  Por escrito / Elvira Vigna. — 1ª ed. — Companhia das Letras,
2014.

  ISBN 978-85-359-2474-9

  1. Romance brasileiro I. Título.

14 - 06369   CDD - 869.93

Índice para catálogo sistemático:
1. Romances: Literatura brasileira   869.93

[2014]
Todos os direitos desta edição reservados à
EDITORA SCHWARCZ S.A.
Rua Bandeira Paulista, 702, cj. 32
04532-002 — São Paulo — SP
Telefone: (11) 3707-3500
Fax: (11) 3707-3501
www.companhiadasletras.com.br
www.blogdacompanhia.com.br

POR ESCRITO

I
O FIM DAS VIAGENS

1.

É primeiro de janeiro e lembro disso por causa do passeinho que fizemos de manhã. Dormi na tua casa. Nesse dia ainda chamo tua casa de tua casa embora saiba que vá virar nossa casa logo depois. Essa, a que vai, não hoje, eu aqui escrevendo, mas a qualquer momento, virar tua casa outra vez. Dormi na tua casa de véspera porque é isso que faço em caso de viagens, embora não assuma.

"Dorme aqui, te levo."

"Não precisa."

"Ah, precisa."

"Bem, o.k."

"O.k."

O diálogo mais uma vez repetido e mais uma vez as risadinhas, a minha e a tua, no entendimento de que não se trata só de carona para o aeroporto, mas de trepada, um queijo, tomates, vinho, o braço em cima de mim pelo menos nos primeiros minutos depois de a luz apagada, eu gostando do teu braço em cima de mim, o olho aberto adivinhando o teto por alguns minutos, talvez muitos, até que me viro, agora o olho aberto adivinhando a parede ao lado, umas apagadas rápidas num sono que nem parece sono. E a claridade da futura manhã. Você não fecha a persiana, então não me preocupo, chegam rápido, as manhãs na tua casa. São insônias confiantes, essas.

O avião sai às cinco e cinquenta da tarde, check-in às três e cinquenta, são sete e pouco da manhã e a cama, arrumada, tem, nesse dia, a maleta de mão já fechada em cima e, por cima da maleta, o casacão antiquado, pouco prático (branco), mas é o único, então é ele. Depois, no aeroporto, vou tomar nota do passeinho da manhã e é fácil dizer que não sei por que tomo nota, mas sei.

É a ideia de fim. Porque quando acabam, as coisas, tenho essa vontade de que não acabem, mesmo quando, como é o caso aqui, nesse dia e hoje, eu aqui sentada, as coisas não propriamente acabem, mas são acabadas, e por mim, que fico então com uma vontade de que não acabem.

E, nesse dia, em que ainda nem começamos o que chamamos de casamento, e que chamamos de casamento meio que para diferenciar o nosso juntos-separados de tanto tempo, e que chamamos de casamento sempre rindo que é para deixar claro, para quem escuta e para quem fala, que se trata de coisa ridícula, casamento, e a boca entorta para baixo, as risadas. Mas, nesse dia, em que ainda nem começamos o que depois iríamos chamar de casamento, então não é o casamento que acaba. Não ainda. São as viagens. Seria a última, me digo nem me dizendo, me testando para ver como soa, nem me testando. Não disse em voz alta:

"Olha, é a última viagem afinal."

Olha, quando eu voltar, venho de vez pra tua casa, largo as viagens e ficamos os dois, o dia todo, um de costas pro outro, cada um numa tela do facebook. Ô vida boa, né, benhê.

Não disse. Não disse nem para mim mesma. Mas fotografo tudo, anoto tudo, os detalhes. Para que não sumam. Para que não acabem.

Primeiro cenário: eu anuncio mal entro no escritório: adeus. Ou, mais provável, eles me despedem, aproveitando minha recente diatribe no telefone com o aspargo que é o meu chefe. Ou ambos:

"Foi minha última viagem, adeus."

E a resposta incluindo um até que enfim, que alívio, achei que ia ter de te despedir, no "que pena" educado.

A maleta está em cima da tua cama. Não gosto dela. Antes havia a mochila amarela. Você é quem enche meu saco dizendo que mochila não seria apropriado, e me dá a maleta. Nunca despacho bagagem, carrego eu, sempre, minhas próprias pedras.

Olho para essa maleta ausente como se ainda estivesse lá, ela, e eu, na frente dela. O casacão por cima, e umas botas, espantosas, no chão. Vou de botas e essa é minha única decisão firme do dia. Não sei o que farei a teu respeito, bem pouco sobre o apartamentinho da Domingos de Morais que comprei e do qual não gosto, e, quanto ao trabalho, os berros no telefone talvez indiquem um caminho por mim, tomem a decisão que não tomo. É minha esperança.

Vou de botas. É botas ou tênis. Não cabem dois pares de sapato na maleta de mão. Tem o evento, que é chique. E mais um motivo, é inverno em Paris. As neves do Kilimanjaro. Não tem mais neve no Kilimanjaro, nem em Paris.

Começo a calçar as botas.

"Você vai de botas?"

Você se refere ao passeinho. São sete e pouco da manhã. Se vou de botas no passeinho.

"Vou."

Posso enumerar a lista de motivos, terminando com as neves do Kilimanjaro, mas não espero que você entenda. Não espero que você entenda nada nunca. Então, digo só que vou de botas no nosso passeinho com o cachorro, ali na Paulista, num primeiro de janeiro, sete e pouco da manhã. E com chuva. Uma chuvinha fina, suja.

"É mais prático. Assim já fico pronta."

Você só me olha. Sabe que não entende nada. Nem tenta. Descemos. O cachorro está contentíssimo. O cachorro costuma ficar contentíssimo com frequência. Por exemplo, quando me vê: gane, se mija todo, abana o rabo. Você podia aprender.

Tomo nota, depois, sentada no aeroporto, desse passeinho, como quem toma nota de datas e nomes em documento importante, papel a ser encontrado em urna de metal lacrada dentro de cratera da lua.

Não precisava. Eu lembro.

A rua está suja. Primeiro de janeiro, o réveillon acaba de acabar e chove. Então a sujeira vira lama. Tem arquibancada sendo desmontada, tem garis de roupa laranja dançando danças de palhaços em suas fantasias laranja e fazem isso há muito tempo. Estão lá, dançando essa dança, há muito tempo, vindos de um réveillon muito antigo, de antes mesmo de a Paulista ser a Paulista, e o réveillon o réveillon. Um caminhão de lixo puxa meu corso de fordes-bigodes, e melindrosas riem e todas elas sou eu, a mão na boca, hi, hi, hi. Fico rindo lá, um hi, hi, hi mudo e imutável, em branco e preto, por muitos séculos, parada nos meus passos duros que se repetem, toc, toc, dentro das botas. Decido jogar um talco para o ar. Quem sabe ao cair, apaga todo o resto, você.

Você fala.

"Que coisa, hein, o Pedro casando!"

Ah, sim, porque tem mais um motivo para eu não ir de tênis. Tem o evento no qual trabalharei e no qual, portanto, devo estar com roupa na faixa do aceitável porque estou representando a empresa etc.; tem a maleta onde não cabem dois pares de sapato: devo escolher um e usar esse um durante toda a estada, que é em Paris, portanto, inverno, portanto, sapato fechado, neca de sandalinha, pequena, leve, sapato fechado e eu radicalizo: botas. E tem o casamento do Pedro, e Pedro, desconfio, tornou-se parisiense e deve olhar tênis com horror.

Você espera mais do que uma resposta, você quer uma conversa. Mas:

"Pois é."

É só o que sai. E balanço a cabeça, quem sabe o chacoalho rearruma as coisas lá dentro e cai algo de interessante no slot, a boca.

Não cai.

E você então continua.

"Bem, é bom pra ele."

"É, acho que sim, não sei."

Deveria ter parado no acho que sim. O não sei é excessivo. Você está muito sensível em relação a hesitações explícitas de minha parte quando se trata de casamento. Você quer que a gente more junto, já, nesse dia. Você quer que a gente more junto há muito tempo, já, nesse dia. Casamento é bom para homens. Divisão de despesa, uma cretina que se preocupa com as chatices da casa e que emite a cola emocional/afetiva necessária. E nenhuma obrigação de retorno com nenhuma dessas três coisas.

Subimos a Haddock, chegamos na Paulista e eu já sei. As botas serão um problema. Já doem. Quanto mais com quinze dias disso. Sei também, naqueles primeiros passos, que nosso passeinho usual, ir de uma ponta à outra da Paulista, e voltar, também será um problema. Tudo fechado. Ninguém na rua. Tirando os garis cantando modinhas e dançando com suas vassouras para as famílias burguesas que, da janela das mansões, atiram confetes coloridos sobre eles.

13

Há vários no chão. Confetes, não garis.

Não são confetes.

São pedaços rasgados de papéis variados. Sacos de Doritos, os enfeites da prefeitura que estavam nos postes até há pouco, panfletos de saunas gays. Mas são coloridos, então servem.

Corajosamente, avançamos metros e séculos, céleres em direção à inevitável contemporaneidade: o McDonald's, única porta aberta de todo o percurso. O café deles se torna ótimo, e melhor ainda porque, no patiozinho, deixam entrar cachorro.

Ficamos os três lá.

E depois voltamos, desviando de uma sessão de platitudes com um siiinging in the rain tornado possível a partir de um guarda-chuva estripado na sarjeta. Seria outra espécie de não passagem de séculos e de metros, pois em inglês, essa presença imutável, e em volta do poste, ou seja, num espaço circular. Qual não é.

Depois, já na sala, chegamos no ponteiro das nove e quinze.

Você está de pé, lendo o jornal aberto em cima da mesa.

Digo:

"Vamos?"

Ponho o ponto de interrogação para adocicar.

Você diz:

"Já?!"

Também com um ponto de interrogação. Mas com um ponto de exclamação.

Eu até acreditaria, você surpreso com minha proposta de já irmos, não fosse a cena: você de pé, lendo o jornal de pé, pronto para ir, a qualquer momento.

E vamos.

No elevador, tentamos adocicar mais um pouco com sorrisos, balbucios sobre o trânsito, sempre tão ruim o trânsito, e omitimos se tratar de um primeiro de janeiro, ninguém nas ruas.

E chegamos.

A escolha é entre comida ruim e cara à la carte e comida ruim e cara de lanchonete. Escolhemos a lanchonete, nos parece mais rápida, para mim e para você, embora isso seja o que se chama de entendimento tácito. Não dito.

Combo número cinco para mim, o três para você. A diferença é uma batata frita, que você não come.

Às onze e quarenta passo o portão sem volta da polícia federal. Nada apita e me viro. Você está num canto, espremido no canto onde poderá me ver por mais tempo. Mas acabo que sumo, ou é você. Antes dou um adeusinho e um suspiro, você só vê o adeusinho. E vou contente, rápida, para o universo maravilhoso das cadeiras pré-moldadas da sala de embarque, onde tudo passa, nada fica.

Sento.

São onze e quarenta e cinco. Até as cinco e cinquenta não é nada, não dá para nada, uma miséria, mas não me queixo. Aceito a dádiva e estico as pernas.

Tenho as botas à minha frente. Pus uma segunda meia para que doam menos. Não irá adiantar. Não deviam estar lá, não pertencem aos meus pés. No papelzinho em que tomo nota do que se passa nessa manhã está escrito que não há pinheirinhos na Paulista em primeiros de janeiro. Também não há pinheirinhos nos outros dias do ano. Então, o que tomo nota no papelzinho é na verdade uma ausência de uma ausência. A condição de sem-pinheiro não seria notada, não é para ser notada, já que essa ausência de pinheiros é a presença estabelecida, esperada, no cenário em questão. Mas sei por que tomo nota das ausências, eu sei. É isso, isso aqui que escrevo. É uma questão do que está na nossa frente e nem notamos, o que está ausente mas presente. Qual dos ontens será o amanhã.

Em Paris, haverá pinheirinhos. De metro em metro, ao longo do Sena, em cada porta de cada edifício. E pelas janelas fechadas (o frio) dos apartamentos térreos, verei a iluminação amarelada (quente) dos ambientes, a família à mesa (papá, maman), o caldeirão fumegante pendurado sobre a lareira, as crianças francesinhas (les petits) cantando em coro um frère jacques sob o olhar benevolente dos pais que trepam, discretos, um sentado no colo do outro, à mesa, o sorriso fixo, o gemido discreto no tom exato da música. E, num canto, o pinheirinho que pisca. É o que verei.

O que deixo para trás, para lá da polícia federal, é a proposta feita por você, e há quanto tempo: eu e você, sentados um no colo do outro, trepando discretos enquanto à nossa frente, sobre a mesa, as pastas de capa colorida de nossa empresa. Gestão cultural. Eu no papel de Zizi. Porque esse é o mesmo plano que você e tua mulher fazem em um tempo outro, que faz tempo mas que não passa. E, entre um ui e um ai, sai um assina aqui benzinho. Isso você, que é o marqueteiro. Um homem prático, portanto.

É o que deixo para trás. Ainda dá, nesse dia.

É difícil dizer, eu lá sentada horas a fio. Ou fácil, porque tenho uma lista e posso citar qualquer coisa da lista. Zizi, Molly, a viagem talvez última, o apê da Domingos de Morais ou tudo junto. Mas não é nenhum desses itens. Faço isso desde sempre. Sento em qualquer lugar que não seja um lugar específico. E fico.

Nessa época, são aeroportos, halls de hotéis, quartos de hotéis e sarjetas de cidades desconhecidas. Para a superhelga — a alemoa de dois metros de diâmetro que matou e assumiu o emprego de meu superego anterior — estou lá, esborrachada, sem fazer nada, pensando na minha difícil vida. É justificável, dirão todos e eu mesma. Mas, na verdade, não penso. Só fico. Tem uma imagem que me redime. A dos carros em alta velocidade mas que emparelham. Então, por um momento, quem está dentro de um e de outro terá a impressão de estar parado. Mas não estão. Estão a mil por hora. É isso que me digo. Eu lá, parada, a bunda já nem mais doendo de tão parada, e me digo: "Não estou parada. Estou a mil por hora. É que não dá para perceber."

Antes de sair para o aeroporto e deixar teu quarto, faço o que sempre faço quando saio de um lugar para onde acho que posso não mais voltar: olho em volta. Olho demoradamente em volta. Sempre me digo que é para guardar na memória detalhes que depois vou gostar de lembrar. Mas é o contrário. Olho procurando por detalhes que eu gostaria de lembrar, e serve o que não tem. Qualquer coisa. Pinheirinhos, lantejoulas do século passado, uma neve que seja. E olho outra vez. E ficaria olhando horas a fio não fosse o sentido de ridículo. E o medo de chegar alguém e dizer:

"Nada, não é?"

E eu ter de concordar.

Fiz isso essa viagem inteira. Fiquei olhando. Sei dos detalhes. Todos eles. Mas o principal eu quase perco.

2.

A vontade é parar. Levantar, sair. Desistir. Sumo e pronto, como todo mundo.

Uma simples mudança de tela, um torpedo para o teu celular: "Ó, sumi."

Mais simples.

O problema é que ninguém de fato some.

É porque é difícil, o assunto. Uns ahns e ais, uns gestos, nem gestos. Ensaios de movimento, capturados por cantos de olho, sem que sejam anunciados como importantes, sem que sejam o foco real da atenção de ninguém. Pequenas coisas, uns quase nadas. Risadas, expressões que não sei repetir nem com a cara, quanto mais com palavras. E mais um gesto, esse recente, e que é um gesto como tantos outros, um gesto entre tantos outros e que nem é um gesto central, focado, no meio do quadro da visão. Não. Um gesto visto, mal visto, como tantos outros que vi e que quase não vi. E é difícil porque não é uma frase a ser repetida, que eu possa reproduzir, não há palavras que se encaixem, certinhas. É, por exemplo, um braço, com sua consistência de braço, cor. Que mais invento, porque na hora eu estava olhando ao longe, para o nada, que é para onde eu olho sempre. Para o nada. Se sigo, não é por você, é por mim. Porque todo mundo um dia tenta atar, não as duas pontas da vida, mas bem mais do que duas.

No apartamento alugado de Paris — onde me instalam depois do tempo que passei sem me mexer, a zero por hora no saguão de um aeroporto brasileiro, e depois do outro tempo que passei sem me mexer, a não sei quantas milhas por hora dentro de um avião no ar — continuo sem me mexer, agora numa cadeira, a televisão ligada. Os papeizinhos em que rabisquei os detalhes do passeinho na Paulista estão prestes a inaugurar a lata de lixo, inúteis, e nem penso em recomeçá-los na descrição do apartamento e da televisão à minha volta. Pois se os primeiros, eu nem precisava tê-los escrito porque de tudo lembraria e tão bem, dos novos é que não preciso mesmo, porque são sempre iguais, esses, tantas e tantas vezes já tentei escrevê-los, para que saíssem, para que ficassem, eles, os parados. E eu seguisse.

Algo a ver com novela. A minha.

E com a ausência de novela. Televisão francesa não tem novela. Tem programa em que, para ganhar o prêmio, é preciso adivinhar qual a palavra que está sendo soletrada em cartelas enormes, manipuladas por garotas decotadas e de salto agulha. Tem de saber soletrar. Parabéns, você sabe soletrar. Parabéns, você ganhou o prêmio. Você segura o prêmio. Você é feia. A seu lado, a garota decotada de salto agulha bate palmas. Ela está muito feliz. Ela é linda. Você se esforça para ficar muito feliz.

Não tinha novela na televisão do apartamento alugado de Paris, nem nesse primeiro dia nem em todos os outros. Fiquei lá e fiz a minha, a que sempre faço e refaço, e cada vez menos.

A câmera atravessa a cortina de voal que voa (é um voal). O foco se dirige para o lado de fora da janela, para a linha do horizonte. No horizonte, um artista desses novos e sem camisa, másculo paca, cavalga seu cavalo, também másculo paca. Ambos suam. Música de fundo. Sobre a música, discretamente, começa o som ambiente. Tem uns ahns, ahns. A câmera não mostra. Adivinha-se. Depois a câmera chega para trás e mostra. A cama é grande, com duas colchas. Uma de cetim salmão, outra de rendão cru. A de rendão serve para manter a de cetim no lugar, para que não escorregue até o chão. Uma almofada de brocado que combina com o tom salmão também ajudaria a prender tudo no lugar, mas não tem nada no lugar. A almofada está no chão, as duas colchas estão emboladas. Sobre elas, Molly. Sobre Molly, um cara.

Se capricho, ponho uma cômoda de jacarandá por perto. Uma daquelas tigelas, não é tigela o nome. Gamela. Uma daquelas gamelas de madeira sobre a cômoda. Jaca, cajás, maracujás. Tudo bem amarelo. E o jajajaja na cuíca. Seria jajajajazizizijajaja se eu pudesse escrever zizizi assim no meio da cena. Fica só o jajaja.

O cara se esforça.

Molly não muito.

Já fiz essa história antes. Quantas vezes. Já vi Molly nessa idade. Quantas vezes. Uma delas é num aeroporto. Nem lembro mais quando. Senta bem na minha frente. Aquela cara assustada, mas o nariz em pé de quem está assustada, mas com raiva de estar assustada, de quem está assustada, mas nem por isso. Igualzinha. Uma menina do que chamaram por um tempo de a nova classe média, provavelmente primeira vez num avião. Uma nova Molly. Toda uma nova leva de Mollys.

Volto. Eu, a presa, eu, e não ela, a prisioneira, presa na história, no sanduíche entre as colchas e o cara, entre o que não passa e o que não vem.

Eu, a Molly.

Molly faz uns ahns, ahns. Antes ela olha pela janela? Suspira pelo cara que cavalga no horizonte? Sente cheiro de bosta de vaca? Fica com vontade de comer o cajá do jajajajazizizijajaja? Analisa os pelos de barba que tremem a poucos centímetros da sua cara. Alguns são brancos. E faz os ahns.

Vou precisar ter cuidado aqui. Como te (me) passar esses ahns. Que, sim, conheço e por toda a minha vida, suas progressões e variações, e o que exatamente querem dizer. E os conheço porque nunca escutei.

(E é claro que esses primeiros ahns ainda não são os ahns definitivos, que ela vai assumir depois, são uns ahns experimentais, são a descoberta de um som possível.)

(E agora me ocorre que também eles, por nunca terem sido escutados, são uma ausência de uma ausência e que, portanto, falo deles desde o começo, o meu começo, e o começo disso aqui.)

Molly faz seus primeiros ahns.

Não são ahns de quem finge gostar da ação em curso. Nem são ahns para que as pessoas achem que ela está fingindo gostar da ação em curso. Nem, aliás, são pessoas, assim no plural. É uma pessoa. Só tem uma pessoa presente: o cara em cima dela.

Não são esses, então, os ahns de Molly. São ahns perfeitamente verdadeiros em sua falsidade. Nem ela quer fingir alguma coisa para valer nem quer que os outros (o outro) achem que ela está fingindo alguma coisa.

Não.

São ahns falsos, que são feitos como falsos e que desejam ser entendidos como falsos. São ahns, acredita Molly naquele momento, que qualquer dama da sociedade faria na mesma circunstância. Portanto, são ahns verdadeiros porque são falsos, verdadeiros por sua ausência total, dupla, de verdade.

Ahns, ahns de boa educação. Ela acha. Sendo que Molly considera boa educação algo um pouco ridículo, uma espécie de teatro que ela executa, os olhinhos elétricos indo de cá para lá, irônicos, amealhando conluios em seus colegas de palco, de ambiente. Melhores são, os conluios, quando involuntários. Em geral, são. É quando ela quase ri.

Mas, sim, a novela.

Sim, uma fazenda. Década de 1950. Sem parabólica.

Molly faz esses ahns primeiro baixinho, quase como quem limpa a garganta. É um ensaio, ainda. Depois, para testar, aumenta o som. Curte. Repete. O cara para. Está todo suado, bufando, os músculos do pescoço retesados. Ele para, surpreso.

"Ahn, ahn."

O pau, que já não estava grande coisa, ameaça desaparecer de vez.

É que a cama é de dona Tereza. Dona Tereza está ausente. Ou pelo menos o cara acha que está. Bem, bem ausente. Uma de suas viagens de compras, teatros, a ausência periódica que os ajuda a ficar juntos. Sei como é. Os ahns de Molly trazem dona Tereza para perto. Para a cama. Não que dona Tereza ainda se dê o trabalho de ahns, ahns. Mas já se deu.

"Ahn, ahn."

"Fica quieta, porra."

E o tabefe.

E o milagre.

Peitinhos minguados, pouco talento para fingimentos simples (só para duplos), e a coisa ia desandar irremediavelmente dali a pouco. O tabefe muda tudo. Mais uns apertos, uma baba que escorre pela boca, outra que escorre lá embaixo, e o fim. Um final feliz fosse isso um final.

Molly escapole de sob o cara. Veste a calcinha, enfia o chinelo de dedo e ruma para a porta. Do outro lado da porta, dona

Tereza. A mala da viagem a seu lado. Já mucamas, empregados e até as moscas, estes estão em fuga para o mais longe possível. Dona Tereza e a mala, enorme, muitas compras, lá parada, do outro lado da porta. Pacotes, sacolas, casacos e caixas menores ficaram na mesa da sala. Na porta do quarto, só dona Tereza e a mala, ambas em igual formato e igual postura, na porta, imóveis, quadradas.

Molly acha que vem o segundo tabefe.

Não vem.

Dona Tereza olha para Molly. Olha longamente e mais longamente olharia, se Molly não baixasse os olhos.

É a última vez na vida que Molly vê dona Tereza. É a última vez na vida que Molly baixa os olhos.

Molly, nesse dia, tem quinze anos e ainda não se chama Molly. Se chama Maria Olegária, o nome que eu e Pedro repetiremos às gargalhadas sempre que, desarvorados, notamos que afinal não há mesmo muitos outros motivos para rirmos de Molly.

E não que eu pudesse, mesmo esse pouco. Porque eu também tenho telhado de vidro no que se refere a nome ridículo.

Eis uma coisa que você nunca soube.

Já fui Izildinha. Eu também mudando de nome. E nome ridículo. Izildinha, o Anjo do Senhor. Não que Molly tenha algum dia tido resquício de religiosidade a ser passado à prole. Não, nunca. Todos os graças-a-deuses ditos e repetidos e todas as nossas-senhoras e os quase sinais da cruz concomitantes são apenas versões dos ahns básicos da boa educação. Ou foram.

Não. A história é outra.

E nunca te contei e agora eu poderia dizer: como te contar que tive, por um tempo pelo menos, o mesmo nome da tua mulher. Mas não é só isso ou bem isso. É porque não te conto o que é importante. Para quê? Você dorme em menos de cinco minutos. Se eu falo, você olha para mim, arma uma cara-padrão, diz:

"Puxa!"

E dorme.

Ninguém sabe do meu Izildinha. Nem você, nem ninguém. Só Pedro. E meu segredo está bem guardado com ele. Portanto, você, depois, sozinho, depois que eu terminar, você tem toda a licença para continuar a pensar em mim como Valderez. Também é ridículo. Portanto serve, fica igual.

E a cena, eu e tua mulher, a cena que você não viu, uma das que você não viu, e nem a mais importante:

"Zizi é de quê?"

"Ah, não vou dizer, é ridículo."

"Fala."

"Maria Izildinha."

E riu, me olhando. Os dentes brancos, a boca grande. Na época, Zizi sempre diz, estendendo a mão, querendo parecer bem firme e segura:

"Zizi Rezende."

Diz e olha para a pessoa, esperando o reconhecimento que não vem.

Depois ela vai dizer o mesmo Zizi Rezende, mas olhando para a pessoa, um pequeno sorriso. Sabe que o reconhecimento não vem e isso é uma espécie de satisfação secreta. Nem tão secreta. Eu, por exemplo, sei dessa satisfação dela, e como sei.

E toda vez que reenceno essa novela tenho claro que basta uma conta simples e chego no dia exato, um ou dois para mais ou para menos, de Molly na cama com o cara. Nunca faço a conta. Preciso da imprecisão. Justamente, aprendi. Dou valor, hoje, às imprecisões.

E no entanto tenho uma absurda precisão de detalhes dessa viagem a Paris. São inúteis. Mas são obsessivos.

3.

Quem me pega no Charles de Gaulle é o representante da associação internacional de dealers de café. Nome correto: Speciality Coffee Organization, lê-se scou, ou, para os íntimos, skol, igual à cerveja, com uma risadinha de escárnio. O congresso só começa depois de uns dias, mas eles me pegam e já me levam para o apartamento alugado onde vou ficar enquanto estiver por lá. Para mim é um alívio. Uns tantos dias no nada, um nada parisiense, mas nada da mesma maneira. Me esforcei para que isso acontecesse. Então, na verdade, cheguei naquele aeroporto brasileiro não só algumas horas antes do voo, mas alguns dias. Um tempo, preciso sempre de um tempo parado, que não ande. Então, não espero, ao sair do portão do Charles de Gaulle, um Pedro que me assustaria por ser quase desconhecido, mas sim uma plaquinha com meu nome que me assustaria pela repetição. Devo ser considerada já um signo, um sinal de trânsito, já devem guardar a plaquinha anterior para reutilização em tudo que é aeroporto brasileiro e agora também nesse.

Estive lá antes.

Teve uma coisa engraçada no percurso de metrô entre o Charles de Gaulle e o apartamento. Parte do trajeto é na superfície e fiquei vendo, gulosa, os tons de cinza da cidade que se contrapunham à explosão de cores das estações do subsolo, buscando uma familiaridade que eu não sentia e que inventava minuto a minuto, a posteriori.

Porque, sim, eu tinha estado lá, mas muito novinha, não podia lembrar de nada.

Um quase padrasto. Funcionário da Pan Am. Gordo, vermelho, enorme, adorava rir e ria. Arranjou uma passagem de graça para a Europa. Molly não tinha com quem me deixar. Fui junto. É uma brincadeira de Pedro, se referir à minha época de fausto com esse padrasto, e que ele perdeu: ainda não era nascido.

A brincadeira toda é:

"Mas nada que se compare, né, Izildinha, a Parrí."

E o "nada" pode ser desde a portaria metida à besta de um edifício da Faria Lima até o vestido de oncinha em vitrine qualquer de butique.

Teve o aquário desse apartamento em Paris. Foi uma surpresa, assim que entrei. Nem consigo dizer o ciao e o merci para o cara que me pegou no aeroporto e que dava claras demonstrações de agressividade: eu não trouxe bagagem, uma brasileira sem bagagem. Então, todo o seu know-how (que incluía mesmo uma tabuinha para os degraus das escadas) de como andar de metrô com bagagem se revela inútil. Além de ter tornado inútil o know-how de como andar de metrô com bagagem, também não aproveito seu outro know-how, o de guia de turismo, pois digo logo no início que não tenho intenção alguma de ir, visitar, ver ou fotografar absolutamente nada.

No apartamento alugado, em um bairro de árabes, ele afinal vai embora, depois de desistir de me fazer tirar o olho do aquário.

Fico lá, sozinha no silêncio. O apartamento é muito silencioso para padrões paulistas. Fico lá sei lá quanto tempo de frente para aquele aquário, a maleta de mão perto de mim, no chão, e a água do aquário que já invade meus olhos. Choro, lá, eu e os barulhinhos das bolhas, só nós, lá, o barulhinho das bolhas sendo o único barulho, e eu lá parada, encantada, querendo rir e chorar, de encantada que fico de alguém pôr um aquário em um apartamento para alugar. Havia instruções ao lado do aquário, numa folha de papel embaixo de um potinho da comida. Depois ligo a televisão, para ver se saio do aquário.

Teve mais.

Durmo vestida nessa primeira noite. Durmo vestida quase todas as noites dessa viagem, de repente uma pressa que nunca foi minha de que o dia seguinte chegasse. No primeiro dia, tenho pelo menos uma desculpa, um compromisso concreto. Vou acordar, comprar queijo e voltar. E andar, pela primeira vez na viagem, sempre em frente como sempre ando, por ruas desconhecidas que finjo que são conhecidas, com uma cara que faço muito bem, já fazia e continuo fazendo, a cara de quem sabe aonde vai.

No primeiro dia, o plano é ir, comprar queijo, voltar, tomar banho e tornar a ir. Pois, de noite, tem o Pedro. Mas tenho medo de me atrasar, de não dar tempo. Passo o dia com medo e me digo que é medo de me atrasar.

É em estação de metrô, o encontro. Com todos os e-mails, mensagens de facebook e tuítes que trocamos, fotos da rua e do prédio, com todas as instruções e mapas, o encontro é em estação de metrô. Porque assim não me perco.

"Assim você não se perde."

Costumávamos nos perder. De propósito. Costumávamos só ir. E, quando cansados e perdidos, sentávamos em uma sarjeta, esperando o mundo entrar nos eixos e na lógica. E depois seguíamos, confiantes, para qualquer lugar. Mas isso foi antes.

Não volto para o apartamento alugado, pulo o banho, vou direto para a estação de metrô, queijos na mão. Sei que é cedo, mas vou fazer o que gosto tanto: sentar e ficar, no nada. Minha ideia é ficar lá sentada, os trens a toda em poucos segundos depois de parados, fascinantes. Mas é plataforma de desembarque, portanto sem bancos. Ninguém, além de mim, espera por alguma coisa depois que chega. Quem chega sai correndo, não senta. Bancos, só na plataforma de embarque.

Então fiquei lá, no fim desse primeiro dia, a sacola de queijos na mão, na estação de metrô, esperando por Pedro, vendo franceses que chegam e saem correndo. Fiquei lá, de pé. Fiquei vendo a pressa dos outros para que a chegada deles, coletiva, virasse individual. Fiquei vendo um pódio. Chegada — no primeiro lugar da competição, na casa cheirando a comida, ou no final das palavras cruzadas — tem de ser individual, nunca coletiva. Chegavam e saíam correndo, apavorados de não serem eles mesmos. Mas fugiam para casas iguais, os mesmos cheiros, sons. Fui ficando bem, eu lá, parada.

Fiquei lá por muito tempo, segurando os queijos que já tinham me sido úteis no metrô, tinham, já, cumprido uma função. Nos bancos estofados, chiques, mas muito apertados, bastava sacudir a sacola para que um vazio se formasse à minha volta. Fiquei lá, naquela estação, os queijos na mão, primeiro parada, completamente parada, mas não gosto de ficar parada, então, fiquei parada andando, que é a melhor forma. Fui e vim, de um lado ao outro da plataforma, e depois tornei a ir e vir, e andei sem parar de lá para cá, naquela plataforma. Meu fim, em um dos lados, era uma parede lisa. Do outro, a porta do frigorífico. Estava muito frio, lá fora. Na minha cabeça, não o vazio tão bom, mas botas. Doíam. Como previsto. E doeram ainda por vários dias dessa viagem. Até que desistiram. Elas. Aí eu venci, nunca desisto, eu. Mas lá, na estação de metrô, com as botas ainda não domadas, estávamos eu e elas e depois piorou, veio o guarda.

Ele estava na outra plataforma, a de embarque, quando me viu andando para lugar nenhum, e voltando. Percebi. Tentei anulá-lo. E quando tornei a vê-lo, ele já estava do meu lado, uns passos atrás, no mesmo ritmo. Ando um pouco, ele também anda. Quando paro, ele também para. Quando chego num dos fins, ele para um pouco antes, põe as mãos para trás e finge olhar para a plataforma em frente, de onde ele saiu, até que eu passe por ele outra vez e ele possa me seguir outra vez.

Foi isso que aconteceu durante boa parte da minha primeira tarde em Paris. Foi esse o meu passeio turístico.

Aos poucos acabou, o meu passeio. Um grupinho já se formava. Achei que era, e era. Passo um pouco mais perto, um pouco mais devagar. Adivinhei. Falam português.

Porque não sou só eu que Pedro quer que espere na plataforma de metrô. Eu não sou só um eu. Não mais. Eu sou um grupo. Sou parte da festa.

"Vai ter mais gente."

Ele pega todo mundo, diz, e leva todo mundo junto em comboio, procissão, até o edifício que, vou descobrir, fica logo ali, uma linha reta, eu não me perderia ainda que quisesse. Ninguém se perderia.

Não me apresento ao grupo. Não digo oi. Oiiii. Beijos, abraços, amigos desde a infância, já que somos, todos, brasileiros em Paris. Passo reto e continuo meu propósito de chegar até a parede lisa e voltar. Mas passo a me sentir melhor em relação ao guarda. Qualquer coisa e digo: estou com eles, imbecil.

Depois tem a chegada de Pedro.

Está de terno, casacão de frio, sapatos de couro preto, bonito a mais não poder. Surge na porta do frigorífico, com o grupo, portanto, ficando entre mim e ele. Ele para, cumprimenta, desviando o olho de mim, e depois segue até mim, que me aproximei e estou bem perto de todos, agora.

O abraço e eu, sem jeito, sem saber o que fazer, passo a mão no rosto dele sabendo que provavelmente ele não gosta mais que passem a mão, que peguem, que se esfreguem, que isso é coisa de brasileiro e ele não é mais muito brasileiro.

"Minha irmã, gente."

Olho para os outros. Ninguém sabia que ele tinha irmã até um segundo atrás.

E aí é uma linha reta.

Tentamos, eu e ele, escapar dela se não nos pés, pelo menos na cabeça, e ficamos em silêncio porque falar seria entrar nos assuntos objetivos, eles também retos em sua sequência de causa e efeito.

Sim, o apartamento de Molly ainda não está alugado mas já está pintado.

Sim, a próxima semana será a viagem de lua de mel deles na Itália, então, não nos veremos.

Sim, meu trabalho começa no dia seguinte, depois interrompe pelo fim de semana, depois vem o evento propriamente dito.

Sim, continuo sem saco e com vontade de parar. Sim, estou falando do trabalho.

Sim, preciso voltar a Paris com calma, quem sabe com você. Sim, você vai bem, obrigada. Sim, você ainda existe.

Sim, gosto de morar em São Paulo.

Não, ele não gostaria de morar em São Paulo.

Tudo o que já tinha sido falado por e-mails e mensagens. Só poderíamos repetir, fingindo, em sins sonoros ou mudos, que haveria novidades nas frases, que haveria importância nas frases possíveis.

Então ficamos em silêncio.

Vamos pelas ruas cinza um pouco afastados do resto do grupo, um pouco mais atrás. Os outros sabem, fica claro, onde é o apartamento, já estiveram lá antes. O motivo do encontro ter sido marcado no metrô é outro. É para que a festa tenha começo determinado. E fim. Não temos permissão de chegar aos pouquinhos. Um modo-festa, a ser clicado com o mouse. E desclicado. Seguimos, eu e Pedro, depois de todo o tempo que não nos vimos, depois de tudo que vivemos, seguimos, eu e ele, em silêncio, e foi melhor assim. Seguimos, nós, o nosso silêncio, e perto de nós, as conversas dos outros, os barulhos dos nossos passos na calçada tão limpa, tão cinza, tão reta e fria. E fomos, mesmo assim. Acho que houve uns fraquejos, pelo menos para mim, mas acho que não só para mim. Nossos olhos na sarjeta, andando, o silêncio, nossos braços juntos, muito juntos, e por mais de uma vez, a gente quase parou. E sentou.

E teríamos sentado e ficado lá, sentados um ao lado do outro, na sarjeta, um sem olhar para o outro, olhando para nossas mãos agarradas, nossos braços juntos. E teríamos chorado juntos. Teríamos podido, afinal, fazer o que nunca pudemos fazer, chorar juntos, sem falar nada, sem precisar falar nada, rindo até, pelo absurdo do choro na sarjeta dura e fria, rindo de contentes por estarmos chorando juntos. Choraríamos, alto, choraríamos as pitangas que aquele povo desconhece, com o nariz escorrendo a água que aquele povo não se permite. E tudo o mais sumiria.

Mas não. Eu até topava, mas Pedro fugiu. Em um momento ele perguntou, a mão afagando minha mão num pedido de desculpas antecipado pela procura do que era seguro, do que era sem riscos:

"E aí, que tal rever Parrí?"

Tentou rir, mas respondi a sério, balbuciando algo sobre os cinzas, de como são bonitos os cinzas da cidade. Eu ainda segurava minha sacola de queijos, que batia e batia nas minhas pernas enquanto eu andava. Eu não sabia como dar para Pedro uma sacola de queijos.

Depois chegamos no edifício de tijolinhos, igual ao descrito nos e-mails, às fotos. Terceiro andar, Pedro tocou a campainha. Pedro toca a campainha de sua própria casa, que é aberta imediatamente. Igor. Me olha igual como olha os outros. E estende a mão, sorriso formal, um muito prazer com sotaque. Igor, parado do lado de dentro da porta da casa que era a dele, abre a porta ao toque inútil da campainha, sinal do início da festa, já sabendo pelos ruídos do hall que estávamos lá. Mas espera a campainha, o sinal combinado com Pedro, para que a porta se abrisse. E a festa começasse.

Entro.

Igor também está de terno. Ele e Pedro de terno é o único indício visível de que se trata de festa de casamento. Nenhuma faixa de viva os noivos, nenhum coraçãozinho, nenhum bonequinho de bolo, os dois noivinhos, iguais.

"Você não precisava trazer queijos. Comprei uma montanha de queijos."

O português muito ruim que Igor se esforça em falar é uma quase ofensa. Não espera que eu — ou qualquer outra pessoa — saiba francês.

Mas ele está nervoso. Não com o casamento, que afinal já houve, em um cartório. Nesse momento, o que há é só uma festa. Igor está nervoso com a festa. Está nervoso de ter as pessoas na casa dele. E isso me faz gostar dele.

Pedro também está nervoso. E aí solta o segundo trunfo dele, depois do Parrí. Me chama de Izildinha.

"Quem diria, hein, Izildinha, nós dois aqui."

Mas olha em torno, subitamente de fato espantado. Acho que não só por estar em Paris, e comigo, mas há, acho, um segundo espanto, é um espanto duplo. Há também um espanto por ter de fato se espantado de estar em Paris.

Fios que continuam. Pensei em abraçá-lo. Mas aceito sua distância e finjo que não noto.

Igor é bem mais velho do que Pedro. Eu já devia ter adivinhado. Não sei se o espanto dele inclui perceber de repente que Igor é bem mais velho do que ele. Uma repetição, um fio, tão, tão antigo, e tão, tão presente, nesse tempo parado que não passa.

4.

Tem esse retrato. Tenho.

Está. Estava. Não, na verdade, ainda está. Está nas coisas de Molly. Até há pouco na casa dela, em gavetas, caixas, nas escuridões que foram recém-pintadas de branco. E agora num canto da tua casa, da nossa, esperando que eu, algum dia, sente no chão, abra as pernas, suspire e comece a olhar coisa por coisa, merda por merda, parando às vezes, enxugando um canto de olho, enquanto você, respeitoso, passa perto de mim mas não muito. E eu vá empilhando, construindo, coisa por coisa, cada som e cada cheiro, merda por merda, as minhas e as dela, os meus nadas e os dela, eu vá assim construindo uma Molly. A definitiva, a que ficará para sempre.

Ah, ela era tão.

E um adjetivo. Então tem esse retrato. Que existe principalmente na minha cabeça, onde, à vontade, vou botando aqui e ali mais uns tons em cima do cinza original e arriscando, aqui e ali, até mesmo uma corzinha. Um marronzinho para a cômoda. O amarelo do vidro da bandeira da porta que, lembro tão bem, sopa etérea que era, esse amarelo, onde nadavam grãos de poeira movidos por uma colher maior do que eu.

É lá, nesse retrato onde não estou, que sou a Izildinha que não existiu.

Está vendo? De nada adiantaria eu te dizer desse meu nome porque, sem essas coisas que estão em volta, ele não é nada. E você não saberia. Não saberia da altura dos meus olhos, em que altura das coisas meu olhar batia, não saberia dos cheiros. Das risadas — gargalhadas, na verdade — perdidas, batendo, elas, pelos cantos e quinas, a qualquer altura, e que era o que me fazia ficar bem, tudo bem. Há mais uma cor. Um vermelho. Fica na saia de porcelana da bonequinha que está em cima da cômoda. E que era o que eu via, ali, de baixo, na ponta dos pés: a saia. O resto, o peito empinado e a carinha e os braços levantados, esses eu mais que adivinhava. Isso na hora em que a via, a bonequinha, porque depois, nos meus tempos sem horas, nas camas dos hotéis, nos tetos dos hotéis, eu já a refazia inteira e, na saia, no vermelho da saia, punha uns brilhos dourados.

Entro na foto, eu.

Entro e diminuo de tamanho. Me sento no degrauzinho da porta de entrada. Fico olhando a porta, por onde sou proibida de sair. É desse degrauzinho que vejo a sopa de poeira na luz amarelada. Há poucas coisas que eu acho tão bonitas, até hoje, quanto a luz amarela que vem da bandeira dessa porta. Há outra claridade atrás de mim, que vem de outra porta, esta permitida, e que dá para uma espécie de quintalzinho, nem quintal. Uma abertura de ventilação para a janela da cozinha, e onde tem um tanque em que me dão banho nos dias de calor.

A casa, hoje sou obrigada a admitir, é pequena. Não era. Da sala sai a escada para o segundo andar, que é onde fica um tempo parado que acabou que passou — e tudo mudou.

Dona Isaura é uma mulher grande e gorda e são dela as gargalhadas que vestem quinas e cantos escuros. Usa uns vestidos vermelhos e até hoje tenho dificuldade em afastar a ideia de que a bonequinha de saia vermelha da cômoda na verdade é uma homenagem que fizeram à dona Isaura. Tão importante, poderosa e boa, que alguma fábrica em algum lugar do mundo dedicou-se a fazer pequenas donas isauras em série para que as pudéssemos ter à mão, de lembrança.

Me chamava de putinha.

E de Izildinha.

Como na frase que não posso lembrar mas que me foi dita ser dela:

"Deixa que eu vejo por que essa putinha está chorando."

Dona Isaura tem pernas grossas que acho que são apenas umas pernas grossas e boas e bonitas mas que aprendo ser inchadas. Aprendo, relutante, ameaças, doenças, que as gargalhadas encobrem. Num primeiro momento, dona Isaura tem dificuldade em subir e descer a escada do segundo andar. Depois, não desce mais de lá. Eu que subo e fico pelos cantos, sem acreditar.

Ainda não a conhecemos, eu e Molly, quando essa história começa. Ainda não há eu e Molly. Há uma Maria Olegária, trancada no quarto de uma casa humilde de posseiros, ao lado de uma fazenda abastada, onde ela está proibida de pisar.

Aliás, está proibida de ir a qualquer lugar, a barriga lisa e magra arredondando mais e mais a cada dia.

Não sei qual a relação, quem conhecia quem, parente, vizinho, afilhada, conhecido. Primas em terceiro grau. A dona Isaura da casinha do Rio Comprido, no Rio de Janeiro, precisa de alguém para ajudá-la no serviço da casa. Compras, pagamentos. A Maria Olegária precisa sair de Pedra do Conde, interior da Paraíba.

Há esse pacote que Molly vai manter fechado, com o barbante original, o papel pardo dobrado, grosso, original, sem abrir. Não abre. Até que o papel se dissolve de velho, rasga, e então, não ela, ela não, mas dona Isaura abre.

É o pacote que lhe é entregue a mando de dona Tereza, junto com uns documentos novos em folha, um farnel para a viagem e a frase que é dita mais para os outros, em voz bem alta. Em voz bem alta para que ecoe, a frase, que todos ouçam.

É um empurrão que precisa ser dado, não para que Molly vá, mas para que não fique, pois dona Tereza gosta de Molly.

"Que essa ingrata vá e nunca mais me ponha os pés em Pedra do Conde."

A situação é simples, a solução também. A casa da família de Molly fica na divisa da Fazenda Pedra do Conde. Pai e irmãos trabalham na fazenda durante a safra e mesmo fora dela, em pequenos serviços. Dependem da fazenda. Acham ótimo haver uma solução. Devem ter achado mesmo ótimo.

O acerto inicial, pago de antemão, é Molly ficar na casinha de dona Isaura até o parto. Depois se veria, e na pouca nitidez da frase uma certeza oculta: que se foda. Aliás, que se fodam, eu aí incluída. É um tempo, também, de que dona Tereza precisa para se acostumar com a ideia de não mais ter Molly por perto. Dona Tereza gosta de Molly. Dona Tereza precisa elaborar as frases a serem ditas na frente do espelho do banheiro.

"Era como minha filha, mas nunca mais soube dela."

Ela precisaria de um tempo para compor a cara no espelho.

"Uma tristeza essa vida."

E a lagriminha escorre.

Dona Tereza tem três filhos homens, três orangotangos que andam armados e de perna aberta. Mais um herdeiro e a coisa poderia desandar e aí não é só a filha que não é filha, Molly, quem dona Tereza perderia. Em crime de morte, se fode quem morre e quem mata, igual. O.k., quase igual. Daí o prazo espichado para o foda-se. Nove meses. E bem longe. O trato firmado é até o parto. Depois, foda-se.

Não sei qual a relação entre dona Tereza e dona Isaura e também não sei se havia garantia de discrição entre as duas. Sei que dona Isaura é o que se chama nessa época de mulher vivida. Não iria causar escândalos, não arregalaria olhos, não por tão pouco quanto uma menina de quinze anos grávida do patrão. Quando Molly chega ao Rio Comprido, dona Isaura se apresenta logo de cara como ex-amante de rico comerciante português. É essa a história da casinha. Passada em nome de dona Isaura desde o começo para evitar traços a serem seguidos, rastros detectáveis em cartórios e bancos, dramas familiares, jantares em silêncio acusatório, lágrimas em lencinhos de renda. E um nariz para cima, reduto que é, o nariz, sempre, da altivez necessária para que aconteçam os dias após dias conjugais. Graças ao nariz, empregadas, vizinhos e filhos poderiam sempre dizer:

"Ah, mas era uma mulher muito altiva."

Não.

Tudo isso evitado. A casinha foi comprada diretamente em nome de dona Isaura.

Um dos filhos do amante conhecerá dona Isaura pessoalmente. É um dos casos de Molly. Molly conta, contava, às vezes, uns casos. Dizia sempre, antes, que o caso era engraçadíssimo, mas contava sem rir, ou quase não rindo, os olhos baixos. Um dos filhos do português vai até a casinha do Rio Comprido conhecer dona Isaura.

Bate na porta. Dona Isaura abre. Na sua frente, um homem jovem, a cara do falecido. Porque o português morre e dona Isaura só fica sabendo pelos jornais. Por bastante tempo, já, as visitas dele se davam na sala, café, afagos de mão, suspiros, a saúde, minha filha, não é mais aquela. E mesmo essas, cada vez mais raras.

Batem na porta. Dona Isaura abre, o homem jovem de terno, cerimonioso, a cara do falecido. Prometeu ao pai, diz. Entrega um envelope fechado. Que qualquer coisa que precisasse.

38

"Aqui o meu cartão."

E que até o fim o falecido tinha lhe tido em grande estima.

"A estima nem era assim tão grande, menina, conheci maiores."

E a gargalhada.

Dentro do envelope a documentação da casinha, um dinheiro em espécie envolto num lenço com iniciais bordadas. Uma gargalhada sempre que dona Isaura conta o caso. Mas o lenço fica. Dona Isaura nunca joga fora o lenço, guardado no armário do quarto e que ela às vezes pega e alisa, sentada na beira da cama, a cara pensativa. A sombra de um afeto, varrida para longe com mais um riso dela ou mais um choro meu, ah, deixa eu ver o que essa putinha quer.

Dona Isaura é engraçadíssima, me garante Molly, sem rir. Há outras histórias.

Tinha trabalhado na Rádio Nacional. Radionovela. E imita para Molly vozes de famosos que Molly desconhece, relata escândalos que Molly não julga possíveis. Molly tenta ficar à altura, com seus poucos casos bobos, mas dona Isaura ri deles assim mesmo, acha vaca uma coisa engraçada, acha o sotaque de caipira que Molly imita, carregando mais o que já é o seu, também engraçado. E ficam as duas até tarde da noite. Nenhuma delas pode beber, barriga, uma, as pernas, a outra. Então ficam lá, na beirinha da cadeira da mesa da sala (Molly), refestelada na cadeira da mesa da sala (dona Isaura). Ficam lá quase a noite toda, beijando, de vez em quando, dois calicezinhos de licor. E riem. E se olham nos olhos, se conhecendo e se encontrando nas risadas, riem e riem e quando uma gargalhada fica mais alta a outra põe o dedo sobre a boca, shhhhh, o vizinho.

E cantam. Dona Isaura no começo, Molly acompanhando com o tempo. Algumas me chegaram, Molly repetindo, a voz quebrada, o olho ameaçando encher das lágrimas que ela detestava, umas poucas frases das músicas que ela fingia ter esquecido, que interrompia, enxugando o olho.

"Essas velharias, ninguém mais nem lembra dessas coisas."

Um muxoxo e a mudança de assunto, virando já de costas.

Tinha um "Tenha pena de mim", em tudo e por tudo indistinguível do de Aracy de Almeida. Tinha um dueto inimaginável de Maysa e Frank Sinatra em que as duas vozes, ambas feitas por dona Isaura, vão se dissolvendo em uma bebedeira de palavras sem sentido, a última sendo:

"Mais uma dose, Alberico."

E uma Molly que eu faço, uma quase criança, ainda da cor da terra de Pedra do Conde, que depois vai sumir, essa cor. Não que suma, exatamente, mas, no Rio de Janeiro, todos tão queimados de praia, a cor de Molly vai clareando, vai entrando num coletivo indistinto, em que a marca da terra não é mais marca de coisa alguma. E uma Molly que eu faço, uma quase criança, então, que fica sabendo de Maysas e de Albericos, de um Sinatra de olhos azuis. A Molly quase menina que balança a cabeça, grave, subitamente séria, as mãos cruzadas sobre a mesa da sala, a beirinha da cadeira, a barriga que cresce e cresce. E que vai lembrar até morrer que, nos fins dessas noites do Rio Comprido, para cortar o clima, em geral surgia um Cauby Peixoto em inglês, hilário, ameaçando provocar abortos espontâneos diários.

Até o parto. Esse foi o trato, feito e pago com antecedência.

Mas Molly fica.

Pede uma indicação na Rádio Nacional. Dona Isaura dá. É seu primeiro trabalho pago e que ela agarra, faz, como tudo que faz (fez), isso também com todo o afinco. Vira emprego, carteira assinada. Nesse começo, faz o que já fazia dentro da casinha, varre aqui, leva ali. Encomendas compradas, aqui o troco. É muito boa em conta, vai ser sempre. Traz, leva, ajuda, pinta uma unha aqui, depila uma sobrancelha ali. Compra na estação da Central do Brasil balas e docinhos que revende com lucro. Depois, bem depois, já na televisão, vira maquiadora, central de informações e confidente. Conselheira. "Não faça isso, menina. Não valem a pena, nunca valem, nenhum deles." Se torna representante de sua primeira malharia, cujos produtos leva em sacos enormes para o trabalho. No banheiro feminino, deixa que experimentem à vontade, antes de transformar os enormes e flácidos sacos em enxuta lista de nomes e dívidas a prazo, no seu caderno pautado. Ficaria bem de qualquer maneira, ela. Iria em frente de qualquer maneira. Mas teve dona Isaura, as gargalhadas pela casa, o tanque com a água que saía quentinha da torneira em cima de mim, a miniatura de dona Isaura de vestido vermelho. Molly iria em frente de qualquer maneira, mas dona Isaura ajudou.

Quando lá moramos, dona Isaura não está mais na Rádio Nacional. Anda com cada vez mais dificuldade. Molly, mesmo nos meses de barriga, faz o que pode. Dona Isaura não tem família, além de vagos, desconhecidos parentes que não mais quiseram saber dela desde que anunciou a ida para a capital e para a rádio, lugar de putas e artistas.

Tenho cinco anos quando ela morre. Molly está com recém-feitos vinte e um, a maioridade legal.

Dona Isaura é a proprietária legítima da casinha. Já mal, chama o tabelião que sobe a escada, senta ao lado da cama, e faz o que ela pede. A transferência da casinha em usufruto. Um tempo depois, me encolho num canto, apavorada. Não estou entendendo, me encolho de tantas ordens — você, saia do caminho. E vejo dona Isaura descer a escada. É a primeira vez em muito tempo, e é a última vez. Está morta e em um caixão. Deixa a casinha e uma carta. Nessa carta, entre o drama e a comédia tão delas, dona Isaura pede que Molly não esqueça de regar as plantas. É a primeira coisa que Molly não faz. Põe a casa à venda e vai para um recém-comprado apartamento em Copacabana, o ponto mais longe de Pedra do Conde que existe no mundo. Depois Copacabana não será mais suficiente. Ela quer mais longe. Conhece o funcionário da Pan Am.

Da casa de dona Isaura, Molly leva móveis, utensílios, incluindo uma bolsa ainda chamada de nécessaire, onde carrega seus instrumentos de trabalho. E eu. Os móveis sumirão aos poucos. Fica um. Ou parte de um. A lateral de uma estante. É uma peça de madeira com uma curva suave, cavada à mão. O pé-direito da casa da Tijuca é mais alto do que o de qualquer apartamento moderno de Copacabana. Na sua segunda vida, em Copacabana, a peça é cortada em cima, para caber. E se torna outra coisa, com prateleiras de aglomerado que embarrigam ao menor peso. Mas a curva suave continua lá e Molly terá um hábito: passa a mão devagar na curva de madeira quando vai falar alguma coisa difícil, ou quando não falar fica ainda mais difícil. Tenho essa imagem dela, passando a mão na curva suave da madeira, por todo o tempo em que eu e ela existimos perto uma da outra, coisas difíceis não tendo faltado por ali e para uma e outra.

O embrulho amarrado com barbante entregue a ela na viagem desde Pedra do Conde até o Rio também sumiu com o tempo. Mas sei o que tinha dentro: umas toalhinhas que Molly, ainda criança, borda e dá para dona Tereza. E que dona Tereza devolve, magoada, no momento da expulsão/proteção. E uma imagem da Menina Izildinha. A Menina Izildinha não é eu. Nunca foi. Acabei sendo. Mas acho que teria sido de qualquer maneira, eu, a babaca, palerma, um lado meu de santinha, ainda que esse embrulho amarrado com barbante jamais tivesse existido. De qualquer modo, a Menina Izildinha, essa, a original, não era eu, era Molly, a filha que dona Tereza queria ter tido e não teve. A imagem, enfiada dentro do embrulho amarrado com barbante, era a tentativa de dona Tereza não fazer uma despedida. Uma maneira de dizer:

"Guarde, quem sabe um dia."

É dona Isaura quem, descobrindo a imagem no pacote que se desmanchava, me dá o apelido. Sou parecida, diz.

Não sou.

No dia em que a colcha de cetim de dona Tereza embola escandalosamente com a colcha de rendão que deveria moldá-la sem dobras, dona Tereza não devia estar do lado de lá da porta. Faz viagens periódicas ao Rio, São Paulo. Compras, teatros. Tios, comadres. Umas missas (beleza de missa, e suspira).

Chama essas viagens de viagens de ver gente. De vez em quando ela tem de ver gente.

Daquela vez, voltou uns dias mais cedo sem avisar. João Goulart sorria sua brilhantina nos cinejornais do Canal 100, ia para os Estados Unidos para que esquecessem que tinha ido à China logo antes, sorria mais um pouco. Mas à dona Tereza o Goulart não engana:

"Vai dar merda e não demora."

Dona Tereza encurta a viagem. E traz de São Paulo a imagem da Menina Izildinha.

Molly vê dona Tereza pela última vez na porta do quarto. A voz, ela vai escutar ainda por um tempo. Ecos que depois serão repetidos, frases que viram bordões.

Uma delas:

"Na minha cama, não."

E outra. No divórcio, dona Tereza descobre que todos os bens estão em nome da empresa de agronegócios do marido. Ela não é sócia da empresa, portanto, não tem bens em nome dela. Isso inclui as terras. Terras que foram, originalmente, do pai dela, Tereza. Dona Tereza, num divórcio, ficaria sem nada.

Isso escutei da boca de Molly, que repetia e repetia, e dava um de seus semissorrisos, e tão forte me ficou, que é como se escutasse, eu, a voz de uma dona Tereza que não conheci: "Então eu disse para ele: você escolhe, ou dá metade agora ou tudo depois de morto, porque vou mandar te matar." O cara acredita.

É dona Tereza quem tem raízes em Pedra do Conde. O marido veio do Maranhão, rapazinho em busca de trabalho. Décadas não são nada quando se trata de lealdade. Como, aliás, ele acabava de demonstrar. Arranjar quem o matasse, ela arranjaria fácil.

Ele dá metade dos bens à dona Tereza. Pelo sim, pelo não, se muda para João Pessoa. É lá que está registrada a sede da empresa de agronegócios. Os filhos ficam no leva e traz.

Mas os filhos, surpreendentemente, dão apoio a dona Tereza, mesmo sem romper com o pai. Sugerem mesmo que a parte que fica com ela, das terras, passe a se chamar Fazenda Santa Tereza. Ela diz que de santa não tem nada.

Eles acreditam.

A fazenda continuava, até quando eu lá estive, com o nome original, Pedra do Conde, acrescido dos sufixos Um e Dois. Ambas as partes igualmente abandonadas.

Molly, na mudança para Copacabana, não leva as plantinhas da dona Isaura e nunca mais vai ter planta ou bicho por perto, tem horror. Eu e Pedro, crianças, sem bichos por perto, sem nem pensar em ter bicho. Mas eu, adulta, olho teu cachorro que me olha de longe e cujo cheiro e calor, acho, me fariam falta. E Pedro arranjou um gato.

Esses ecos da voz de dona Tereza continham as outras frases: "Na minha cama, não."

"Uma ingrata, nunca mais soube dela."

Às vezes penso nessas frases tentando entendê-las. Ficam na minha cabeça, como ficam as coisas que não entendemos. Como se a cama de dona Tereza fosse uma cidadela de sua dignidade, a última a ser defendida. E era justo o contrário. Pois, lá, na cama, se o cara quisesse trepar, trepava, dona Tereza querendo ou não. Ao dizer a frase, ela dizia para os outros que a cama era o domínio de sua vontade. A cama era exato o contrário, o limite de sua vontade.

E como se ingratidão fosse Molly ter trepado com o marido dela, quando a ingratidão foi Molly ter ido embora, expulsa, sumida para todo o sempre. Pois, mesmo expulsa, Molly deveria ter dado um jeito de ficar, deveria ter dado um jeito de deixar lá algo seu. Para que dona Tereza não sentisse saudade dela. E Molly saiu de lá e nunca mais olhou para trás. Então, esses ecos me chegaram ao contrário, pelo que não dizem.

O cara foi assassinado, afinal. Mas aparentemente por algo que nada tinha a ver com dona Tereza ou com Molly. E esse é mais um eco que pode dizer o que não diz.

5.

O celular está aqui do meu lado, no hábito de todo mundo e meu também, embora tardio. Custo a tê-lo, dizia sempre que nesses lugares em que eu ia pouco adiantariam, os celulares. E atrás disso escondo minha pouca vontade de ser interrompida, eu nos hotéis, olhando os tetos dos hotéis, o notebook suprindo tão bem o afã comunicativo dos nossos dias.

"Já cheguei, tudo bem?"

"Tudo bem."

Isso por escrito, nas frases cheias de erro, que se atropelam em msgs e skypes. Abreviaturas, carinhas feitas de dois pontos parêntesis, e ainda o silêncio, e ainda os olhos que podem sair da tela, ir para a parede branca e lá ficar por todo o tempo. Mas principalmente o silêncio. O meu, de agora. Tão bom.

E no entanto tenho o impulso. Agora mesmo, que aproveito a tua rápida ausência para, quase furtiva, continuar isso aqui, deixar pronto, como se escrever não fosse resolver, só deixar pronto, o que é que tem, não quer dizer nada, o tudo pronto e meu olho na porta. Tenho o impulso. Escrevo anotações de fim, tento segurar o que acaba. E tenho o impulso de te ligar.

Em Paris, que tomo não sei por que como ponto de partida disso que não são bem palavras mas que acaba virando palavras, porque se esfumaria sem elas, em Paris, que tomo como ponto de partida talvez porque lá eu tenha tido pela primeira vez de forma muito clara essa noção do fim, porque indo para lá penso que afinal, talvez, seja essa a última viagem desse trabalho que começou quase na mesma hora em que te conheci, há tanto tempo. E que se um terminava talvez ficasse mais fácil terminar o outro. E no entanto, mesmo pensando nisso, que o fim de uma coisa pudesse me empurrar para o fim de outro, em Paris eu tinha também o impulso de chegar perto, viver o sonho babaca de conseguir chegar perto. Hoje mais não.

Então, eu, pelo notebook, te mandava mensagens. É uma espécie de saudade, que sinto mesmo agora, quando mais um pouco e você abre a porta, o cachorro já te esperando na porta para te saudar, ele sim, morto de saudade por quaisquer dez, quinze minutos. Paris, descubro lá, no apartamento alugado, no bairro dos árabes, Paris te fez mais próximo. Nesse longe-perto que sempre foi o nosso, lá é mais próximo, lá eu ainda não conseguiria imaginar o que é chegar, e chegar em qualquer coisa, lugar ou meta, e não ter você, o mundo ainda sendo inimaginável, naqueles dias, sem você em algum canto, espremido em algum canto, dando adeusinho com a mão, antes de sumir, o alívio, ahhhhh, o alívio de você sumir. Ou eu. Em Paris ainda não haviam acontecido alguns dos gestos e sons, alguns dos olhares e meios sorrisos que depois aconteceram, e que tento, vou tentar, falar aqui e que, de tão sutis, de tão banais, de tão pouco no centro do que quer que seja, me apavoram pela sua quase não existência, por sua falta de aviso. Como se o mundo pudesse, e pode, passar, ele inteiro, tudo, assim, num som banal, num canto de olho, nuns ahns, ahns que você escuta no meio de uma novela, e nem escuta porque é só um ruído de fundo. O mundo como uma coisa que acontece e que você perde porque não é uma coisa assim que chame a atenção, o mundo.

No dia em que te conheço, você está com uma camiseta em que está escrito "Sexo Não Tem Gênero". Cochicha no meu ouvido outras frases também sem muito sentido, mas com a aparência de que têm. Fico com a impressão de que você deve ser muito culto. Só pode. Depois vejo meu duplo engano. A camiseta nem é sua. Derrubaram vinho, daquele de garrafa de plástico que ambulante vende. Ou foi vômito e você falou que foi vinho. O caso é que você arranja outra camiseta, essa. Aquela. O segundo engano é que sexo para você, naquela ocasião, não só tem gênero, e bem definido, como também tem endereço fixo: o apê em que você mora com Zizi há mais de dez anos. Só vou saber da Zizi uma semana depois.

O bloco está parado na minha frente. Tem um cara que é simplesmente lindo e que dança como deuses devem dançar, quando se encontram em cima de carros de som com um pancadão a toda. O cara mexe uma bunda pouco coberta por sunga branca de tecido fino. Na cabeça, umas bananas. Acho que é para ele ser uma Carmen Miranda, assim, com mais recursos. Pois outra coisa que a sunga pouco cobre é o pau. Enorme.

Enchimento, digo para mim mesma, olhando firme dentro dos meus próprios olhos, num esforço de me dar um mínimo de dignidade.

"Só pode."

Meu engano em relação a você é triplo. Acho, na hora, que você, cochichando no meu ouvido tão à vontade em meio ao bloco gay, é amigo de Pedro. Não é. Depois, na escada do prédio, no relatório diário que eu e Pedro nos fazemos todos os dias nessa época, ele jurará nunca ter te visto mais gordo. Você é amigo de Aleksandra, igualmente presente. Aliás grudada, como grudada anda todos os dias desses dias. Ela quer casar com Pedro.

E nem bem amigo você é. Conhecido de Aleksandra. A quem Zizi te apresenta. Zizi quer patrocínio para um projeto. Ela ensina dança no nível básico (crianças de oito anos). Aleksandra foi Primeira Bailarina do Kirov e ensina dança no nível profissional (profissionais até no máximo trinta anos). Você é executivo de multinacional de telefonia celular.

Zizi tenta o patrocínio por ela mesma e não consegue. Te pede ajuda. Chama Aleksandra para ver se, com o nome Kirov no book, consegue. Continua não conseguindo. Mas nisso te apresenta à Aleksandra, que vive grudada em Pedro. Que é meu irmão e meu melhor e único amigo.

Assim torto.

Toda vez que conto isso você dá um sorriso e olha para longe. É sua maneira de dizer que não gosta do assunto. Que há pedras nesse assunto e você não gosta de pedras. Ou que não é bem assim como costumo contar.

É.

A sunga branca ainda se mexe na minha frente quando você diz:

"E aí, vamos trepar?"

Assim grosso.

Pedro tinha acabado de fazer seu número gay predileto. Tem sempre velhinhas olhando os travestis. Ficam segurando a bolsa com as duas mãos (muito ladrão). Marcam o ritmo balançando a cabeça em sins tardios para tudo o que não fizeram na vida.

Pedro se aproxima de uma delas, espirrando as plumas que veste, os cílios com rímel. Segura a mão da velhinha. Olha fundo para a velhinha e diz que a família não aceita ele. Que veio de madrugada para poder estar ali.

"Sou de Pirapora do Bom Jesus de Mato Dentro."

Que aqueles são os únicos dias em que ele pode ser ele. Finge que chora. Se ajoelha na frente da velhinha. Agradece, voz embargada, por ela estar lá.

Se não for suficiente, agradece por ela existir.

Quando a velhinha começa a piscar mais depressa, voz quebrando, meu filho, levanta, levanta, ele levanta. Vira de costas e sai rebolando, cantando, os braços para cima. Aleksandra do lado se dobrando de rir.

Ele acaba de fazer o número quando te vejo.

Tenho quase trinta anos. Tirando um ex-colega de escritório deplorável, que enfiava a língua inclusive no meu ouvido, não trepo faz bem tempo.

"Vamos?"

Eu vou.

Vamos a pé. O motel fica na esquina. E lá voltaremos por várias vezes, cumprimentando o atendente que já se lembra da nossa cara. Subimos a escadinha ("suíte ou quarto?") até a suíte com a chave na porta. Os corredores têm um tapete grosso para que passos não se façam ouvir. É inútil. Tudo o mais se faz. Não importa. Entramos, tiramos a roupa, trepamos. Saímos em geral em meia hora. Nas primeiras vezes saio direto para o café, nosso álibi, sem esperar você fazer o pagamento na portaria. Depois esse meu constrangimento acaba. Passo a esperar você pagar, tamborilando na mesa a teu lado. E saímos os dois para o sol lá fora. Trepamos em geral no meio da tarde, fim da manhã, os horários possíveis.

Em alguns quartos há uma cadeira e um cartaz pregado em cima.

"Como usar a cadeira erótica."

Uns desenhinhos esquemáticos. Como montar o liquidificador. Não sabia que existia. Nunca usamos. Mas a cadeira erótica começa a fazer parte da minha trepada.

Nesses poucos meses de motelzinho, há jogos de algum campeonato, Copa do Mundo ou qualquer outra coisa igual. Então, às vezes, a portaria está trancada. Precisamos descer a rampa da garagem, berrar pelo guichê.

"Ei!! Alô!!"

E o atendente vem correndo, o som de uma televisão em algum canto. Se isso é hora de trepar, no meio do jogo.

O projeto da Zizi é montar o "Vestido de noiva" de Nelson Rodrigues, como balé, musicado. A Escola de Dança em que ela trabalha tem esse programa de intercâmbio com o Kirov. Aleksandra vem ao Brasil todo ano. Dá seis meses de aula e volta. É bailarina técnica. Ensina na turma profissional com sua voz esganiçada e dura. Grand développé! Balancé! Arabesque penché! "Falê arrabesque penchê, pórra!!!!" Zizi, a seu favor, tem só uns vídeos gravados para mostrar. Neles, ela corre descalça por espaços vazios, cenários feitos em prédios abandonados, pátios onde há estátuas sujas. Corre para lá, corre para cá. Não fossem os enfeites com que se cobre e a expressão de quem quer ser expressiva, isso de correr para cá e para lá a faria parecida comigo, que não corro, mas ando. E também de cá para lá e outra vez. Nos vídeos, ela vai de capa vermelha esvoaçante, olhos para cima, mãos em gestos lentos. Só vou conhecê-la depois. Primeiro vejo os vídeos. Ridícula. Depois descubro que ela usa umas calças muito largas nos quadris e ajustadas nos tornozelos. E diz para as crianças:

"Vocês têm de sentir a força que vem da terra."

Enquanto levanta os braços, as calças em tudo negando o que está sendo dito, estreitas embaixo, alargando à medida que se afastam do chão, as crianças se coçando, olhando para o lado, puxando meias.

O motel de nossas trepadas é sobra imobiliária. Ainda está lá até hoje, velho e pequeno, espremido entre os prédios maiores. Sem terreno suficiente para merecer o fim, vai ficando. Nós também.

Zizi, na época em que te conheci, dá aulas o dia inteiro, você, na tua multinacional, tem autonomia de horários e eu cumpro os horários elásticos de um aviso prévio já dado, minha ida para a empresa de insumos agrícolas em que vou ficar por tanto tempo já garantida. Depois, bem depois, eu já em São Paulo, nós tendo retomado contato, volto a esse motel sozinha. Eles aceitam hóspedes também por pernoite e volto meio pelas lembranças e meio por ser prático. O motel fica na esquina do apê de Molly, e eu, depois que saio do apê de Molly de vez, depois de tudo que acontece no apê de Molly, nunca mais consigo nem pensar em dormir lá. Pernoito então no motel, nas vezes em que vou ao Rio, Molly ali do lado. É perto. E é também porque quero reviver o estar no motel, reviver você. E porque não quero. E quero ter certeza de que não quero. E volto e volto. Porque durante aqueles meses iniciais, você rindo, nós trepando, achando que era só isso mesmo e que estava bom, fui fazendo uma história. Você se apaixonando por mim, você largando Zizi para se entregar ao Grande Amor De Sua Vida. Eu fazendo a história e me ridicularizando por fazer a história. Então volto lá, e várias vezes, porque tenho esse lado, que chamo de lado-izildinha, de ser meio que completamente idiota. E preciso lembrar disso para me proteger de mim mesma.

Nosso caso todo, quer dizer, essa primeira fase, não passou de dois meses. O suficiente para eu gostar imenso do imperceptível cumprimento de cabeça do atendente da portaria do motel, enquanto olha a tela do computador e pergunta:

"Quarto ou suíte?"

E, depois, sozinha, gosto imenso de me olhar, fragmentada no espelho de várias faces grudado no teto, eu, deitada na cama vazia e recuperando o teu cheiro, a tua voz doce. É um período. Depois paro de me hospedar lá. Passa. Mas durante um tempo eu, lá, recuperava não um nós, que nunca de fato houve, mas minha história inventada, a história ridícula de viver um grande amor. Eu tão igual à Zizi, ela sim, uma Izildinha total e não só no nome. E eu tão igual à Molly e à Aleksandra, também, aliás. Me lembro de mim nessa cama, sozinha, olhando o teto espelhado, e depois, a volta, a chegada em São Paulo. Nessa época em que vou ao motel sozinha, ainda não retomamos nossas trepadas, nossos encontros. Foi devagar, a coisa. Depois, e por anos e anos, fomos um nós assim, sem sê-lo, um quase na esquina do outro, você no teu apê, eu no hotel ao lado, ligados pelo telefone e por pouco mais. Eu com as pedras nunca compartilhadas, você com tua proposta de mundo: risadas, trepadas e não se fala no desagradável nem nos sons indistintos ou nos gestos, mais indistintos ainda, que dão origem ao que é desagradável. Nós nos mantendo nas palavras objetivas, as únicas possíveis. Agora, aqui, apresento as não objetivas. E que também são tardias.

Te ligo afinal pelo celular que estava do meu lado, olhando para mim, o tempo todo.

"Oi, lindinha."

Você parou no supermercado e não demora.

Interrompo. Amanhã continuo.

6.

Volto para Pedro e para Paris. Passo o umbral daquela porta. Passo Igor e a mão estendida de Igor. É tão aparente, às vezes, o quão pouco que as pessoas sabem quando de nada sabem.

Tem um piano.

É apenas uma sala que tem um piano, diria você, diria Igor. Não eu.

Antes, o aviso, ainda no caminho reto que saía da estação de metrô e dado para todo mundo, igual, mas para cada um diferente. Para mim, por exemplo.

"Bem, para quem ainda não sabe, minha casa tem um piano, e o Igor, que foi quem me deu o piano, tem muito ciúme dele, então, por favor, nada de botar copo em cima do piano e até mesmo a mão, de preferência, evitem."

E, para mim, o aviso suplementar, não dito nas palavras, mas lá, presente:

Olha, Valderez, tem um piano na minha casa.

E, por favor, Valderez, não diga nada a respeito de Igor ter me dado um piano.

Então, quando entro por aquela porta, não é que eu não soubesse.

Mas ainda assim: o piano.

Além de tudo, preto.

Molly queria que Pedro fosse advogado. Promotor, de preferência, mas defensor público já faria a cabeça dela. Pedro declara que quer ser astrônomo, vai estudar astrofísica. "Astrofísica, menino?! E como um astrofísico vai ganhar dinheiro nesse país, me diz!"

Depois, Pedro declara ter mudado de ideia. Vai ser pianista clássico.

"Pianista clássico?! Meu deus, mas você vai morrer de fome, menino! Não me largue a astrofísica!"

Sempre ríamos dessa história.

A casa de Pedro e Igor é toda arrumada, e não só o piano. Queijos arrumados como se fossem peças de um quebra-cabeça, montando em quadradinhos a superfície exata das tábuas que estavam por baixo. Várias tábuas. Montanhas de queijo. Montanhas de salada, cada uma de uma cor. Nas paredes uns quadros. Superfícies de cores firmemente delimitadas formando paisagens em que permissões formais, controladas, abriam espaço para a aparição de bonequinhos, árvores. Tudo predeterminado a partir da superfície total. E também havia umas araras de madeira pintada no jardim de inverno, uns estampados tropicais. Pedro é do Brasil, Igor é de Marselha. Quadros, araras e estampados declarando:

"Não somos daqui, não fazemos parte, ocupamos um lugar preestabelecido, concedido, e nem um centímetro a mais."

Posso entendê-los. Poderia ser eu, lá. Eu também, e desde sempre, tendo a meu dispor apenas um lugar permitido.

O piano de Pedro, ainda no tempo de Molly, tem uma função, embora nunca tenha se materializado em piano concreto, desses que podem ser vistos com os olhos da cara, como vejo o piano do apê parisiense dele, tanto tempo depois. Aliás, o piano ausente de um Pedro ainda rapazinho tem duas funções, uma delas bem prática, a outra menos. Há a Escola de Música que corresponde a um diploma de segundo grau. Cursá-la significa apressar uma independência econômica que Pedro sempre buscou. A segunda função é que Pedro encontra, na música clássica, um som. Um som dele, só dele, o seu ahn, ahn particular. Que ele usa a três por dois e com todo mundo, o que me inclui.

Eu na escada.

"Tou na maior gripe."

E ele:

"Aproveita e faz um grave aqui comigo."

E tocava um piano imaginário na minha perna.

Ou:

"Vou passar a te chamar de criatura das profundezas."

Não que eu já não fosse. Mas se tratava de uma citação, a epígrafe da quinta sonata de Scriabin:

"Criatura das profundezas, eu vos liberto."

Citação esta que eu não entenderia e ele sabia disso. Feita para eu não entender. Não era uma comunicação conteudística. Era uma comunicação sobre ele mesmo, uma cara que ele começava a vestir, um som que ele começava a descobrir como possível de ser o seu.

É pouco antes de você nos conhecer. Pedro ainda tenta uns concursos, mas não tem qualificação para passar. Quer trabalhar, quer coisas, muitas coisas, e aí conhece Aleksandra. Estou junto. Não tenho namorado, ele tem muitos e nenhum. Não é só na escada do prédio, nós juntos, fazendo nada, futucando espinha, falando besteira. Saíamos juntos também.

Foi num bar da Lapa, na época bem na moda. Esqueci o nome. Mas lembro do cenário. Aqueles casarões em que reformam o mínimo porque o charme está na velhice das paredes e tijolos, no pé-direito alto. As cadeiras são cada uma de um jeito, os pratos em que servem tira-gostos também. Na parte da frente funciona, mais por charme do que à vera, um brechó, e há uma empilhação de móveis usados, tudo também supostamente à venda, tanto quanto as cervejas um pouco mais caras do que deviam. E tem o piano. Também a mesma coisa: tem o piano porque é tão antigo e charmoso ter um piano e não porque alguém de fato vá se aventurar a tocá-lo. A música é ao vivo — o que não inclui o piano — em conjuntos que ocupam uma espécie de palco, num canto. Isso alguns dias por semana, algumas horas. Nem na hora nem no dia em que fomos. Clientes não costumam sentar ao piano, mas Pedro senta.

Faz uns primeiros acordes.

Aleksandra está em uma mesa grande, cheia dos russos com quem ela compartilha o apartamento, a cama e sobretudo o álcool. Bebem para cacete.

Pedro toca uns acordes, Aleksandra se levanta e nem chega propriamente a dançar. Apenas faz uma colocação de corpo, uma dessas coisas de bailarino. E muda. Era uma pessoa pequena, insignificante, para quem poucos olhariam. De repente é pássaro prestes a levantar voo. Pedro ri e interrompe o piano. Ela também ri. Ela precisa de um pianista que a acompanhe nas suas aulas na Escola de Dança. O pianista anterior acaba de pedir demissão. Depois fica claro: ela é insuportável. Pedro aceita na mesma hora.

Vai começar na semana seguinte. Desiste de vez dos concursos e declara para todo mundo que os júris só premiam pianistas orientais, ruins ou bons, por uma questão de moda. Depois ele irá desistir do piano. Depois de tudo. Mas, formado no nível médio na Escola de Música, presta vestibular e passa para a faculdade de música da UFRJ. Percebe que seus professores estariam bastante interessados em uma pesquisa sobre o período barroco da música brasileira e nem um pouco interessados em mais um pianista clássico a tentar um bico na orquestra do Teatro Municipal. Pedro muda o enfoque. Passa a se dedicar à pesquisa. Faz bem. É a pesquisa que o levará a Paris, primeiro para uma bolsa temporária, depois para a vida definitiva, ou, pelo menos, para o que pode ser chamado de definitivo em uma vida: um período de tempo mais ou menos longo. Nunca mais abre um piano. Acho mesmo que não poderia. Como abrir um piano e não lembrar de Aleksandra mudando de corpo, levantando, não é levantando, transmutando o pouco ou nenhum peito em outra coisa, uma não matéria.

Mas o piano, e preto, se impõe na minha frente assim que consigo atravessar o umbral da porta do apartamento de Pedro em Paris. É um mausoléu, penso. É o mausoléu que faltou, aquele que ninguém fez para Aleksandra. Tanto quanto o apartamento da Domingos de Morais me parece, na época dessa viagem, meu mausoléu, minha morada definitiva. Uma morada com hidráulica e elétrica inteiramente novas e lápide de porcelanato.

Já estava ruim, minha chegada ao apartamento de Pedro, e ia piorar.

Fico ainda por ali, hesitante. Mas há uma pressão atrás de mim, para que eu entre, para que diga êêê, festa!, pegue um copo, balance, ria e encete uma conversa qualquer com qualquer coisa, pensei nos quadros, oi, quadro. Destruo o quebra-cabeça e corto fora uma talagada do que me parece ser camembert mas, tenho certeza, deve ter um nome complicadíssimo. Minha sacola de queijos sumiu na cozinha, desnecessária.

Então eu sigo, a boca cheia. O piano me atrai, inevitável como a morte. Chego mais perto. E aí de fato quase morro. Pois em cima do piano, em cima da superfície perfeitamente encerada e preta, sem mancha alguma, do piano, há um porta-retratos, e, desse porta-retratos, Aleksandra me olha.

Não esperava.

Não sei quanto tempo fico ali. É desses momentos em que o mundo some, ficam só os sons, o ruído indiferente de pessoas que conversam, o ruído mínimo para dizer que o mundo que sumiu continua em algum lugar, não muito perto nem muito importante. É a voz de Pedro que me obriga a prestar atenção.

"A Sasha."

Levo mais um tempo infinito para entender. O que será que ele quer dizer dizendo a Sasha? Como assim, ele acha que precisa me informar que aquela é a Sasha? E ele afunda mais um pouco:

"Você lembra dela, não?"

Agora olho para ele, francamente incrédula. Um brilho de suor cobriu sua testa. Eu respeito. Não incluo o som, subitamente insuportável, da minha voz na cena que então continua muda, só com os ruídos de fundo. Volto a olhar o retrato.

Como se eu pudesse esquecer. Como se alguém pudesse esquecer.

Mas começo a entender, devagar, a razão da pergunta. Quer dizer que, fingindo que há a possibilidade de se perguntar tal coisa, haveria também a possibilidade de se responder:

"Não, não lembro."

Não eu.

Continua:

"É a foto que ela ia me dar, naquele dia, a foto que ela levou pra mim naquele dia."

"Nunca cheguei a ver."

"Eu também não. Quer dizer, não naquele dia. Molly me mandou depois. Eu já estava aqui fazia um tempo quando ela me mandou."

E o problema não é nem esse. É que Aleksandra me olha de dentro da moldurinha com um sorriso completamente imbecil, um sorriso que nunca vi nela. O sorriso de quem acha que vai ser feliz. Ela está com o véu e o vestido de noiva da Escola de Dança, o véu e o vestido imundos, rasgados e rasgáveis à menor pressão de dedos, do armário de figurinos teatrais da Escola de Dança. O véu, o vestido e o broche, que hoje é meu. Não meu, jamais será meu. Mas que está comigo. Ou pelo menos na seção considerada minha do teu armário.

Mas o problema não é esse, o broche.

E volto a olhar, sem conseguir acreditar, para o sorriso completamente imbecil que me olha de volta.

O retrato não é grande, mal se veem os ombros e no cinza geral de retrato antigo não há propriamente um branco, o branco é uma colaboração de quem vê. O véu e o vestido que deveriam ser brancos e que deveriam ter sido usados, embora ninguém acreditasse muito nisso, em uma montagem do "Vestido de noiva" do Nelson Rodrigues que nunca foi concluída, nunca foi vista por público algum, também são antigos, já eram antes da foto. Não há branco.

É uma noiva de teatro que está na minha frente, mas o sorriso de imbecil é de uma noiva de verdade, daquele tipo bem idiota, que acha mesmo que vai ser feliz para todo o sempre.

Pedro conhece Aleksandra. Aleksandra se apaixona por Pedro. Sabe que ele é gay. Não se importa. Tenta trepar com ele.

"Defina trepar", dirá Pedro na escada, revirando os olhos.

A ideia é eles se casarem. Aleksandra ganharia seu visto definitivo no Brasil. Ela quer isso. Vem ao Brasil quase todos os anos. Gostaria de ficar de vez. Tem um apartamento nos arredores de Moscou. Pedro vive querendo viajar, ir para longe. Não de Pedra do Conde, que não faz parte de sua história, mas de Molly. Um casamento e tudo ficaria resolvido.

Fizeram mais planos, os dois. Uma escola de dança em alguma cidade do interior. Distribuiriam panfletinhos de casa em casa. No panfletinho haveria uma foto deles dois nus, ele ao piano, ela só de sapatilhas. Em posição meia ponta.

"Para não assustar."

E caíam na gargalhada.

Aleksandra me olha, de dentro da moldurinha, com sua cara de menina-velha. A cara que lembro dela. Mas com uma inocência que não é dela. Talvez tenha sido. Talvez por um momento. Talvez no momento em que a foto é tirada, ela de fato acredite.

Tenho uma teoria sobre o clássico e as pessoas que curtem o clássico. Balé, música, pintura, neoliberalismo ou tailleur com broche prendendo uma echarpe. Essas pessoas acham que harmonia e perfeição existem. Acham mesmo. Se não no tempo presente, pelo menos no passado — o que equivale a dizer no futuro. Acho também que acreditar nisso é letal.

Mas naquela hora olho o retrato e não tenho como duvidar. Em um momento que seja, ela acredita naquele véu e naquele vestido rasgados. E o fotógrafo pega justo esse momento.

Pedro se afasta de mim. Tem horas que você precisa cortar. Entendo ele. Se não conseguir parado, vá para o mais longe que der, às vezes você dá sorte e a corda esticada, o mundo esticado, arrebenta sozinho.

"Champanhe, pessoal?"

A voz um pouco tremida. Mas ele tem prática. Consegue. E emenda longas histórias sobre o gato.

"Ceci."

É o nome do gato.

É um Maine Coon lindíssimo e imóvel. Não é um gato. É um cartaz. Pedro e Igor de terno, a entrada coreografada milimetricamente, todos juntos na porta, a campainha, Igor abrindo a porta no instante mesmo em que toca. Os quadros com sua composição controlada, as saladas com a delas, os queijos montados, tudo tão certo.

E o grupo, de brasileiros.

Ceci é um cartaz contra bárbaros invasores.

Não só não ponham as mãos no piano, como favor se comportar segundo o script: entrem, elogiem tudo, segurem um copo, comam aos pouquinhos (nada de talagadas!), conversem baixo, aceitem o bolo de encerramento e saiam, dando os parabéns aos donos da casa.

Não adianta. São brasileiros.

Entram aos berros, acham o gato uma gracinha, dizem isso aos berros, que gracinha!!!, enquanto um Igor à beira da apoplexia tenta seu último recurso.

Em seu português ruim avisa que o gato na verdade é uma fera que distribui unhadas a torto e a direito, sem nenhum motivo e sem sequer se mexer.

Ninguém acredita.

Fazem barulho e cercam o gato. Não só porque são brasileiros, mas porque depois da entrada tão certinha, naquele período de tempo tenso em que todos se perguntam o que fazer, o que dizer, o gato é uma saída. Eu e ele nos olhamos. Sou a única a não mover um dedo em direção a ele. Não que não goste de gatos, eu gosto. Mas porque estou ainda tentando recuperar o domínio do meu corpo, já que não da minha cabeça, após o retrato de Aleksandra ter ficado miraculosamente nas minhas costas. Virei de costas. Só não achei que fosse adiantar. Adiantou. Ela está atrás de mim, agora, e um pouco menor, um pouco mais cinza, acho que mais uns copos de champanhe e ela ficará do tamanho que de fato tem, o retrato é apenas um pouco maior que um três por quatro.

Dura pouco, meu encontro com Ceci. Igor pega o gato e o tranca na cozinha, o que é um erro.

"Ai, coitadinho!!!"

"Solta ele, coitadinho!!!"

Igor abre a cozinha. Ceci, hesitante nos primeiros poucos passos e cada vez menos, integra os novos figurantes recém-chegados ao seu palco particular. Ele é a grande estrela, sempre é, sempre será, e nem mais pensa sobre isso.

Escuto com minha testa um pouco franzida, faço um esforço para prestar atenção em algo viável.

"Tem um sopro no coração desde filhote, mas o veterinário diz que está controlado."

"É um dos raros Maine Coons a não ter focinho achatado. Foi escolhido por isso."

"Castrado, sim. Se não se destinarem a reprodução com pedigree é o mais higiênico a fazer."

"O pelo não é escovado, ele não gosta."

"Ele não tem medo de gente."

Tem medo de assombração. Às vezes de noite, corre desesperado pela casa inteira e mia, adivinho, sem que ninguém diga.

"Detesta barulho."

Ninguém acredita.

"O nome completo é Ceci N'Est Pas Un Chat."

Risadas. Pedro presta atenção em quem ri e quem não ri. Mas todos rimos. Agora eu já integrada, mais um pouco e vou conseguir colaborar, eu, com histórias de gato. Todos rimos, e rimos até um pouco mais alto e por mais tempo do que o necessário, porque não só somos todos cultíssimos, como queremos que isso fique bem claro.

E há os completamente idiotas.

"Quando você falou Ceci achei que era uma homenagem a José de Alencar."

Alguns balançam a cabeça em aprovação respeitosa. Outros suspiram (eu).

Estou longe do piano, agora. E presto atenção em Ceci. Pratos pelo chão (não há lugar para todos os convidados nos sofás e poltronas), mas Ceci não se interessa pelos restos de comida. Vai para um canto. Não mia. Não nada. É incapaz de cheirar quanto mais lamber. Também não late. Não sobe nas pessoas. Não passa com meio galeto nos dentes por entre as pernas das visitas. Não se urina todo. Morro de inveja. No começo só de Pedro e Igor, que não têm cachorro, que podem trepar sem precisar se abstrair dos ganidos chorosos de quem fica preso na cozinha.

Depois, também morro de inveja de Aleksandra.

Aleksandra está lá, em cima do piano, com cara de quem acha que vai ser feliz e, mais do que isso, cavalgando o piano, já que não o Pedro, em uma trepada eterna, que não acaba, como acontece com as trepadas paradas. Nada como trepadas paradas. Duram. Olham de cima, superiores, às trepadas que acabam. Ou, pior, as que recomeçam depois que acabam. As que voltam à vida. Ou nunca morrem. Como a nossa.

Ceci faz companhia à Aleksandra, lá, na sua ausência presente.

É o que eu talvez ainda tente no futuro. Não sei. Durante tanto tempo, durante todo o tempo que durou esse meu trabalho e minhas viagens, e mesmo antes, tive essa estratégia, de sobrevivência. Uma presença ausente, eu sentada por eternidades em cadeiras pré-moldadas de aeroportos, deitada em colchas pré-históricas de hotéis baratos, eu lá e não lá, eu parada ou a mil por hora, no emparelhamento possível com outros bólides que vão, como eu, com toda a firmeza, para lugar nenhum, indiferentes. Posso tentar ainda por mais um tempo. A mesma coisa, mas com você por perto. É minha dúvida.

Lá, na casa de Pedro, penso que gatos não podem ser ensinados e também não acho que Pedro tenha sido ensinado. Ele se defendeu de Molly a vida inteira. Recusava batata frita, não brincava no parquinho com outros meninos, pedia salsinha crua no almoço. Não dizia nada, nunca, para Molly, mas dizia tudo para os outros, para que ela escutasse, mas sem poder responder. Não era com ela que ele falava. Sequer falava, quando em casa, com ela. Falava na escada do prédio, e comigo. Então, o terno e o sapato, o quadro e a salada, e Ceci e a festa deviam ser uma estratégia de sobrevivência. Eu tive a minha, nesses não lugares que foram, são ainda, meus lugares. Estou sem saber, agora, se quero continuar. Não só a estratégia, como a sobrevivência. Posso entender.

Pedro é alto. Puxou a um pai aí qualquer. Ele, na minha frente, enchendo meu copo outra vez enquanto olha nos meus olhos sem se importar, sem se importar nem um pouco se vai derramar, e derrama, Pedro quer me ensinar algo.

Mas não é por isso que saio mais cedo.

Antes mesmo do bolo. Chego a vê-lo, de relance, pela porta aberta da cozinha. Sem glacê branco. Sem os dois noivinhos de terno em cima. Sem bala de coco embrulhada em tule.

Saio porque também eu não consigo suportar por muito mais tempo os pratos no chão, o gato a cada minuto mais à vontade, agora andando seus passos de nuvem em cima da mesa. As vozes a cada minuto mais altas. Porque Pedro me diz, sem dizer, me diz dizendo o contrário do que me diz:

Devo vestir um terno. Me casar legalmente com você. Caprichar um sorriso. Ir em frente sempre em linha reta. De preferência, não existir ou existir só um pouquinho.

E ele me diz isso e o contrário disso. E continua a me dizer o que não diz, ele dentro dos meus olhos que percorrem, já perto da porta, o ambiente inteiro. Tão arrumado.

Diz que devo enquadrar o passado em moldurinhas. Pôr os pedaços mais impactantes dentro de moldurinhas no meio da sala e lá deixar até que, de tanto vê-los, eu não mais os veja.

65

Quando saio, Igor vem até a porta com minha sacola de queijos. Intacta. Tem queijo demais, diz. Eles não vão conseguir dar conta.

Digo que não, com uma careta de horror involuntária que tento disfarçar sem conseguir.

"Imagina. Nem vou ter chance. Amanhã começa meu trabalho, não vou ter tempo nem de comer."

Mas não adianta. Igor é incorruptível. Não move um dedo em direção a um recuo tático. A sacola lá estendida. Pego. E saio do apartamento quase correndo.

Vou pela escada.

"Vou pela escada mesmo, gente, o elevador está no oito, vai demorar, vou pela escada mesmo, ciao, beijo."

Por gente, me refiro a Igor, porque nem tentaria dizer uma besteira dessas para Pedro, que me olha, um leve sorriso triste nos lábios.

Dou um beijo apertado nele, me seguro nele, o chão fugindo. E ele em mim. Viro brusca, de repente, esticando o fio até arrebentá-lo, e me jogo escada abaixo. Piora. A escada é em curva, quase igual.

Na chegada ao apartamento de Pedro, para subir, fico no grupo que pega o elevador.

Sem grupo possível, sem nenhuma possibilidade de grupo, agora na saída, desço me apoiando na parede, bem mais rápido do que é prudente, atropelando degraus, desço uma escada em curva.

A portaria do edifício pode ser aberta através de um botão na cozinha dos apartamentos. A portaria, já aberta, me espera.

Saio como quem respira.

Faço o caminho inverso da ida. A mesma linha reta só que ao contrário. Continua absolutamente reta. Impossível se perder. Por mais que eu queira e, meu deus, como eu queria.

Vou pela rua larga e reta direto para trás, para muito atrás, para muito antes, dessa cidade e do metrô dessa cidade.

Agora não são os cinzas da superfície ou as explosões de cores das estações de subsolo. Agora o que me segura são os pretos totais dos túneis.

Olho fixo a vista da janela preta do metrô, que me reflete. E, aos poucos, uma coisa me ocorre. Nunca chamei Aleksandra de Sasha. Quem a chama de Sasha é Pedro. Só Pedro. De nossa parte, quero dizer. Os amigos russos de Aleksandra também a chamam de Sasha. Me ocorre, lentamente como ocorre qualquer coisa para quem é burro paca, burra paca, que Igor, com esse nome, deve ser russo ou descendente de russo. E que, portanto, também chamaria Aleksandra de Sasha. Percebo um sorriso meu, espantado, no meio da minha vista preta da janela. Casais têm teias. Nem todas aparentes à primeira vista. Nem todas aparentes para eles mesmos. Igor é muito mais velho do que Pedro, e tem o mesmo nome russo de Aleksandra, a primeira noiva de Pedro.

A escada em curva do apê da Molly é só minha por muitos anos. Pedro começa a frequentá-la quando entra para a Escola de Música e muda seus horários. As aulas são de manhã. No começo, fala muito, fala sem parar. Só ele fala. Arranja assuntos que considera sérios e adequados para quem ele acha que sou: uma mulher adulta. Aos poucos, ele lá, começo eu a falar.

Nos conhecemos bem. Foi isso, essa visita, descobri que continuamos a nos conhecer bem. E que isso não adianta para nada.

Na saída, baixo, disparo:

"Acabamos, mais uma vez, sem falar do principal."

"Não precisa."

Às vezes nem precisa. Às vezes nem dá. Ou, no meu caso, às vezes nem sei bem como falar do principal que no momento, então, por falta de talento, tento pôr inteiro numa frase. Que faço e refaço e apago.

Apago.

Você chegou em casa. Fecho tudo.

De noite sonho com peixes que se moviam perto da superfície e que eram visíveis só por um instante, antes de afundarem na espuminha e na quietude.

Eu tentava pegá-los com a mão.

Te incomodei. Ao me mexer, te acordei. Mas você torna a dormir em menos de cinco minutos.

7.

Aquela é a última vez em que vi Pedro. Até hoje. No dia seguinte iria começar o circo de um evento que, então ainda sem ter muita certeza, já achava que seria o último.

(E foi, tirando um spin-off, um rabo, que invento para que não seja, para afastar um pouco o fim, embora querendo, provocando mesmo, esse fim. Um rabo que invento, depois de chegar, de te telefonar e de me apavorar: cheguei. Você à minha espera, o fim. Então invento um rabo, uma Curitiba não prevista, não necessária, para ganhar uns dias que fossem.)

Um dia depois de ver Pedro, conhecer Igor e rever uma Aleksandra cuja lembrança até então não incluía só ela, mas era como um pacote, desses que fechamos com um estrondo no momento mesmo em que chegam à consciência, de lá mesmo jogados para o fundo outra vez, um não. Um dia depois de ver Pedro, noivo outra vez, seus sapatos de couro, seu suor na testa, seus olhos buscando os meus, um dia depois, eu, eu também, me vestiria para os outros, suaria na testa e procuraria olhos que, no meu caso, não existiam.

Calcei as botas devagar, pus a saia comprida que comprei na loja da esquina, a blusa que afinal ficou legal. O casacão. O sorriso, deixo para a última hora, para quando não desse mais para não ter. E caminho escutando meus passos.

Você nunca entendeu bem o meu trabalho, embora eu te descreva, e mais de uma vez, como é o data show, as frases, o que é, para mim, ler as frases com o vocabulário da empresa, vocabulário que rejeito tanto a ponto de esquecer no segundo mesmo em que o digo. E os fazendeiros.

Não vou nem tentar aqui outra vez.

Só sei que, naquele dia seguinte, fiz outra vez o que sempre fiz. Li em voz alta no microfone o que todos liam, junto comigo, na tela. As frases curtas, oligoides, lidas e ouvidas ao mesmo tempo, então. Marteladas para dentro de cada cabeça. E mais umas poucas explicações, desnecessárias, que eu dava, e que ressaltavam, outra vez, o que todos liam e ouviam. As luzes, as letrinhas coloridas, essa em vermelho, essa um pouco maior, essa dentro de um círculo, e as palavras que, justamente, esqueço, silabosas, nesse inglês básico que acaba sendo a linguagem de todo mundo, o mundo desses ambientes em que se vende algo e que é o mundo, simplesmente.

Café.

Coffee. Bestkoffee.

É uma progressão. O que mostro no data show, com minhas botas e minha saia comprida, é o desdobrar de uma mágica. O café vira Bestkoffee lá pelo quinto slide e a palavra "brasileiro", escrita até então com b maiúsculo, some sem eu precisar me mexer, logo depois de virar "Brazilian" com maiúscula. Quando a pessoa vê, sumiu. É como o Ceci. Quando a pessoa vê, só tem o sangue escorrendo da unhada. Ninguém vê. Ninguém vê as unhadas que dou na tela, em nome de meu empregador. Ninguém nem nota.

Sou a presença feminina, necessária para tempos de politicamente correto, em um ambiente só de homens. Fosse no Brasil eu não estaria na mesa. Lá ninguém está nem aí. Como é Europa, acharam melhor me convidar. Ou é prêmio de consolação pela minha iminente despedida, o correspondente a relógio de ouro e cartãozinho: pelos serviços prestados, funcionário exemplar, uns tapinhas nas costas, já todo mundo meio bêbado. Ainda não estão bêbados. Vão estar. Depois. Quando vierem as putas. De noite, na abertura discreta de portas, nos telefonemas discretos da portaria do hotel, boa noite, senhor, olha, chegou.

Mas sorrio.

Antes de me transformar em presença feminina necessária em mesa e ambiente só de homens, fui eu mesma. Sentada no chão, com as outras moças que, como eu, pertencem a essa altura pequena do chão corporativo, sentadas todas, no carpete, único espaço grande o suficiente para que os montinhos de coisas se ajeitem à nossa volta, as pernas cruzadas, arrumamos os kits de boas-vindas dos participantes. Ao acabar, me levanto e subo de patamar por concessão, me estranhando, não pertencendo. Mas minha voz sai firme no microfone. Escutam minha voz firme. Estou nessa vida há muito tempo. Não dou nada de graça.

Antes, muito antes disso, foi o começo. Um começo que, tento dizer, te dizer e me repetir, é um acaso, uma dessas coisas da vida, porque é ruim eu me dizer, te dizer, que busquei, que catei, que forcei e arranhei, até conseguir.

Quando te conheço acabo de conseguir um trabalho que pode ser chamado de trabalho de telefonista. Vou telefonar para fazendeiros produtores de café que trabalham com (na verdade, para) uma empresa de agronegócios internacional. Devo pegar dados necessários ao preenchimento de uma ficha. Parece simples. Essa ficha depois será usada, já traduzida para o inglês, para a feitura de perfis de produtores, algo a ver com o marketing de responsabilidade ambiental, origem comprovada e outras frases que se me embaralham e das quais sequer tomo conhecimento nesse primeiro momento. Telefono, faço perguntas, anoto as respostas num rascunho, digito no pontilhado do excel e mando, via computador, para o cara que na verdade está na salinha ao lado. No resto do tempo, tomo café quando me animo a ir até o corredor, quando não tem ninguém perto. Meu horário, nesse começo, termina antes do horário dos outros. Também começa mais cedo. Preciso chegar muito cedo para pegar os fazendeiros antes de eles irem para o cafezal, onde telefone não pega.

Saio cedo do trabalho. E trepo com você. Tão simples. Mas já sei o que se seguirá. Pelo menos, em relação ao trabalho. É uma agência, isso. O trabalho é terceirizado. Estou lá para pegar o jeito. Depois, deverei fazer a mesma coisa de casa mesmo. Me pagarão a despesa do telefone e um tanto por ficha. A conta da multinacional, instalada há pouco no Brasil, está ficando grande e vai ser transferida para a sede da agência, em São Paulo. Não me preocupo. Não tenho muitas preocupações nessa época. Não temos.

Nas fichas dos produtores, um espaço para história pessoal, outro para iniciativas comunitárias, precauções ecológicas, preservação de cultura local. Não respondem bem. Monossílabos. Invento, já, desde o começo, algumas respostas, arredondo outras. O inglês também não é bom, o tradutor tendo várias outras funções. Vou inventando mais, redijo o que deveria apenas digitar. Digo que o cara que traduz é muito ocupado, que eu poderia fazer. Por muito tempo fico com as palavras, arredondando palavras, sugerindo verdades. Começo a passar eu mesma para o inglês, aprendido num curso que Molly me obriga a fazer, o comissário da Pan Am há muito sumido, mas ela ainda e sempre querendo chegar o mais longe que der de Pedra do Conde, se não geograficamente, pelo menos na linguagem, e se não ela, pelo menos eu.

E eu chegando cada vez mais perto, acintosa, agressiva. Funciona. Desarvorados, concordam sempre.

"Alô?"

E já no alô, a voz de mulher, um susto. E a continuação: "Mas vem cá. Além de dar dinheiro pra associação de policiais, você colabora com algum projeto social, assim, de verdade?" "Escuta, já entendi que o açude está na divisa com teu vizinho, portanto é tanto teu quanto dele. Mas você já pensou em criar alevinos de peixes nativos, assim, por nada, só pra repovoar o manancial? Não é caro, sabe."

"Uma ideia: e se na próxima cachaçada com churrasco de comemoração da safra, você fizer um concurso de viola, pra estimular os tocadores repentistas que ainda existam por aí?" "Sei, de buggy. Mas e se você e seu cachorro, você tem um cachorro? Vários. Ótimo. Mas um que seja assim mais afetuoso? Então, e se você e o Godzilla passeassem de vez em quando, manhã ainda cedo, só para olhar a amplidão? Ah, já fez isso! Muito bom!"

E, pronto, tenho minha história. Depois, quando o fazendeiro ler a ficha dele mesmo, ficará orgulhoso de perceber como ele é tão bacana. Quase um poeta do campo. Um filósofo do meio ambiente a refletir sobre a vida de manhã ainda bem cedo, olhando a amplidão. Todos com consciência ecológica, preocupações culturais e sociais. Porque é isso que faço nesses anos todos que acabam por acabar. Produzo fazendeiros. E me canso, me canso a ponto de depois de cada telefonema desses, que cai no meio, a ligação sempre ruim, precária, eu tendo de tornar a discar como quem torna a pegar a faca serrilhada e outra vez, no pulso. Me canso a ponto de quase fechar os olhos, a respiração pesada. Não vou para São Paulo quando a conta vai. Fico em casa, trabalhando já em casa, já no quarto e sala que alugo, já incapaz de dormir por quinze minutos que seja no apê de Molly, impossível fechar os olhos, já então, por cinco minutos que seja, naquele apê, fico em casa e é uma bênção. Porque depois de cada telefonema desses, durmo pesado na cadeira do escritório que arrumo na sala, para que sala, ninguém vem. Durmo pesado. E agora, pela primeira vez, me ocorre que talvez eu devesse entender teus sonos pesados.

E em algum momento, os telefonemas começam a não ser suficientes.

Quero mais. Quero olhar olho no olho, quero ver o olho baço, de bicho esperto, de cada um deles, ver o que Molly não viu, ali embaixo, os fios de barba que balançam, alguns já brancos, a papada. Mas não o olho, que ela afinal também tinha, parecido.

E invento as viagens.

Não são caras. Em geral de carro, ou de avião e depois carro. Aproveitam o carro e levam, não só eu, mas algo que precisaria ser levado de qualquer jeito. Galões de veneno de brinde para a fazenda tal. Ou, de carona, o agrônomo itinerante que vai ensinar o fazendeiro fulano a usar direitinho a semente modificada que vai foder com todas as outras que estiverem em volta dela.

E me obrigam a ir para São Paulo.

São Paulo, afinal. E você.

Dizem que só pagarão viagens com partida de São Paulo. Para continuar o trabalho, tenho de estar sediada em São Paulo. Sediada. Eu, descubro, tenho uma sede, onde será que fica: buceta, bunda. Bunda. É a bunda. É o que encaixa nas cadeiras pré-moldadas. São Paulo é mais central, também dizem. Central. O centro, como sempre, sendo determinado na ponta de um dedo que aponta. Aqui, o centro. E o resto (eu), periferia, acaso, figura colateral, um imprevisto que entra na cena e acaba incorporado porque sua eliminação é um trabalho que não vale a pena.

Vou. Quero mesmo. Nada que me prenda no Rio, Molly se transformando em Molly cada vez mais, seus sacos de roupa para vender, suas amigas, todas com um y no fim do nome, meu apartamento de quarto e sala em que há armários vazios. Tão pequeno e com armários vazios.

Então vou. Primeiro não vou. Você em um facebook que vai do ocasional para o diário, você com um endereço fixo em São Paulo. Então finjo. A saída de São Paulo, e minha chegada, apenas algumas horas antes, ou um dia antes, já no hotel ao lado da tua casa, eu pronta, vamos?, para o motorista contratado pela empresa, ou no táxi, vou precisar de recibo, sem problemas, dona.

E você na tua casa:

"Ela não está no momento, quer deixar algum recado?"

O porteiro já avisado para receber qualquer correspondência que viesse em meu nome.

E, no quarto vazio da tua casa, um canto de armário que você diz que é para mim, para eu guardar alguma coisa que precise e que, por muito tempo, fica ocupado apenas com um envelope, que trago de volta de uma viagem, que acho que vou precisar para a próxima, que não preciso, e que fica lá, ocupando, bem no meio, a prateleira vazia da parte de lá de um armário que só depois, bem depois, começa a receber, de fato, coisas minhas. Primeiro uma calcinha. Tomo uma chuva nos dois passos entre o hotel ali do lado e tua casa, um dia, chego encharcada e lavo a calcinha no banho pré-trepada. Não seca, lá fica. Você muito contente com minha calcinha, discreta, dobradinha, em cima do envelope pardo, uma escultura. Eu achando engraçado e um pouco desconcertada de haver, lá, uma calcinha minha, que examino a cada vez, para reconhecê-la, e que religiosamente troco por outra a cada vez que vou na tua casa, o que começo então a fazer com cada vez mais frequência.

75

A primeira função das fichas, então, é mercadológica. A segunda função das fichas que no fim preencho in loco, nas próprias fazendas, portanto com muito mais detalhes, muito melhor (é o que ressalto), é levar os próprios fazendeiros a se acharem fantásticos. Eu os fabrico não só para que os clientes da multinacional os achem fantásticos mas para que eles mesmos também se achem.

E isso eu também só vou descobrir com o tempo:

A empresa financia, dá a semente, o insumo, compra a safra, viabiliza a armazenagem e o transporte. E os preços, quem estabelece é ela. Então, tanto faz quem tem o nome ali, assinando a escritura de posse da terra.

Bestkoffee não é o último nome. Compram o café, vendem. E agora, fosse eu a fazer um data show completo, haveria uma segunda mágica. Sai Bestkoffee, entra Negrume Tropical, Cereja da Amazonas, Boost da Tasmânia ou qualquer outra coisa que a agência considere uma boa ideia. Vi uma vez, eu sentada, esborrachada, numa mesinha, no papel de consumidora final, um café com o nome de Rimbaud. Isso já no giz que se quer anódino, inocente, familiar, do quadro-negro pendurado atrás da caixa registradora. Giz e quadro-negro, e a pessoa se transporta para um mundo suave, inocente, cheio de professorinhas primárias. Sainhas plissadas, maçãs sobre a mesa. Faz parte do relax. Starbucks, Illy, ou qualquer outro. O meu era um Starbucks, só não sei de qual cidade. A poltrona confortável, o jazz baixinho, o cappuccino com espuma enfeitadinha. O nome escrito no giz atrás do caixa e também nos pacotes de meio quilo das prateleirinhas de venda, também ao lado do caixa, junto com canecas, echarpes, cafeteiras elétricas individuais. Cafeteiras que fazem só duas xicrinhas de cada vez. São para pessoas descoladas que não terão necessidade, nunca, de fazer mais do que duas xicrinhas. Uma para ela própria, a outra para o Brad Pitt que toma sol nu na espreguiçadeira da varanda.

Os pacotes de café costumam ter um papelzinho dobrado preso no fecho. Café de origem comprovada. E uma historinha. Não levantei para ver, nunca levanto para ver. Só olho de longe. São as historinhas que nascem de fichas como as que fiz, bobeia são ainda, até hoje, historinhas a partir das fichas que efetivamente fiz, ainda sendo usadas, reusadas, repasteladas, fazendeiros velhos recauchutados, seminovos. O copidesque do copidesque do que foi, um dia, uma ficha minha descrevendo um perfil de produtor.

Embaixo, tinha, não sei se continua tendo, uma bandeirinha do Brasil, porque parte do salário de quem faz esse tipo de coisa é subvencionada por estímulos à exportação.

No fim desse meu trabalho, e nessa viagem eu já estou sabendo disso, as fichas, as frases das fichas, as que faço e que são copidescadas pelo marketing a ponto de não serem quase reconhecidas. Nem por mim, nem, imagino divertida, pelo fazendeiro que, já na minha mão, tinha se tornado outro. Mas, e me divirto ainda mais, nas mãos do marketing de repente volta a se reconhecer. A volta completa, trezentos e sessenta graus até achar que aquilo ali é o espelho exato do que ele de fato é/ quer ser. Ou a mulher dele: bolsas Vuitton abundam no sertão do Cariri.

No fim desse meu trabalho, e nessa viagem eu já sabendo disso, as fichas, as frases das fichas, serão usadas para um novo projeto. O book comemorativo de dez anos da empresa no Brasil. Será um coffee table book sobre coffee. Um coffee table book sobre café. Um desses livros enfeitados, capa grossa, cheio de imagens, que ficam sobre mesinhas de centro em salas de espera de alto nível e em salas de jantar de nível um pouco mais baixo. Bregas. O livro trará a história do café brasileiro, agora em letra minúscula mesmo. Deveria ficar pronto no fim do ano e previam um grande lançamento. Ficou e teve.

Nesse livro, também em uma volta de trezentos e sessenta graus, o café e o Brasileiro, substituídos por coffee e Bestkoffee, e depois pelo Negrume Tropical e Boost da Tasmânia, voltam para onde tudo começou, os nomes tão bonitos, de cada tipo de arvorezinha, a diferença num tom de verde, no galho mais atarracado ou mais alongado de uma ou outra, bonitas. São bonitas as arvorezinhas, bonitas, em sua generosidade vermelha, seus enfeitinhos ao sol.

Catuaí, Acaiá, Icatu, Catucaí, Catuaí Vermelho, Topázio. Mundo Novo.

Antes de iniciar as viagens, antes de ver pela primeira vez e depois por tantas vezes, as arvorezinhas, decido que minha preferida é a Mundo Novo. Um eco de Grandes Navegações. Eu nem um pouco diferente de Molly, afinal.

E à medida que me embrenho, inventando e me distanciando do que vejo e me dizem, a cada viagem eu melhor, com frases melhores, melhor a foto, mais distante na grande-angular, no zoom que tudo achata, à medida que me distancio e que chego cada vez mais perto percebo que não tem começo. Origem comprovada, só que não tem origem. Catuaís e Icatus se misturando ainda nos cafezais a Rubis e Ubatãs, antes mesmo de sair das fazendas, a diferença entre eles sendo pequena. Um tempo de colheita ligeiramente defasado, ou uma aptidão, esse ou aquele mais próprio para terreno alto e seco, para a várzea. Já misturados desde o começo. Misturados desde sempre.

Então nem tem, nem mesmo isso, aquilo, o que quis tanto ver, me esforcei tanto para ir, e ver, nem tem. Não tem o café com um nome que recebe outro nome e depois outro. Nem mesmo esse primeiro, não tem, tudo misturado. Não tem um começo. Não tive.

E ficam então só os nomes que repito, esses que nunca esqueci, e que repito, como uma música no meu ouvido, meus catuaís.

E são bonitos, os grãos, estendidos nos terrenos de secagem, na saída das máquinas secadoras ou rolando, coloridos, na lavagem. É o que fica. E é muito. Depois de separados, um grito. Mas é só o vento, eles separados das arvorezinhas, separados por mãos ágeis, sapientes, mas dói, eu ouvi. Ou foi um grito da Molly, um que ninguém ouviu. Um trabalho como outro qualquer. Me digo. Nem pensei na coincidência dos ambientes. Talvez tenha sido mesmo um acaso. No começo pelo menos. Depois forço. Peço. Tenho vontade de escutar, deles mesmos, as histórias deles. Detesto-os. Trato-os mal. Sou impaciente, irônica. Dá certo. Ficam desconcertados. Falam o que eu quero ouvir. Quando não falam, forço. Invento. Invento. Tão melhor do que simplesmente vê-los.

8.

A ideia é chegar bem cedo ao local do evento. Me sentar em um chão acarpetado e, com mocinhas que não conheço, fazer kits de boas-vindas para cada um dos convidados, não me importando com o trabalho humilde. Sei que reconhecerei alguns nomes dos kits, sem lembrar das caras. E lembrarei depois das caras, nos corredores e salas, sem os nomes.

Sei que vou ficar sentada lá, como de fato fiquei, por um tempo muito maior do que precisava, o mundo às vezes combinando melhor com meus olhos quando assim, baixo, perto do chão.

Sei que vou pôr, em cada envelope: um bloco de papel, uma canetinha, o folheto de propaganda institucional (chamam de informação institucional) da Speciality Coffee Organization of Europe (sco-e), um mapa turístico e outro do metrô, o crachá de identificação. Uma folha de sugestões sobre o que fazer nos horários de folga. E uma cartinha de boas-vindas em que o nome da empresa está repetido cinco vezes. Um bombom de cupuaçu (trazidos aos poucos por cada um de nós para não dar problema na alfândega). E a folha da programação de três dias, cujo arquivo preciso consertar porque um dos horários mudou. E que preciso imprimir com um número extra de cópias porque sempre perdem e pedem.

Faço isso naquela manhã, repetindo o que já fiz tantas vezes, os olhos baixos para que não me vejam chorar e nem sei se chorei porque acho que é a última vez que sento em um chão acarpetado com outras meninas, fazendo o bom trabalho que ninguém nota, que é tão bom de fazer e justamente porque ninguém nota. Ou se é porque de vez em quando é preciso chorar e nem por nada, chorar no sol, na brisa, por todos os outros dias. Nem sei. Faço, controlando o choro, naquele dia pós-Pedro, e tenho também um sorriso, porque gosto mesmo de me sentar no chão e fazer o trabalho que ninguém nota. E hoje são esses os momentos de que sinto falta e nenhum outro.

Na programação do evento de Paris estava escrito que haveria logo de cara uma mesa-redonda, a das nove da manhã, a que ninguém vai porque mal chegou, porque dormiu até tarde ou porque é simplesmente chata. E que é a minha. Tinha também a apresentação dos novos produtos das empresas patrocinadoras (a minha), a abertura do concurso de melhor barista e uma visita monitorada aos estandes. Coffee breaks de montão, que é a parte que mais interessa, o real motivo de todos ficarem no evento em vez de se escafederem porta afora assim que não tenha ninguém olhando, todos em comboio em direção às Galerias Lafayette. Os coffee breaks em que todos se mostram, se exibem, trocam cartões, falam o que sempre falam, apertam mãos.

Fico no chão, faço carinho no carpete. Até que não dá mais. Só eu no chão e as pernas, cruzadas, dormentes. Levanto então. Monto uma cara neutra e respiro bem fundo que é uma maneira que eu tenho, ineficiente, aliás, como comprovo neste exato momento em que escrevo isso, de tentar fazer com que as lágrimas sumam.

Mas acabo que consigo (lá e cá).

E em frente.

Sempre parto do princípio de que as pessoas que me cumprimentam de fato me conhecem. Então sorrio de volta para um, para outro. Às vezes faço isso com um pouco mais de familiaridade do que necessário. Fica esquisito, mas é o mais prudente a fazer. Abaixo e levanto a cabeça bovinamente, seguidas vezes. Sim, sim. E penso, como seria se fosse de fato a última vez. Sei que de vez em quando devo dizer algo inteligente. Pelo menos engraçado. E que seja de preferência em inglês. Inglês é prático porque nesses eventos, todos iguais, nem sempre sei de imediato onde estou. Posso demorar uns segundos até lembrar.

Um início de evento, então, e eu apenas acho que foi aquele. Os kits estão prontos, minha mesa-redonda já sendo montada, o data show, os microfones, as aguinhas. Depois há um intervalo de tempo livre de dois dias, um fim de semana, e o evento recomeça na segunda-feira. Então, não espero mesmo ninguém na plateia. E não tem.

Vamos dar mais uns minutinhos.

Vou para o saguão, cumprimentar, ser simpática, sorrir. Tenho, tinha, uma posição corporal já testada para essas horas. As mãos, desarmadas, ficam apoiadas uma na outra na frente do corpo. Levanto os ombros, inclino a cabeça. É quase um pedido de desculpa por eu ser assim tão fodona, do staff e da mesa-redonda. E com uma saia comprida bem razoável. E magrinha, mesmo comendo todos os doces de cupuaçu do mundo. Porque tinha sobrado cupuaçu.

Cumprimentar, ser simpática, sorrir e também encontrar minha babá, a jovem que, nesse como em todos os eventos, ficará encarregada de me apresentar aos demais, me indicar coisas, passar papéis, telefonemas, pegar dados no ipad corporativo, pedir para traduzir isso ou aquilo, servir de intérprete para essa ou aquela conversa. Não lembro do seu nome como não lembrei no momento seguinte à apresentação, a mão estendida, o corpo rígido, as primeiras frases em um inglês horroroso, e eu tenho de dizer algo inteligente, engraçado seria o ideal. O.k., inteligível já estaria bom. Mas me dou o direito de só sorrir. Sorrir está bom, está mesmo mais do que bom. Já é realmente fantástico que eu consiga sorrir para ela com sua mão estendida, a rigidez dos que cumprem suas funções pressurosamente, o salário, as contas, a aposentadoria planejada desde o primeiro mês de atividade profissional. "Bonjour."

Sou tão educada e culta e meu francês é tão bom, levanto um pouco mais os ombros, inclino um pouco mais a cabeça. Ela fala e fala e aponta para este e aquele, e fala mais.

Sou educada e culta, mas insuficiente. Eu, ali de pé, sou como sempre fui insuficiente ao ímpeto necessário às vendas, aos negócios internacionais, prejudico a boa ordem do mundo. Eu, minhas botas, minha falta de saco. A jovem descobre isso bem rápido. Para no meio de um gesto, me olha interrogativamente, saí do script. Pois é, querida, chérie, não me ocorre nada, zero. Zerô. De inteligente para falar para você.

Supro a lacuna de palavras com mais movimentos bovinos de cabeça. Funciona. Abrem a porta do teatro. Começam a entrar. Graças ao bom deus. Ou Allah. Em minha volta, só árabe.

O local do congresso da SCO-E é uma biblioteca, um total espanto. Mas é nova, modernosa. Deve ter sido por isso, a escolha. A François Mitterrand. Talvez tenha sido o único local do tipo descolado, do tipo otimista-tecnológico, que conseguem arranjar em cidade tão antiga. Não parece biblioteca. Cinemas, cafeteria. Vários blocos, rampas, coisas sem sentido como pontes de ferro entre um hall e outro, portões enormes. Muito mais coisas sem sentido. Um monte delas. Deve ter algum livro em algum lugar. Não que eu tenha visto.

O teatro é grande. E é o que importa. Eles têm esse ideal, os homens de marketing que me governam, governam a empresa onde trabalho e o resto do mundo todo. Gostam de um teatro bem grande, enorme mesmo, um teatro total, planetário. Bastante luz, projeções coloridas se movimentando em paredes e tetos, céus e montanhas. Céus da boca incluídos, em risadas siderais. Montanhas, de preferência de peitos e bundas. E música. Mas não ao vivo. Ao vivo qualquer coisa é perigosa. Uma rabuda, essa coisa de coisa viva. Coisas vivas dão graves e inesperados problemas. Gravada, então (a música). Para poder subir o volume nos momentos certos, e baixá-lo. Roupas que brilhem sob a luz dos refletores. Microfones a espalhar o som no universo inteiro, ahhhh, que maravilha seria.

Fico lá, de pé, num canto. Um cansaço tão grande. Mas acabo que subo, meu pen drive na mão.

No pen drive, além do powerpoint já preparado, pus as fichas dos produtores, as que preparei de antemão, antes de sair para a viagem, mas que só terei de entregar na volta. As últimas fichas, que eu já poderia ter entregado mas que guardei, porque ainda tinha um prazo, e porque quando tenho um prazo, eu uso. Mas que, sim, vai ter um momento, e que pode ser agora, o momento mesmo em que acabe essa frase, um momento em que vou jogá-las afinal fora, as frases dessas fichas tão velhas que continuam existindo sem chão embaixo, sem mais nada.

E depois é só esperar o tempo passar para testar, um dia, outro dia, se ainda lembro de alguma coisa que seja, qualquer coisa. Até que não mais vou lembrar.

Lá, esperando o mediador da mesa e o outro participante, um dealer especializado no blend do coffee e na linguagem usada para esses ambientes que são tão blend quanto o coffee, esperando, então, para fingir que somos importantes, decido fingir que sou importante mesmo sozinha. Que tenho coisas de última hora que preciso rever, eu, tão fodona que eu sou. Então eu abro, lá, na mesa, ainda sozinha, o arquivo de fichas de fazendeiros do pen drive. Mas nesse dia, ao contrário de agora, eu lá, na mesa, esperando pelos outros, pelo público, não passo da primeira. O primeiro nome na tela, eu olhando para o primeiro nome, sem ler, as pernas cruzadas embaixo da mesa, eu apertando mais ainda as pernas cruzadas embaixo da mesa, abro as fichas, e me digo: é só para ter onde olhar. Fico lá, os olhos parados na primeira ficha, as pernas apertadas embaixo da mesa, a mão também parada. Eu, naquela hora, não corro o cursor para que as outras fichas apareçam. São elas: Napoleão Silva Junior. Hirito Okoyna Pereira. Nerval José da Posse. Rivaldo Delarossato. Cassionnel Fernandes dos Reis.

Os donos de terras chamadas Chapadão da Remissão, Grota Funda, São José, Combate, Água Alta. Em São João do Manhuaçu, Brejetuba, Anajé, Barra do Choça, Venda Nova do Imigrante. E tem fotos. Nas fotos, todos eles estão de botas. Limpinhas.

O que não aparece nas fotos.

O caminhão passando para apanhar os safristas às cinco e meia da manhã. A marmita das dez no foguinho de graveto, que é armado ao léu, sem um canto de sombra, não tem um canto de sombra para sentar e comer a marmita. Os pés descalços ou quase. O lenço a prender o chapéu por cima das orelhas, para proteger as orelhas do sol. O café, não o colhido, o do dono da fazenda, mas o outro, o do coador, no copo, bastante açúcar e bem quente.

Depois, no fim do dia, haverá mais um café na mão desses que não aparecem nas fotos mas que conheço tão bem. É fim da tarde, estaremos em uma escadinha de cimento que sai da cozinha. Há uma lamparina acesa nas nossas costas. Fica acesa até as sete, sete e meia da noite. Teremos o copo de café na mão, esquentando nossa mão, e o tomamos aos golinhos, para que dure, para que não tenhamos de nos levantar, não ainda, da escadinha, para que possamos continuar a olhar o nada em frente, espantados que ficamos de que esse dia também, como os outros, termine.

O que não aparece nas fotos.

O ruído da televisão que aos poucos vai entrando, seja o lugar que for, Manhuaçu ou Pedra do Conde, a televisão que entra, vai entrando, mancha de óleo, no lugar da lamparina, iluminando a escadinha, agora vazia, todos lá, no sofá de plástico, olhando esse outro nada, o televisivo. A escadinha agora para sempre vazia.

Em Manhuaçu, os terrenos são tão íngremes que a safra só desce no lombo das mulas. Dão excelentes fotos. Muito melhores do que as dos produtores de pé com suas botas novas, seus cintos largos. A agência nunca quis. Exotismo tem limite, aprendo. E mulas, aprendo, excedem. (Em Pedra do Conde, fora das fichas, sem fotos, nada desce, cristalizada para sempre do lado de fora do tempo.)

O que não aparece nas fotos.

Molly. Eu.

Mas aparece.

Em novembro, a terra tem de estar limpa, caso vá haver novo plantio. Nem sempre há, ou cada vez menos. Não sou só eu a precisar de mais tempo, sempre de mais tempo. Aqui também, sempre falta um pouquinho de tempo. Mais um pouquinho e tudo daria certo. Mais um ano e tudo mudaria. Os preços, o dólar, o clima, o posto de saúde.

Novembro.

A terra limpa, o mato deixado entre as ruas de plantio para fixar o nitrogênio, quebrar o vento. As curvas das ruas de plantio olhando o sol, direção poente-nascente.

No próximo janeiro, todas as mudas têm de estar no lugar. Mesmo eu aqui, fora para sempre do mundo delas, elas ainda assim continuarão a estar no lugar. Terão uns dez centímetros, essas novas mudas que não verei. Foram plantadas a partir de sementes fornecidas pelo meu antigo patrão. Nosso patrão. O que foi meu e que continuará a ser o deles. E o de todo mundo, você inclusive. Dizem que não passam de quinze ao todo, no mundo todo, as empresas que vendem os insumos, financiam o plantio, compram o produto, armazenam, transportam, revendem e especulam nas bolsas de commodities o trabalho de agricultores de uma (ainda) agricultura familiar, de países em que isso (ainda) existe e que são a cada ano em menor número. E que já eram, naquela época, a cada ano em menor número entre os que eu entrevistava, a maioria se rendendo ao agrobusiness. E quem resistia desaparecia. A empresa, que só trabalha com grandes produtores no mundo inteiro, aqui foi obrigada a abrir uma exceção temporária, para os que (ainda) mantinham terras menores, familiares, no meio das vastidões desérticas de seus clientes habituais. Eram os que mais eu precisava arrumar na ficha, para que suas histórias ficassem palatáveis, menos reais, mais comercializáveis, os que menos ficavam bem na ficha, literalmente falando. Os outros já vinham com o discurso pronto.

Mudas novas de café têm trinta anos de vida útil, de produção. Para que sejam plantadas até janeiro de um ano, as sementes têm de entrar nos saquinhos adubados até abril do ano anterior.

Então é assim, Paulo, que funciona.

Janeiro, mudas novas já no lugar, no campo, a tempo de pegar as chuvas. Chove. Ninguém faz nada a não ser olhar a chuva. Até maio.

Maio começa a colheita. A data exata é uma ciência. Não pode passar da hora porque o café seca no pé. Não pode ser prematura, porque haverá muito grão verde. São três colheitas. A primeira é a melhor, a cereja madura, a do café especial que é o que mais interessa ao agrobusiness. A segunda pega os grãos que estão mais verdes, que grudam nos galhos e não caem na derriça, e que, portanto, não entraram na primeira. A terceira é o lixo mesmo. O que caiu fora do plástico estendido no chão, o que escapou, nos galhos mais baixos, mais sujos, das duas primeiras. Tem de pegar. Se ficar por lá atrairá pragas, doenças, na próxima safra.

Até aí as mulheres participam, podem ganhar o seu dinheiro. Meninas inclusive.

Daí por diante, só homem. O café colhido tem quatro horas para começar a secagem. Depois de quatro horas fermenta, dá mofo, vira lixo. Os grãos colhidos vão para os terreiros de secagem. Em setembro, todo o café tem de estar no terreiro de secagem. Terreiro de concreto, tijolo, asfalto, tanto faz. O que determina o paraíso ou o inferno são os três primeiros dias de terreiro. Têm de ser três dias de sol direto, sem nuvens. Tem de adivinhar que vai haver três dias de sol direto.

Fica lá, o café.

Se ameaçar chuva, ele é amontoado o mais rápido que der, para diminuir a exposição à umidade. Se o sol sai, é espalhado o mais rápido que der.

Depois vai para a secadora para perder o resto da umidade. Não pode secar demais. Não pode pegar cheiro da fumaça do diesel. Estraga. E o preço cai. Já é baixo. Cai mais.

É isso, Paulo, o que nunca pude gostar, o que não gosto até hoje, e não só em relação a fazendeiros e café. É esse determinismo. Essa visão que eles têm de que o mundo é uma sequência inescapável de causas e consequências. Aconteceu isso? Segue aquilo. A vida como algo mensurável, planeável, que precisa seguir uma previsão e quando isso não acontece é o caos. Trepou? Vai engravidar. Engravidou? Precisa abortar. Ou sumir.

E é por isso que estou ainda hoje com você, por causa da tua proposta que você não diz, nunca inteira, aliás nem mesmo aos pedaços, não por palavras, mas que entendo como sendo: a gente segue, a gente faz o que a gente tem vontade, mesmo se, apesar de.

Uma vez escutei um cara falar. Era um fazendeiro, embora vivesse em São Paulo e tivesse escritório no Itaim Bibi em edifício desses que a cidade exibe no que chamam de neoclássico e que é só profundamente brega e do qual, se Pedro estivesse presente, diria a meu lado, entregando o documento de identidade necessário para liberar a catraca da portaria, no meio de uma risada: "Nada que se compare a Parrí, né, Izildinha."

O cara disse:

"O que não pode ser mensurado é como se não existisse."

E olhou para minha cara esperando que eu, esmagada com tanta sabedoria, tomasse nota da frasezinha para depois reproduzi-la, em negrito e corpo dezesseis, na parte de cima da ficha.

O que não deu para ser mensurado e era como se não existisse, mas existia, era eu, ali na frente dele.

Vou jogar fora. As fichas, digo.

Napoleão Silva Junior é o dono da Chapadão da Remissão, começou no ofício de cafeicultor trabalhando com o sogro porque não tinha outro jeito, e descobriu a beleza que há em um cafezal. Hoje não quer saber de outra vida. É uma pessoa felicíssima em seus trinta e nove anos, cheio de planos de expansão e de aperfeiçoamento tecnológico para obter um café cada vez de mais qualidade! Todos os seus funcionários (são dois, mas não digo isso na ficha) têm alojamento adequado. Pensa em instalar um projeto de irrigação. Dá preferência a defensivos agrícolas de baixa toxidade, como os fornecidos pela maravilhosa multinacional para a qual, por acaso, preencho a ficha. A Chapadão tem uma nascente cujas margens estão bem preservadas em mata nativa. A área total de mata atual é de sete hectares, o que inclui a de preservação permanente e a reserva legal de mata original, conforme permite a lei. O lugar é lindíssimo e podemos observar, ao nascer do sol, tucanos, seriemas. Mas é preciso cuidado com as cobras selvagens. São enormes. Sucuris-açus de dez metros, pítons, anacondas. Já fotografaram o monstro do lago Ness no riachinho da nascente. Ninguém no escritório apreciava meu senso de humor. Média climática do Napoleão: 1570 mm/ano de precipitação pluviométrica em temperatura média de vinte e um graus. Entra ano, sai ano. Hirito Okoyna Pereira é um japonês da região do Alto Paranaíba, no Cerrado Mineiro. Foi um dos primeiros japoneses, hoje é um dos muitos. Tem japonês paca por lá. Ponto alto do perfil: deixa que todos os filhos dos trabalhadores frequentem a escola. É, portanto, um sujeito bom. Jura que tem jaguatirica a dar com o pau na fazenda dele, sendo que dar com o pau é mera expressão linguística, porque Hirito é muito cônscio de suas responsabilidades ambientais, preservando fauna e flora disciplinadamente. E jamais daria com o pau em bicho algum.

Nerval José da Posse está com setenta e quatro anos e vai na São José todos os dias. Foi o vencedor do último concurso de qualidade promovido pelo meu então empregador. Ganhou um diploma. Ainda estava em uma gaveta, o diploma, quando nos falamos, mas ele me garantiu emoldurar assim que tivesse um tempinho.

Rivaldo Delarossato começou a mudar seu plantio para obter café especial há oito anos e desde que tomou essa importante decisão de vida fez tudo que a multinacional para a qual eu preencho a ficha manda ele fazer. No quesito fauna, ele me entregou já pronto um papelzinho, já em inglês, que ele copiou não sei de onde: maned wolf, cougar, pampas fox, deer, opossum, greater rhea, seriema, tinamous, southern carcara, owl, vulture, guans. E onde há, inclusive, um fantástico red knobbed curassow.

Produção total de sua última safra: dois mil sacos do melhor bestkoffee que os torrefadores estrangeiros, aqueles, os que compram, misturam, preparam e vendem com alto lucro para os Starbucks da vida, já viram. Nem por isso. Uma lapa de café velho vai ser descontinuada. Ele gosta mesmo é de manga-larga marchador. Está riquíssimo. Pretende começar uma criação de cavalos. Mas isso não está na ficha.

Vou jogar fora.

O que inclui a última ficha. Não é a última, eu é que deixei por último. É a que provocou meus berros, logo antes dessa viagem para Paris, logo antes de embarcar com botas e casacão para Paris, e que, eu lá em Paris, na mesa do evento em Paris, fico parada, olhando, olhando sem ler, a coisa toda perdendo o foco na tela à minha frente, até que o barulho da cadeira ao lado sendo arrastada, o mediador, o outro cara, o sorriso fixo, preocupado, me olhando, me fez mudar de tela, de cara, de identidade. Bonjour. A ficha que eu vou jogar fora um dia, assim que der, não agora, assim que der. Daqui a pouco.

Rosário Rocceto.

A única mulher cafeicultora que conheci durante todo o tempo em que fiz esse trabalho.

Meu chefe:

"Mas você já sabe disso. Sabe que essas coisas da vida pessoal deles não pode dizer nos perfis."

E eu defendendo, aos berros, no telefone, uma ficha que na hora mesmo em que defendo me parece tão inútil defender. A ficha de Rosário Rocceto, que fiz sabendo que não era para fazer.

Nasceu embaixo de um pé de café, a mãe, grávida, tendo ido para a roça até o último minuto. Casou só na igreja aos dezessete anos. O marido trabalhava na terra que o pai dela havia conseguido comprar, depois de muito esforço. A fazenda foi em frente. Quando ela fez setenta anos, ou seja, no ano anterior à entrevista comigo, o marido avisa que vai se juntar com outra dona que ele tem na cidade e abrir um bar. Ela e o marido nunca casaram legalmente, em cartório. A terra continua sendo dela, portanto. Não vale muito. As máquinas e benfeitorias, que é o principal, têm contrato em nome do marido. Terá de renegociá-las. Pior: o cafezal está velho, precisa de replantio. Ela depende do crédito e da garantia de compra antecipada da safra pela empresa onde trabalho. Precisa disso para conseguir seguir. Tem, na época, vinte e três funcionários registrados em carteira e paga outros quase duzentos na hora da safra. Nos primeiros meses foi difícil, me disse, a voz dura. Aos setenta anos se viu precisando voltar, cinco horas da manhã, ao cafezal. Fazer com que os homens a respeitassem. Tomar decisões, peitar os intermediadores (entre eles a minha empresa, Rosário não era muito benquista lá no escritório). Peita bem. Consegue um acordo razoável. Vai em frente. Catorze mil sacos de café na safra daquele ano. Isso nos seus seiscentos e um hectares. Gosta mais do Catuaí e do Catuaí Vermelho. Também replantou Topázio e Rubi.

Escrevi a história. A agência não gostou. Pensando bem, nem eu. Não consegui reproduzir, nem dessa vez nem nunca, eu sozinha, olhando um nada qualquer, nunca consegui reproduzir a voz que nunca escutei, e que acho que devia ser parecida com as outras, as que, sim, escutei, e que são duras e mansas ao mesmo tempo. A voz que queria tanto ter escutado, a voz dura e mansa e educada, sem nem um decibel a mais, que formulava as palavras, uma por uma:

"Então eu disse para ele: você escolhe, ou dá metade agora ou tudo depois de morto, porque vou mandar te matar."

Rosário disse:

"Pode ir. Vai, seu escroto. Não tem importância."

Quando eu jogar tudo isso fora, vou saber. Talvez de mim, espero, quando nenhuma ficha restar, nem os nomes, nem a quantidade de hectares, nem os catuaís e o tom de rosa tão bonito dos catuaís, aí eu vou saber, talvez, pela manhã, como vou terminar o dia. Não hoje, ainda.

No caminho de ida ou de volta nos três dias que durou o evento de Paris, eu passava, em todos os cantos, em todas as ruas, já escuras ou ainda escuras, por pinheirinhos abandonados. Os pinheirinhos que não estavam na Paulista naquele primeiro de janeiro em que passeamos com o cachorro.

Estavam ao lado de lixeiras e sacos não recolhidos, encostados em paredes-cegas, cantos de rua, jogados por cima das grades das praças, em canteiros ressecados pelo inverno. Por todo lado, pinheirinhos verdadeiros. Arvorezinhas crianças, o tronco cortado, as folhas teimosas começando a amarelar, murchar, morrer depois da morte, algumas ainda com um resto de enfeite, uma coisa tão triste que me dá vontade de chorar até hoje, ao lembrar. Todos os dias, eu andando, a cabeça baixa que eu só levantava para ver os pinheirinhos, fazer carinho neles, com os olhos apenas, ou pelo menos. Mas só eu. Ninguém molhava o rosto pelas ruas dentro de seus casacos compridos, suas botas que não doíam.

9.

As horas passadas em aeroportos são sempre iguais, então o que vou dizer aqui eu não sei mais se foi na volta de Paris ou na ida para qualquer outro lugar, ou se foi nessa última viagem, a do Rio, em que voltei esquisita, segundo você, e da qual não falei. Não deu. Eu voltando, o saguão da ponte aérea e eu na cadeira do saguão, o avião há muito chegado, e eu lá, sem coragem de entrar no táxi, de chegar, a casa, a nossa casa, tua cara tão boa, o cachorro ganindo, ter de dizer oi, foi tudo bem. Porque, nessa chegada em Congonhas, fico lá toda a tarde, o fio do notebook enfiado na tomada quebrada da coluna atrás da escada, a mochila no colo servindo de almofada para o notebook, o avião da ponte aérea há tanto tempo chegado e eu lá, saindo do desembarque não para a rampa do táxi, mas virando à direita, para o saguão outra vez, para esse estar sem estar, sem ida nem vinda, que consigo, conseguia, consegui por tantos anos, em saguões de aeroportos. Tua casa, a nossa, lá, no fim do táxi e eu sentada como quem espera, sentada depois de chegada, o notebook no colo, o calor do notebook passando para minhas pernas e eu começando a te dizer na tela, para mim mesma, isso aqui, as primeiras linhas disso aqui, do que não ia conseguir te dizer, eu chegando, oi, tua cara tão boa, o cachorro ganindo.

Então vou fazer, para me dar um tempo, como se fosse uma lista de coisas de aeroporto, assim geral, que é para ver se me mantenho ainda longe, ainda por algumas linhas um pouco mais longe.

Então tinha, sei que tinha porque sempre tem, um alto-falante berrando staralai, tem as mulheres que correm de salto alto, eternas, indo e vindo de lugar nenhum, carregando malas de rodinhas, enormes malas de rodinhas porque elas compraram tudo, elas. Tem o cheiro de pão de queijo em todos esses aeroportos, os brasileiros, quero dizer. Tem as mesmas caras de sempre, meio cafajestes, que brotam adubadas pelos restos de pão de queijo, guardanapos usados, copos com resto de coisas pretas que caem no chão, amassados. E tem as vozes que não param nos alto-falantes. Não só o staralai incompreensível, mas uma enorme quantidade de números, de dezesseis a trinta na fila da direita. E nomes de cidades que parecem um pouco os nomes dos tipos de café, os nomes tão bonitos, Catuaí, Acaiá, Icatu, Imperatriz, Navegantes, todos esses nomes me chamando, eu sempre com muita vontade de me levantar e ir em todas as piraporas do bom jesus de mato dentro que me chamam, sereias que são, pelo alto-falante. Marabá. Como deve ser bom em Marabá.

Na viagem de Paris volto como quem vai. Ainda. Na viagem ao Rio, volto como quem vai, também. Na de Paris tenho já um caminho traçado, um caminho que traço ainda lá, mais reto, mais firme. Volto com a segurança de quem sabe que tem um lugar para ir, um longe para alcançar. Pois é ainda em Paris que invento Curitiba, você ficou meio puto.

Hoje, depois que voltei do Rio, também sei que voltei como quem vai.

Em Paris, evento acabado, fico lá ainda por uns dias, andando sem parar, de propósito, o machucado das botas no pé nem mais doendo de tão machucado. (A unha iria cair depois.) Eu andando pela cidade e uma vez tomei um ônibus meio vazio cujas janelas me pareceram limpas e amplas. Aí volto.

Há uma parada técnica no Recife. Eu, espichando a viagem, inventando uma Curitiba desnecessária, e aparece um Recife de graça. Acho que ia cair, conseguiram pousar antes. Teve um lanchinho. De graça, então, tive o tempo, enorme, que fiquei na cadeira pré-moldada do aeroporto pernambucano, em tudo e por tudo igual a qualquer outra cadeira pré-moldada de aeroporto, e mais o lanchinho, também de graça. Seria, se tivesse pegado. Não peguei. Fila para voucher de lanchinho. Homens cafajestes de diversos modelos, esportista, gordo bem-sucedido, executivo de terno, todos eles apêndices de celular, cocôs que saem de celulares e nem saem de todo, ficam lá, pendurados. Cocôs falantes. E todos na fila do lanchinho, com as mulheres, os saltos altos, as malas enormes, elas também do tipo sonoro. Fiquei. Fiquei por muito tempo. Não sei quanto. Nos chamaram, afinal. Soube disso porque um rosto com óculos e duas orelhas que registrei para isso mesmo, para servir de referência, se levanta da cadeira pré-moldada em frente da minha cadeira pré-moldada. Se aquele rosto ficou de pé é sinal que também devo ficar. Se aquele rosto fez um ufa e sorriu para mim é sinal de que devo, em resposta, montar algo de animado com meu rosto também. Tento. Me olha de lado. Acho que não consegui. Vou para o portão de embarque sem desenho animado mesmo.

E me espremo num lugar do meio. Da parada técnica em Recife até o destino final São Paulo, nos informam, os assentos serão livres. O que quer dizer, no jargão empresarial vigente, o contrário. Pois se marquei janela, como é que estou em assento do meio. O livre é porque tenho a liberdade de me foderem. Me enfiam um pacotinho de amendoim e um guardanapo que é onde, acho, devo vomitar o amendoim. Voo lotado, empilhado. Saio pela janela. Não lembro nadinha desse voo, como se eu não estivesse nele, eu lá, empacotada na cadeira do meio. Tenho muita admiração pelo vocabulário de marketing, que foi o teu e que você agora perde, cada dia mais um pouco, acho que por minha causa. Era meio da noite, breu lá fora. Mas eu gosto de olhar o breu. Pode ser metrô, pode ser avião, eu gosto. Nesse avião, fiquei no meio do meio, longe de qualquer referência externa. É difícil. Eu já tenho poucas. Me afundo com grande facilidade em mim mesma. Mas acabei que cheguei, não foi?

Cheguei ainda não chegando. Um dia só em São Paulo e a partida para a Curitiba inventada.

Oi.

Oi.

Eu ainda no hotel da esquina da tua casa, deitada, ainda, em cima de uma colcha de hotel, olhando um teto de hotel enquanto falo com você e digo que cheguei mas já vou. Mas que tenho queijos.

Queijos?

"Uma longa história."

E espicho o olho para a sacola de queijos que comprei para a festa de Pedro e Igor e que eram excessivos e que não foram aceitos e que peguei de volta e trouxe e que são, tenho certeza já naquele momento, bem parecidos com os que você comprou para acompanhar o vinho no aguardo da minha chegada. O vinho, os queijos, as novidades que vão se extinguindo em frases cada uma delas mais curta que a anterior, silêncios maiores, os olhares, a mão no meu peito, a luz que você apaga, já de banho tomado pouco antes da minha chegada, idem eu. E a trepada, sempre boa. Depois, porta aberta, rimos juntos. O cachorro, que dormia antes no sofá, agora na soleira da porta do quarto, cara triste porque fechamos a porta.

Depois vou tentar falar de Aleksandra. Da foto de Aleksandra, para você. Você conhece a história, e tão bem. Mas eu tentaria descrever a expressão imbecil de Aleksandra vestida com o vestido de noiva tirado dos figurinos de teatro da Escola de Dança. Fico um tempo pensando como será descrever para você o que é para mim ver Aleksandra com cara de imbecil, vestida de noiva e achando que vai ser feliz. Gaguejo e me repito, você com a cara cada vez mais fechada, se irritando, na defensiva, o que é que tem, qual o problema. Você não sabia do que eu estava falando, como poderia saber. Tento dizer da minha raiva que só consigo exprimir com uma risada de escárnio. Tento dizer, sem precisar dizer, da minha raiva que uma mulher vivida como era Aleksandra, nenhuma garotinha, da minha raiva que uma mulher dessas possa, por um minuto que seja, achar que vai ser feliz, que vai casar e vai viver feliz para sempre. Muita raiva. E não consigo dizer da minha raiva da Aleksandra porque na hora nem noto que a raiva não é de Aleksandra, mas de Zizi, essa idiota, nenhuma garotinha, que achava que ia ser feliz, que ia ser feliz com você para sempre.

Não consigo falar de Aleksandra nesse dia em que mal chego já de partida. Também não falo da exposição, eu com minha cara, eu também de certa forma emoldurada.

É num dia em que chego atrasada no evento. Não chego atrasada. Chego antes, como sempre chego, em tudo. Chego antes e me esborracho no café que tem perto dos cinemas. Lá fico. Quando vejo, o evento já começou, os estandes vazios, a porta do teatro fechada, todos lá dentro, escutando a bullshitagem de alguém. Retrocedo. São assim as grandes decisões. No silêncio, sem ninguém notar. Ainda fico de pé olhando a porta fechada daquele mundo que acha que me inclui. E aí me viro

98

de costas e saio. Ao sair, e mesmo já fora, preciso dar a impressão, se não para os outros, pelo menos para mim mesma, que tenho certeza. Certezas. Que sei para onde vou. Me lembro do folheto que enfiei, dezenas deles, dentro dos envelopes do kit de boas-vindas. Sugestões culturais. Tinha essa exposição. Vou resoluta, as botas ajudam, cada passo uma prova irrefutável de uma lógica a governar o mundo, a lógica a bater no mundo, plec, plec. Vou resoluta até o metrô. Lá continuo resoluta. Entro. Vou. Salto. Ando. Chego.

Quai Branly. "L'invention du sauvage — Arts premiers". Implícito, nesse arts premiers, uma evolução. Minhas botas já sabiam disso, eu preciso aprender na hora. As arts premiers são premiers porque figuram lá embaixo na pirâmide do progresso civilizatório da humanidade. O Louvre está em cima. A lógica do mundo. Há uma outra lógica, aliás não, é a mesma, há outro exemplo: o Quai Branly fica grudado na Torre Eiffel. O visitante olha para cima e vê a torre esmagando a exposição e ele próprio. É de propósito.

Dentro tudo escuro. Então, nessa exposição, comecei gostando. Tudo escuro, estava bom. Depois notei. Umas luzes dirigidas, de spots, a ambientar de forma igual as imagens dos premiers (maoris em sua maioria) e visitantes. As luzes os igualavam. Igualavam-nos. Havia mais uma igualada, esta em andamento. Os visitantes se mostravam cheios de respeito pelas figuras expostas. Mãozinhas para trás, caras sérias, interessadas. Então os maoris estão lá, olhando humilhados e temerosos para a câmera que os tolhe, e os visitantes estão lá encenando um a posteriori respeito por eles. Essa segunda igualada é, portanto, temporal. Dois tempos fingindo que são um só.

Não só maoris. Há outros e, vou descobrir, tantos que chegam a me incluir. Tem os seis índios que Colombo levou para a corte de Espanha, mulheres barbadas de circo, negros com a pele manchada de vitiligo antes de vitiligo ter esse nome e ainda ser coisa do diabo. Anões, gêmeos siameses. No dia em que vou, a exposição está cheia. Um desmentido de que as grandes exposições universais que encantaram os europeus no século XIX hoje não teriam público porque todos se envergonhariam de ir lá, apontar o dedo, rir e dizer, ih, olha aí esse. Bem-vestidos versus selvagens, algo não adequado nos dias de hoje. Ficamos, eu e os outros que estavam lá nesse dia, na frente dos selvagens. Ninguém aponta com o dedo. Eu e os outros turistas, respeitosos de antemão, desde antes de entrar no museu. E respeitosos nesse a posteriori encenado de todos os dias, assim que o museu abre, o a posteriori do trucidamento de séculos atrás. A exposição está cheia, mas não encontro ninguém do evento, não que eu tenha reconhecido. Eu precisava de outros motivos para ter saído, resoluta, do evento e ido a essa exposição e nisso fiquei pensando por todo o percurso do metrô. Qualquer coisa e eu diria: fui para checar se estava tudo em ordem e se a sugestão de programa podia se manter; fui tirar uma foto para colocar no site da empresa sob o título: sugestão cultural apresentada; fui porque precisava acompanhar um grupo que não falava francês e se sentiu inseguro de ir sem falar francês. E durante todo o trajeto fiquei pensando em todas as desculpas que eu daria, caso me perguntassem. Ninguém nunca soube que eu fui. Ninguém nunca notou minha ausência.

E lá, ninguém do evento, aliás, nenhum representante dos trucidados, dos nus ou malvestidos, dos que não são exatamente como deviam ser, dos que não se encaixam bem no centro da foto, dos que não sorriem de forma convincente, nunca, para câmera alguma. Que por mais que fiquem parados, o artista do lado fazendo o esboço no lápis ou no nanquim, nunca estão de fato parados, algo sempre voando embora, para longe, e isso aparece, estraga. Na exposição, entre os visitantes, nenhum representante atual dos representados nas imagens, afora eu.

O ponto alto, com mais gente do que no resto todo, era uma galeria de bundas que encerrava a série de imagens do segundo andar. Empinadas para cima, para o lado ou projetando-se, qual rastro de cometa em direção ao paraíso (o paraíso dos sonhos eróticos masculinos e nem tanto), bundas a granel. Hotentotes de perfil, de frente, em zoom. Bundas zulus, bem negras. Asiáticas, mais mixurucas. Nenhuma branca. Bunda branca seria falta de respeito. Bunda branca, só vestida. Entre um estande e outro, um corredor e outro, me deparo com uma pequena coluna espelhada. Um lapso da curadoria. Não deveria haver espelhos em uma exposição dessas. Destrói o resto todo. Destruiu para mim. Me vejo, eu, minha cara, lá, como imagem, como maori, zulu. Igualzinha. Eu, de repente no meio, igual. Eu, mais uma exótica-esquisita. Um erro. Não era para eu saber disso. Não era para eu me ver como um retrato, não naquele dia.

Fiquei parada uns segundos na frente do espelho, fazendo companhia a quem estava ao meu lado na fileira de imagens emolduradas. Pus mesmo os óculos para um aperto, se não de mãos, pelo menos de pálpebras. E do meu lado, nessas coincidências de que o mundo está cheio, tomo conhecimento do Manoel Botocudô. Du Brésil. Daguerreótipo de E. Thiesson, 1844.

Quem será que foi o idiota que escolheu a exposição do Quai Branly como sugestão de programa para o evento anual de produtores de café em que o Brasil é país homenageado. Tenho minhas desconfianças, mas o que me vem não são os nomes, que já esqueci, mas as caras. Eles também, meus ex-colegas, numa galeria de fotos.

Mas estou falando dos aeroportos, estou tentando, aqui, dizer o que foram para mim os aeroportos por todos esses anos e por mais essa vez, essa última vez em que voltei do Rio e você perguntou como foi tudo e eu disse: tudo bem. E você acreditou. Já faz um pouco de tempo, mas eu sou lenta.

Então vou tentar juntar um pouco desses aeroportos, e mais a trilha sonora dos chamados para os voos finalizados, que era, sempre foi, o que mais me impressionava e impressiona. O alto-falante e os celulares sempre aos berros e as mulheres correndo, toc, toc, toc, com seus saltos no chão de mármore, arrastando malas e malas, porque elas compraram tudo, elas, e elas estão atrasadas, elas, e quase perdem o voo, e eu aqui/lá sentada com vontade de levantar de repente e ir, eu também de repente com muita pressa, estou aqui!, me finaliza eu também! Assim posso interromper. Poderia. Adiar mais um pouco. À minha volta estão, então, as caras de sempre, sempre as mesmas. Minha bunda teria adquirido, como já adquiriu agora, sentada escrevendo, uma consistência estranha. Acho que é algo parecido com madeira. Mas com uma sensibilidade falante, a me dizer:

"Você vai ter de se mexer. Você sabe disso. Pode ser agora. Pode ser daqui a pouco. Mas você vai ter de se mexer."

Costumo estabelecer uma comunicação, eu e minha bunda, nessas ocasiões. Ela me dizendo, você vai ter de se mexer. Eu a esmagando com meu silêncio de superioridade. Embora saiba muito bem que ela vai ganhar, que vou ter de me mexer. A bunda sempre consegue, e agora também, cooptar o conluio do meu estômago. Não é fome. Ele também com uma consistência de madeira a me puxar, insidioso, um pouco para a frente. Nessas horas, em geral ponho os cotovelos sobre as coxas.

É uma concessão insuficiente e sei disso. Bunda e estômago continuam sempre a querer mais. Querem que eu vá mais para a frente, para a frente, até cair para fora do mundo ou do que estiver mais próximo e representar o mundo: a cadeira. Ou para dentro. Porque tem uma hora em que me levanto. E venho, caso esteja longe. O táxi, a casa, a chave na porta, você com a cara boa, o cachorro contente.

Isso sempre, em aeroportos ou cafés. Em saguões de hotéis desconhecidos onde entro, eu e minha cara séria, ninguém nunca impede, e sento no sofá da recepção. Fico lá como quem espera por alguém, um hóspede. Às vezes aproveito um banheiro, às vezes tomo um café quando há café de graça na recepção. E de repente me levanto, saio, sumo na rua.

Na chegada de Paris, na falsa chegada de Paris, antes de Curitiba, fui para o hotel, ainda, o que continua aqui, do lado de nossa casa.

Oi.

Oi.

Te trouxe uns queijos. Estão meio amassados, mas devem ser bons.

Tom de voz alegrinho, eu só fingindo que chegava, o que era uma constante. Nesse caso, a desculpa veio boa. Um torrefador internacional manifesta, no meio do evento em Paris, vontade de conhecer os trópicos. Me ofereço para acompanhar. Jogo uma baba, sei ser bastante persuasiva. Digo que vou como quem presta um favor:

"O que me custa, gente."

Estou com tempo. Dou uma ida lá. Já conheço as pessoas, sei onde ir, qual fazenda mostrar.

"Marco a passagem rapidinho, eu mesma, nem se preocupem."

"Está nas milhas, não vai custar nada a mais."

Não falo: eu que quero.

As obras da Domingos de Morais atrasadas. Minhas decisões, então, nem se fala.

Você usava muito o verbo "temer".

Outro atraso na hidráulica, como temíamos, me diz pelo skype.

Acho que é isso. Temos isso. Um jeito metonímico de ser. Porque não é bem o atraso o que temíamos. E não é bem nós quem temia, mas eu. E não que atrasasse, mas que não atrasasse. Aquecedor errado, a infiltração que ninguém reparou antes, embora jorre água cada vez que o vizinho de cima puxa a descarga. Janela nova, trincada ao colocar. Hoje, tudo tão longe, como se resolvido, o inquilino lá, cobrindo com sua vida, essa outra vida ou morte, tudo que vai ficando para trás.

Como você, que, depois de tudo, era só para ser um mero endereço de referência em São Paulo, só isso. E que hoje me olha atrás dos óculos, sem nada, sem nenhuma defesa, desculpa, nada. Só existindo. Um só existindo meio que novo. Você chegou nele. E eu. Na volta de Paris, Curitiba inventada na bagagem, digo para o motorista do táxi, pela última vez:

"O hotel da Consolação com Antônio Carlos, por favor."

Tem uma manta listada de azul e branco em cima da cama do hotel, manta esta que tento reconhecer, afinal é o mesmo hotel em que fico desde que me mudei para São Paulo. Às vezes, ficava na dúvida, eu nessas colchas de hotéis. Será que eu estava no hotel certo, na cidade certa. Tem sempre a mesma luz (fraca) em cima da cama, em todos os hotéis. Tem sempre a mesma televisão pendurada. O quarto em que eu ficava, aqui, na esquina do que hoje chamamos de nossa casa, é minúsculo e é um bom cenário, desses que dá para esquecer no minuto seguinte, não importa quantas vezes a pessoa tenha estado nele.

Eu tinha um roteiro ensaiado, e que se iniciava comigo pegando o telefone assim que pusesse os pés em terra firme. Ou que parecesse firme, nunca fui exigente.

"Alô, é da empresa? Olha, estou de saída, viu. Não vou sequer acompanhar o torrefador até Curitiba. Sim. Irrevogavelmente."

Irrevogavelmente é tão bom.

Podia ser outro, o roteiro.

Trim. Tiro os olhos do teto e sou obrigada a dizer alô.

"É a funcionária que faz as fichas de perfil de produtor? Olha, sentimos muito, mas estamos reformulando. Reavaliando. Implementando."

Um gerúndio qualquer para estabelecer que se trata de processo em andamento desde sempre, desde antes de o mundo esfriar, criar oceanos, erguer montanhas. E como é processo que existe desde sempre, bobagem tentar interromper. E mais. E que, uma vez completado, esse processo — ou seja, uma vez eu porta afora —, tudo entrará em sintonia no universo inteiro. No multiverso. Eu sou o bóson de higgs.

Ou, terceira versão, a que não ensaiei e que é a que de fato acontece:

"Oi. Acabei que cheguei. Teve parada técnica no Recife. Te trouxe uns queijos. Estão meio amassados, mas devem ser bons. Não pergunte, é uma longa história. Vamos nos ver?"

Mas não de imediato. Cheguei no hotel e pus o celular no mudo.

Duas vantagens. Não escutaria tocar e portanto não teria interrupções desagradáveis enquanto ali ficasse. Empedrada. Ou com minhas pedras.

A segunda vantagem era que, não escutando o toque, podia imaginar que tocava.

E as possibilidades de toque imaginário também são duas.

Primeira:

"Oi. Valderez? Esquece o torrefador de Curitiba. Próxima viagem, daqui a meia hora, destino: Raso da Catarina. Emendando direto com três meses no teatro municipal de Manaus. Depois Jequié. Ou seja, você não vai voltar nunca."

E nem uma palavra diriam, como aliás nunca disseram, sobre a briga a respeito da ficha de uma Rosário que não conheço e que conheço tão bem.

Segunda possibilidade de toque imaginário:

"Deixa de ser criança. Vem para minha casa, porra. Vamos ser felizes, fazer o quê?"

Devo ter pegado o celular e dito, em algum momento daquela chegada, o que não tinha programado dizer:

"Oi, acabei que cheguei. Teve parada técnica no Recife. Te trouxe uns queijos. Estão meio amassados, mas devem ser bons. Não pergunte, é uma longa história. Vamos nos ver?"

E você deve ter ficado contente como sempre fica, e foi me pegar no hotel.

E quando conversamos, em cima da cama, as bandejas em cima da cama desarrumada, como sempre fazemos, até hoje, devo ter contado coisas engraçadas para você rir.

"Em um dos dias do evento de Paris, chego mais cedo do que devia."

"Rá, rá, qual a novidade."

Incógnita, me sento na cafeteria que fica ao lado de um cinema. Fico lá. Eu, um double café (dúble cafê, s'il vous plaît) e a Vitel com gás. Quando vejo, já está quase escuro. Estou atrasadíssima, preciso correr, literalmente correr, com minhas botas que, nessas alturas, já desistiram de doer, pelos corredores muito amplos, confusos, cheios de portas e pontes. Corro, enquanto rio sozinha.

"Consigo me atrasar tendo chegado horas antes."

"Rá, rá."

Rimos juntos. Você ainda nu se ajeitando dentro do meu casacão que iria dali a quinze minutos para o cabide numa seção de armário da tua casa que na época é onde guardo minhas coisas.

No último minuto mudo de ideia e pego o casacão. Ele vai comigo para Curitiba, para o encontro com o torrefador. Você fica, mas te levo no braço. O casacão terá teu cheiro, da nossa trepada de hora marcada.

Também não te deixo o Quai Branly. Não falo nada da minha cara naquele espelho, igualzinha às outras caras. Não falo nada, aliás, de caras. Não nesse dia. Da cara de imbecil de Aleksandra na moldurinha, só vou conseguir falar bem depois, e mesmo assim me interrompo. Você não quis escutar. Talvez agora queira.

10.

Pedro foi a paixão da vida de Molly e acho que entendo.
Sempre me questiono sobre o que haveria de ciúme de irmãos
aí. Mas não. Quase não fui irmã. A diferença de idade, tão grande, e quase não fui, outra vez, agora por meu papel de filha, tão
pequeno. Molly às vezes falava coisas. Me falava. Mesmo que nessas
horas ela não me olhasse, não nos olhos, não de frente. Não, eu,
a filha. Mas eu, a que estava lá, a companhia de todos os dias.
Mirava um ponto qualquer, em uma parede branca qualquer,
no meio de um jantar sendo preparado por nós duas, no silêncio
cheio de barulho de talheres, água, micro-ondas. E começava,
sempre mentindo. Sabe, essa noite sonhei que. Imagina que vi
na rua uma pessoa igualzinha a. Lá no trabalho cantaram uma
música que não escutava desde.

E aí falava. Não conseguia dizer direto. Sabe, uma vez.
Dona Isaura. Dona Tereza. Coisas que ela diz, dizia, sem
avisar antes, no meio do preparo da bandeja que eu e ela pomos
no colo e que chamamos de jantar, no meio da dobragem da

roupa do varal nos fins de semana, que era quando lavávamos a roupa e limpávamos a casa, eu no molhado (cozinha e banheiro), ela no seco (vassoura, pano de pó). Ou no meio da rua em que vamos, juntas, até o ponto de ônibus, o meu e o dela, diferentes, todos os dias de manhã, a pressa, essa igual.

Quando ela perdeu o bebê, havia sol do lado de fora. Então ela saiu do hospital e esperou pelo carro olhando em torno num espanto porque tinha sol, era uma manhã de sol.

"Era um dia lindíssimo."

Isso foi tudo o que disse. Mas sei do resto porque eu estava lá, o poncho vermelho e branco de que eu gostava tanto, vestido em pleno dezembro porque eu ia com minha mãe para um hospital, junto com um padrasto que ainda não o era, ou que eu ainda não considerava como sendo, e o poncho me dava um calor e uma familiaridade de que eu precisava.

E nem sei como. Porque o poncho, que eu adorava, era meio que novo no meu armário, nunca tendo sido novo de fato. Ganhei ele num dos sacos de roupa que vinham da filha, um pouco mais velha do que eu, desse meu padrasto, e eram roupas estrangeiras, que não se viam por aqui, que minha mãe considerava ótimas, e o eram. Então, nessa hora em que chamo Molly não de Molly, mas de mãe, e que chamo esse cara de meu padrasto, ele não sendo, e o poncho de novo, acho que consigo bastante bem uma definição de como funciona o relativo de toda a minha vida.

Então fui para o hospital me sentindo relativamente bem, dentro do meu poncho relativamente novo, no carro alugado por um quase padrasto, junto com quem eu chamava de minha mãe. E todos estavam relativamente bem.

E aí há uma sequência não cronológica de cadeiras pré-moldadas, minhas primeiras, de esperas em pé perto de portas fechadas, caminhadas em que dou a mão, também pela primeira vez, para esse homem meio gordo, vermelho, que gostava de rir e que não ria, suava, a mão enorme e vermelha e suada, segurando a minha um pouco mais forte do que precisava e que compensava o português ruim com olhos aflitos, perplexos, mudos. E eu comendo bala Juquinha, com pacotes de biscoitos ao meu lado ainda por abrir, guaraná e outras porcarias longamente cobiçadas e subitamente ao meu alcance, sendo mesmo ofertadas e insistentemente, sem que eu precisasse pedir. E eu, sentada na cadeira pré-moldada, os pés balançando no ar, uma sala deserta, e eu sem nenhuma vontade de comer mais bala Juquinha, mais biscoito, e de terminar o guaraná. Até que por fim me levaram embora e eu dormi com uma vizinha que mal me cumprimentava nos outros dias da minha vida e que nesse abria um sorriso só de dentes, sem olho, e me ajeitava em cima de umas almofadas, num canto da sala dela.

No dia seguinte de manhã cedo, eu dormindo depois de uma noite sem dormir, barulhos estranhos, medo de barata, e um cuco a marchar as mesmas botas de tantos anos depois, sobre o mundo, informando ao mundo qual era a sua lógica. No dia seguinte me acordam, eu já podia ir. Tinha dormido com o poncho, ele pela primeira vez desconfortável. No apartamento do fim do corredor, aquele perto da escada em curva, a porta aberta, vejo um movimento, sacolas na cadeira da sala, eu corro. O cara tentando seu português carregado no telefone, um papel na mão. Molly estava deitada na cama e não havia nenhum bebê à vista. Nem me importei. Quem quer. Vou escovar os dentes, que escovo, mesmo assim sem ninguém dizer escove os dentes, escovo de pé em cima do banquinho porque eu gostava, em criança, e ainda gosto, de ver minha cara escovando os dentes. No espelho da pia, naquele dia, escovo os dentes determinada e demoradamente, o maior tempo que consigo. E ligo a televisão.

Quando Molly fala desse bebê que morreu, ela diz que sai da maternidade em uma cadeira de rodas. Que não quer, mas é obrigatório. Ela, vencida. Ela, empurrada por outra pessoa. Há imagens que não tenho, mas imagino. Molly chega tarde, muito tarde, do trabalho, quando ainda trabalhava na rádio, antes da televisão. A imagem que não vejo é ela chegando, ainda não jantou. Estou no quarto, já, obedecendo as ordens que me chegam por telefone, várias por dia. Estou lá, em silêncio, mas não durmo. Nunca durmo. Molly chega, vai falar comigo, me fazer uma festinha. Pouca. Ainda não jantou. Está exausta. Torna a sair. Vai jantar na esquina com alguém que não conheço. Volta. É mais tarde ainda. Tem cara de quem chorou. Continuo não dormindo. Fica perto da minha cama. Primeiro em uma cadeira, um braço por sobre a grade, me fazendo uma festinha. Continuo não dormindo. Ela afasta a cadeira. Deita no chão ao lado da minha cama. Tenta cantar. Só lhe ocorre Dolores Duran. Não vejo. Quero dizer, mesmo se visse, não veria, ela no chão, eu na cama, que é mais alta. Mas ela canta Dolores Duran. E chora mais. Ela dorme. No chão. Eu acabo que também durmo. Depois dela. No meio da noite ela acorda. Se levanta, a boca azeda, a cara marcada, a roupa amarfanhada. Pega os sapatos que estão ali do lado. Sai pé ante pé de perto da minha cama. Para que eu não acorde. Pelo amor de deus, que eu não acorde. Toma um banho. Chora mais, no chuveiro, com a água que corre, ela sentada no chão do chuveiro. Aí vai dormir, a cara inchada. Sabe que no dia seguinte tem que estar no trabalho logo cedo. Irá com cara inchada de quem chorou. Não liga mais. Liga. Mas não tem outro jeito a não ser fingir que não liga. O trabalho ainda é na rádio. Faz o café, as unhas de uma e outra. Limpa os microfones com álcool. Faz mais uma porção de coisas. E aprende a cantar Dolores Duran.

(Vai cantar para mim não como quem canta para uma criança que não dorme, mas como para uma plateia, a sua única, a única que está lá, testemunha, muito mais do que filha, a plateia que ela tem, a que ela sabe que, por ter estado lá, sabe de tudo sem precisar dizer nada. E talvez ela tivesse razão, eu a escutava não como quem se acalma porque um adulto está lá, e canta, mas porque compartilhava algo.)

No trabalho, pagam um curso de datilografia. Ela aprende o básico de contabilidade. Mas decide continuar como maquiadora. Não é só a grana, maior do que nas outras opções. Mas porque, como maquiadora, ela põe seus velhos ahns coloridos, falsos e necessários, na cara de todo mundo, o ruge, o cílio. Ser maquiadora não a impede de fazer contas. Faz contas a vida inteira.

Depois desse período não há mais choros. Nunca mais. Dela.

Depois da morte do bebê, o cara meio gordo e vermelho iria rarear, rarear, até que sumiu sem que eu nem percebesse que já tinha sumido, só um dia, depois de não sei quanto tempo, me lembrei de como ele ria e senti saudade. E a saudade me informou que ele tinha sumido, e há muito. Ele era separado da mãe da filha dele, uma mulher que também trabalhava na Pan Am, e com quem ele voava, de vez em quando, em algumas das escalas. Molly encenava ciúmes, a boca torcida para um lado, afetada, e pouco se lixando.

E trabalhava sem parar. Agora na televisão. Eu ia à escola. Chegava sozinha, a escola não muito longe, Copacabana ainda não muito perigosa, comia o prato já pronto desde a manhã dentro do forno e a ordem era telefonar para avisar que eu tinha chegado, sentar e fazer a lição. E eu seguia. Porque teve coisas que Molly me passou sem que eu nem percebesse. Uma delas é que se é para fazer, é para fazer para valer. Fosse lição de escola ou merda na vida.

Esse padrasto me ensinava umas palavras de inglês, me trazia livrinhos ilustrados em inglês. Aprendi inglês, reforçado depois por um Ibeu também perto, aonde eu também ia e voltava sozinha. E que foi o que me permitiu, muitos anos depois, insistir para fazer eu mesma a tradução das fichas de produtores, insistir para ser mais do que a telefonista que pegava os dados. E que acabou fazendo com que eu fosse aquela que ia, via, olhava dentro dos olhos deles, e descobria, assim, profundamente, sem saber dado nenhum, fato objetivo quase nenhum, mas descobria profundamente como tinha sido tudo numa fazenda em Pedra do Conde.

Tirando a manhã de sol, Molly nunca comentou nada sobre esse bebê. Sei que se chamava Pedro e uma vez perguntei pelo corpinho, onde tinha sido enterrado o corpinho, e ela já saindo, já abrindo armários, pegando coisas, saindo de perto, respondeu que não sabia, que o John tinha cuidado de tudo, mas insisti e ela então disse. E era como não dizer, porque nunca tinha ido lá, visto nada, nunca tinha ido em tumulozinho nenhum, placa nenhuma de cimento dizendo nominho nenhum e com as duas datas que eram uma mesma data.

E, alguns anos depois, quando o segundo Pedro nasceu, ela o chamou de Pedro numa coisa tão dela, de não desistir nunca de nada, nunca largar o osso, uma vingança da vida que era o que a fazia ir em frente, desde o começo. Pois se o primeiro Pedro não tinha dado certo, bem, ela tinha dado um jeito de ter o segundo. Se o primeiro John não tinha aguentado o tranco, bem, ela sequer experimentaria um segundo. Pedro não tem nome de pai na certidão de nascimento. Acho que Molly, que nunca falou disso, desta vez não mentiria. Nem ela sabia. No meu caso, saberia. Só não quis. Fez bem.

Pedro é uma conquista de Molly. Mais do que o apartamento cujos móveis ela comprava novos sem precisar, de tempos em tempos, porque detesto velharia, porque tou precisando de uma cor nova se não não aguento, porque nem fica bem trocar só o tapete e continuar com o sofá que nem combina. Mais do que seu trabalho que poderia ser descrito como bem-sucedido mas que ela não descrevia como bem-sucedido, mais do que seu interesse nas novelas pessoais de cada um, ou do que as contas infindáveis que fazia, muito rápida, na mesa da sala, tarde da noite. E muito, muito mais do que eu.

Pedro é a paixão de Molly, a única.

Então eu sei. Como sei dos cheiros misturados, de roupa limpa e de bosta de vaca do quarto de dona Tereza, como sei dos sons que Molly inventou naquele momento sobre as duas colchas, a de rendão e a de cetim salmão, como sei da boca meio aberta e principalmente do pescoço do cara em cima dela. Então, por causa disso tudo, também sei de como estava Molly no dia da festa que não houve, naquele dia, na casa dela, o dia da festa que Pedro marca nem por nada, como às vezes marcava, só porque está com vontade e nenhum outro motivo. E em que eu estava presente não estando, como Molly também estava não estando nas colchas embaixo, os fios de barba em cima.

Molly amanheceu contente no dia dessa festa. Poderia ter continuado contente, não fosse a presença esperada de Aleksandra, a louca que roubaria seu filho, que ameaçava, aranha-caranguejeira, sugar seu filho, sua paixão, até deixar só a casca.

Então sempre achei que tinha sido Molly.

Não foi.

Molly com a mão apoiada na curva da estante, a única coisa que ela jamais mudou na casa, jamais substituiu por outra, nova. A janela da cozinha, logo ali, aberta. Uma quitinete, a bem dizer, quase. Ela com os olhos parados, tentando fazer um som que desta vez lhe faltava. As pessoas recém-saídas do elevador, de pé na porta, sem querer entrar, sem conseguir entrar, se apoiando umas nas outras, sem dar um passo. Você que chegava. E nem vi Zizi no sofá, num primeiro momento. Nem poderia, ela tampada pela parede de pessoas na porta. E quando vi nem percebi que ela já estava lá, que estava lá desde sempre. Nem soube. E quando soube, como se fosse por acaso, você comentando, depois de não sei quanto tempo, marginalmente, no meio de outra coisa, com foco em outra coisa e eu te interrompendo, mas vem cá, a Zizi já tinha chegado desde o começo? E você me olhando, como quem precisa dizer o óbvio, repetir algo já sabido e tão sabido e há tanto tempo mas que eu não sabia.

"Sim, claro."

E às vezes isso acontece. A pessoa sabe de uma coisa, a pessoa tem uma imagem. Aí depois de muito tempo, vem outro aspecto da mesma imagem. Só que para a pessoa se trata de duas imagens. A pessoa não faz a junção, porque a diferença temporal influi, é determinante. Então a pessoa mantém, teimosa, a imagem original, a informação original e reluta em adicionar, modificar o que já está pronto. Então nunca juntei a Zizi no sofá, que custei a ver, com a Molly de pé, a mão na curva da estante, a janela aberta.

Porque eu não estava lá, no começo. Estava. O meu habitual, e que mantenho, acho, até hoje, estar não estando. Eu estava na escada. Como sempre. No entre, no quase. No nada.

Pedro marca essa que será a última festinha feita (não feita) na casa da Molly no horário de saída da Escola de Dança, onde se iniciam os ensaios para um "Vestido de noiva" que nunca acontecerá. Você me telefona naquele dia de tarde. Está aflito.

"Olha, soube da festinha na tua casa e eu vou, viu. Vou de propósito. Para despistar. Vou com a Zizi."

É o começo de eu detestando você, me detestando e detestando o mundo todo junto. Mentira. Já detestava antes.

As coisas estão ruins entre você e Zizi. Vocês brigaram o dia inteiro.

Chego cedo. Acabo de entrar para a empresa de agrobusiness. Estou em período de experiência. O horário de saída é às cinco e meia. Seguem o horário. Cinco e quinze todo mundo começa a fechar gavetas, desligar os computadores. Eu saio até antes, pois chego mais cedo. Em outra vida, outro mundo, eu iria direto, um banho antes, eu cantando no chuveiro, sabonete, braços para cima, espumas coloridas, vapor colorido na porta do (inexistente) vidrex colorido do chuveiro, roupa colorida, cabelos lindos, mesmo molhados. E também coloridos. Vermelhos. E depois ficaria na sala, copo na mão, esperando os outros, as pernas cruzadas, lindas, rindo e cantando para o ar.

Mas faço o que faço desde criança. Subo pela escada. E lá fico. Sei lá por quanto tempo.

Você está assumindo, você também, uma nova função profissional. Liaison. O termo é falado com pronúncia americana, um bico com a boca. Nem tento reproduzir.

Você está aflito. Marca uma hora precisa para sua chegada com Zizi. Quer minha colaboração para acalmar, enganar, humilhar e chamar tua mulher de idiota sem precisar abrir a boca para isso. Com minha ajuda.

O ideal é eu já estar lá, diz. Como parte do lugar. Como nada especial. Como mais um móvel.

"Vai ser no apartamento ou na laje?"

Na laje não teria móveis. A laje é só uma laje. Metade ainda com as telhas, que o síndico, um visionário com estratégias de valorização patrimonial, irá retirar para dar respaldo ao nome com que pretende batizar o local: play.

"No apartamento."

Pelo telefone, digo uns horários que invento.

"Não posso chegar muito cedo."

É mentira. Posso e chego. Você insiste. Quer chegar depois de mim, mas não quer chegar tarde. Com uma hora de festa, todo mundo já bem doido, bebida, fuminho. E vá lá saber o que escapa sem querer em uma hora dessas, um comentário, uma risadinha. E as coisas com Zizi, que já estavam ruins, ficariam insustentáveis.

Inclusive para mim.

"Não quero chegar tarde, é um risco, você sabe. Maluco fala o que não deve."

Te desprezo já, nessa hora. Você quer chegar com Zizi, as mãos nas costas dela, cumprimentar todo mundo mantendo a mão nas costas dela e sair em quinze minutos.

Além das dificuldades inerentes a você estar com Zizi em festinha no apartamento onde moro, há outro aspecto.

Você vai no papel de cereja do sundae. Todo mundo quer. Você é o liaison. De você depende a aprovação do projeto. Nelson Rodrigues depende de você. O Brasil. Todo mundo. Todo mundo, não. Eu não dependo. No projeto "Vestido de noiva" (em qualquer projeto de vestido de noiva, mesmo os fora do palco), faço o papel de mosquinha. Fico lá, rindo junto, vendo. Criticando tudo. Mas não tenho função concreta.

Então, você quer ir cedo e ficar pouco não só por causa da Zizi. Também porque não quer todo mundo pendurado em você perguntando pelo patrocínio e quando sai o patrocínio e como está o lance do patrocínio.

Não topo.

E fico na escada até a bunda doer.

Fico lá, mesmo depois de o que me parece ser um pacote grande, ou um colchão, passar em total silêncio pelos vidros sujos e lacrados da curva da escada. Passa em silêncio, aquilo que passa. Mal vejo. Não estava olhando. É um movimento que me parece lento, depois, toda vez que lembro, até hoje, um movimento lento como se em câmera lenta, a passar pelo canto dos meus olhos. Que eu registro, uma dessas coisas que você registra, sem dar muita importância, que você registra para pensar depois, quando der, quando tiver tempo.

Molly gosta dessas festinhas que Pedro arma. Adora. E não só porque adora Pedro. Ela se sente bem. As pessoas também gostam dela. Ela sempre tem o que contar da televisão. Às vezes repete alguma história antiga, da dona Isaura, da rádio. Se sente bem, com as pessoas que dançam, riem, que querem montar uma peça. Que tocam piano com os dedos no ar, e tocam tão bem que você quase escuta a música que sai dos dedos, como ela quase escutou Maysa, Aracy de Almeida, Cauby Peixoto, se materializando muito tempo antes, em uma salinha de jantar apertada de uma casinha do Rio Comprido.

Entre ela e Aleksandra, três anos de diferença, apenas. E um enorme rancor. Então Aleksandra queria terminar com isso? Queria terminar com o riso de Molly, com a presença de Pedro ali, perto de Molly? Teria de ser muito mais forte do que era.

Foi o que pensei.

Quando, eu na escada, escuto outras pessoas chegarem, gritarem, subo os poucos degraus, entro no apartamento e encontro Molly parada, em pé, sem conseguir falar, olhando, os olhos parados, vagamente na direção da janela da cozinha, a mão na curva da escada. Ela não chora. Ela nunca chora. Depois, consegue falar umas poucas palavras enquanto a mão alisa, compulsiva, a curva tão suave da madeira da estante que ela mantém na sala sem precisar. São poucos, os livros.

No sofá, uma Zizi que eu não sabia.

11.

A adaptação musical que nunca houve de um "Vestido de noiva" imaginado por Zizi tinha três núcleos, como no original de Nelson Rodrigues. Em cada núcleo, uma direção de cena independente das outras. Os núcleos eram estabelecidos através da iluminação, sem divisão física, concreta, do palco. Tem o núcleo da alucinação, o da memória e o da realidade. Essa é a divisão que está no texto de Nelson Rodrigues. Aleksandra ganha o papel de Alaíde, a noiva de Pedro, de quem já era na vida real. Outro Pedro, porque o personagem de Nelson Rodrigues também se chama Pedro.

Alguns dos diálogos existentes no texto original, mantidos na montagem, entravam em off, fantasmáticos.

Aleksandra não entende nada. Não tem a menor ideia do que seja um subúrbio carioca da década de 1950, nunca viu Nelson Rodrigues em redação do jornal, a barba por fazer, o cigarro na boca, o prazo para imprimir a coluna se esgotando. Nunca entendeu o que era humor. Aleksandra não entende nada.

A voz cavernosa, em off, diz no sistema de som do teatro da Escola de Dança, e diz ou baixo demais ou muito alto, porque está quebrado e a rodinha do volume não tem mais pega fina, sintonia fina, ou é alto ou baixo:

"Você pode morrer, todo mundo morre."

Em geral, escolhíamos o alto. Apesar da reclamação de professores e alunos das aulas em andamento nas salas próximas. Cagávamos para os outros, nós éramos especiais, nós tínhamos um projeto. Estávamos, nós, a um minuto de um palco, de um aplauso retumbante, críticas nos jornais. A glória.

"Você pode morrer, todo mundo morre."

E Aleksandra parava, interrompia com um gesto autoritário de mão o trabalho dos outros.

"Quer dizerr que Lúcia é quem mata Alaúda?"

"Não."

"Entón, como sabe que Alaúda vai morrerrr?"

Ninguém tinha mais saco para responder, ela fazia isso a cada frase soltada pelo alto-falante. E ela então continua o ensaio, depois de uns minutos, a ruga entre as sobrancelhas a estragar a caracterização de jovenzinha que era a dela, estando ou não representando um papel, sendo esse o seu papel, o de menininha que voa. E bem uns quarenta anos.

Zizi é a autora da adaptação. Não tem função prática na coisa, além de dar palpites nunca bem recebidos pelo diretor. Eu e ela, os braços cruzados, uma ao lado da outra, no escuro do corredor atrás da última fila. Sem nos olhar, nós duas olhando em frente, mas por motivos diferentes. Eu porque não queria conhecê-la. Ela, porque começava a ficar obcecada por Aleksandra, a quem mal conhecia, que era um nome na Escola, ao contrário dela. Zizi é antagonizada pelo diretor que ela mesma concorda em chamar. Começa a não ir mais aos ensaios com assiduidade. Eu também não.

O diretor escolhido é o mais novo geniozinho pós-dramático originário da FAAP.

"É importante São Paulo se sentir representado, é a maior plateia."

Sei lá quem disse isso, bobeia foi você.

Na primeira e única coreografia que foi ensaiada do começo ao fim, Aleksandra tem um número em que dança com o vestido e o véu de noiva. A dança está prevista para se dar em frente a um espelho. O espelho é outra bailarina, muito mais jovem, que repete, milimetricamente, os movimentos feitos por Aleksandra, como se num espelho mesmo, mas que, aos poucos, vai dessincronizando, mais lenta uns poucos segundos, uma imagem que se revolta contra aquilo que representa. Eu gostava muitíssimo disso. E era no núcleo da "realidade", o que também me parecia muito bom, eu rindo às vezes, sozinha, nos ônibus indo ou vindo, eu na janela e rindo ao pensar que essa imagem que se atrasa, que está em outro tempo, fica num núcleo que se chama realidade.

Essa dança de Aleksandra, que foi a única que de fato assisti ser feita, é feita em um pedaço pequeno de palco. Não há muito esforço físico, o que é bom, ela é um pequeno feixe de energia, sempre foi, mas fico esperando que canse, que um dia canse. De dançar, de tentar falar português, de não entender nada, de tentar trepar com Pedro.

Essas coisas que a gente põe depois, achando que já estavam lá desde sempre. Eu achava, ainda nos ensaios, que Aleksandra iria, em algum momento, cansar. Simplesmente desistir. Então essa hipótese, depois, depois de tudo, eu a mantive, me dizendo que ela já estava lá, a hipótese, e que, portanto, era uma hipótese válida. Aleksandra poderia ter, sentada naquela janela, simplesmente cansado de tudo.

O pedaço de palco que ela deverá ocupar, caso a peça vá em frente, caso seja encenada, é um pedaço pequeno e eu me digo, de pé no escuro do fim da plateia, os braços cruzados na minha frente, já achando que não quero mais estar ali, Zizi já não estando ali, eu me digo que é bom que o pedaço seja pequeno. Porque não é possível. Aquela criaturinha pequena e com veias e músculos do pescoço que se tensionam feito fios de aço, não é possível, ela cansaria caso tivesse de correr e dançar por uma extensão maior de palco. Ela se cansaria muito antes do que Zizi, que corria e corria, de cá para lá, e voltava, capas vermelhas esvoaçantes, pés descalços, em cenários vazios, nos vídeos que fazia, seus cartões de visita que ninguém via. Ficará bom no currículo dela, cochichamos todos, ressentidos por sermos obrigados a chamá-la, ela, o nome dela, o aposto Kirov grudado no nome dela. Ficará bom no currículo dela ter dançado o papel principal de uma montagem musicada do mais famoso dramaturgo brasileiro. Veja, vejam, como ela está contente com o papel. Pedro ao piano martela acordes e acrescenta improvisações toleradas, afinal, é só um ensaio. Na hora se verá.

Aleksandra não é mais uma garotinha, mas tenta, no palco e fora dele, as mesmas expressões de desamparo, com seus grandes olhos azuis, que tanto sucesso fizeram décadas antes. Séculos. Milênios. Na época em que começou, numa Rússia em que ser dançarina é profissão corriqueira, aliás sinônimo de funcionária pública. No começo dos ensaios, essas expressões de desamparo não funcionam. Depois funcionam. De um jeito que ela não saca. Funcionam porque não funcionam. Alaíde, que está longe de ser um anjo, fica mais contundente, mais cínica, com a cara de anjo (falso) de Aleksandra. Fica sendo, a Alaíde, um anjo velho, cínico, um anjo que não consegue mais acreditar naquilo que diz. Aleksandra não acreditando mais no que faz, espremida dentro dos tafetás brancos, alçando voos de andorinha na ponta dos pés, os mesmos voos de muito tempo, repetidos, ela não aguenta mais, eu acho, ou me digo que é isso que acho. Ela vai cair do papel, acho. Achava. Ela não acredita, ninguém acredita, ninguém conseguiria acreditar. Só Zizi, a idiota, a que acredita por definição. E é isso, o retrato em cima do piano de Pedro, no apartamento de Pedro em Paris. É a negação disso. Porque, no retrato, Aleksandra acredita. Mesmo que tenha sido só por aquele momento, o momento em que a foto é tirada.

A foto só pode ter sido tirada em um desses ensaios iniciais que eu vejo no escuro da plateia, porque não houve muitos outros, e nenhum com os bailarinos já vestidos. Os ensaios, os iniciais, e que foram os únicos, são feitos, normalmente, sem os figurinos. Aleksandra, portanto, deve ter vestido o figurino fora do palco. Só para ver como ficava. Só porque queria. Só porque era uma tentação tão grande viver o presente e um futuro, juntos. Veste o figurino. E pede para alguém tirar a foto.

Naquele dia da festa na casa de Molly, ela leva a foto na bolsa. Com certeza para armar um drama, se jogar nos braços de Pedro, olha só que maravilha será. Ou rasgar a foto em mil pedacinhos, ela em cima de uma das cadeiras de Molly.

"De você não quero mais nada!"

E o papel picado em chuva lenta até o chão, uma chuva de papel em câmera lenta, a luz incidindo em ângulo, provocando reflexos.

Ou enfiando a foto na cueca de Pedro, pela cintura sempre larga das calças sempre largas que ele usa nessa época, ainda pré-terno, pré-Paris, dizendo, a voz rouca, o sotaque de erres carregado.

"Depoix você vê o que é."

E um olhar lancinante antes de se jogar, os braços levantados, pela janela, e Pedro que a segurasse pela cintura, um plié.

Uma outra peça, e de autoria totalmente dela. E muito melhor. Jovem russa se apaixona por gay brasileiro e sofre grande desilusão, se vingando ao expô-lo publicamente em um final dramático durante baile de gala com toda a sociedade presente.

123

Essa a peça que ela teria feito.

Ou fez. Talvez com ajuda, e essa dúvida eu tive por todo esse tempo. Continuo tendo, mas talvez tenha sido outra ajuda. Uma coisa é certa. O que se disse naqueles dias, que inclusive ela estava bêbada, um afã para dar tudo por concluído, explicações, lógicas que seguem caminhos certos, plec, plec, uma coisa é certa: não. Não estava bêbada naquele dia. Aleksandra vai de moto da Escola de Dança até o prédio de Molly na hora do pior trânsito. Bêbada, e não conseguiria nem sair da Lapa, com a praia do Flamengo entupida de ônibus. Se esborrachava por ali mesmo.

Tua briga, a desse dia, com Zizi, começa na hora do almoço. Ela te chama para conversar. Você vai. Larga a moto no estacionamento conveniado da Escola de Dança. Vocês brigam feio. Ela tenta te empurrar, te unhar, ridícula, a voz falhando, já, num bolo na garganta, se vira de costas, se mete num táxi. E fecha a porta do táxi no próprio dedo. Você entra no táxi no papel, tradicional e neutro, de cavalheiro que ajuda a dama que está tendo um ataque de histeria inteiramente injustificado, e que machucou o dedo. Vão brigando até sua casa. Você acha que depois pega a moto no estacionamento. Não se preocupa com a moto.

As coisas se acalmam um pouco. Você sai. A ideia é pegar a moto, voltar, pegar Zizi e ir para a festinha. Mas a moto não está lá. Aleksandra pegou a chave da moto com o garagista. Está com tua moto. Roubou a tua moto. Você avisa Zizi que vai se atrasar. A briga recomeça. Onde você está, com quem, o que você está fazendo na Escola de Dança, como assim, Aleksandra está com tua moto, como assim, aquela puta está com tua moto.

Aleksandra pega a moto para ir à festinha. Vai com o vestido e o véu do armário de figurinos teatrais da Escola de Dança, os mesmos vestido e véu que ela tem no retrato que carrega na bolsa. Posso entender o valor dramático da cena. Ela, de moto, o véu voando no vento, o barulho do motor da moto na trilha sonora, e, como fundo, a cidade ao anoitecer. Bonito mesmo.

Pedro tinha desistido do casamento e comunicado isso a ela pouco antes. Também pede transferência de aula. Quer acompanhar outro professor ao piano. Aleksandra fica desesperada. Mas acha que ele não vai resistir a uma cena bem montada. Tem um reservatório completo de choros, de gestos. Sempre funcionaram tão bem, seus choros e seus gestos, nas mortes dos cisnes, nas bonequinhas dos quebra-nozes. Aleksandra tem também uma dor, e isso Pedro não entende. A culpa é um pouco dela. Ele fica no folclore, no drama: uma mulher que se apaixona por ele, que tenta trepar com ele. Que trepa com ele, do jeito que dá. E que diz que gosta.

Não é isso. Ou não é só isso.

Acho que Pedro não entende isso até hoje. Ou vai ver entende. Vai ver não teve mesmo outro jeito a não ser botar a foto ali, na sala da casa dele, dizendo para todos, para Igor e para ele mesmo, que é uma maneira, a única, de integrar o que aconteceu na vida dele, que não adianta fingir que não aconteceu, que é essa a melhor maneira de sumir com a lembrança de Aleksandra. E não é. A foto lá porque ele afinal entende. E lamenta. E sabe, hoje, o que perdeu. E gosta de olhar Aleksandra, porque tem saudade.

Porque nem sempre dá para dizer o que deveria ser dito. Nem sempre é possível dizer o mais importante. Nem nós dois, nem eles dois.

Nem sempre dá para a pessoa chegar e dizer: mas escuta, nunca me senti tão próximo de alguém como me sinto de você, trepar daremos um jeito como aliás já damos, não vamos jogar fora, isso que temos quando olhamos um para o outro.

Grandes choros e grandes gestos ali à disposição, tão mais fáceis. Aleksandra não fala o que teria para falar. Faz os gestos, os choros. Entra em um palco que sempre foi o seu. No palco, ela sabe que os grandes choros, todos fingidos, os grandes gestos, tantas vezes ensaiados que nem mais precisam de ensaios, eles ainda funcionam. Mesmo com esforço, mesmo sem acreditar. Ainda funcionam. Ela não tenta o não palco. Pedro, no não palco, se apavora. Tudo o que ele quer é um palco, eu sou gay e toco piano no palco, eis uma identidade pronta, um som e um gesto, já prontos. Que ele adota de pronto para não ter mais de pensar.

Pode ser que Aleksandra tenha ido à festinha de Pedro, a última, a daquela noite no apartamento de Molly, para tentar sair do palco. Ou para testar, mais uma vez, um palco. Não sei. Sei que não teve tempo.

12.

No telefone, mal chego em Curitiba, você me diz que estar comigo, mesmo por uma única noite, te deixou com tesão e que você andou olhando mocinhas na rua durante seu passeio com o cachorro. Se eu não estaria disponível para uma teatralização à distância em que eu fizesse o papel de mocinha. E que você iria se esforçar para ficar parecendo um garoto atlético.

"Garoto atlético, não, que eu brocho."

Sugiro um pervert que não tira a gravata em nenhum momento.

"Combinado."

Rimos. Você acha que é o fim da briga.

Digo que não demoro em Curitiba, que a teatralização poderá ser ao vivo dali a dois dias. O encontro com o torrefador é rápido.

Você diz está bem. Você sempre diz está bem. Mas não recomeço a briga.

Teu telefonema tão prematuro, minutos contados depois do horário de chegada em Curitiba, é porque brigamos na noite anterior. Naquele momento acho mesmo que te odeio. Essa é tua compreensão. Essa é tua aceitação. Como se as pedras que tinha e tenho sejam só minhas e a você caiba ter paciência. São essas as horas em que acho que o melhor é sumir. Se não de todo, pelo menos da tua vida. O que quer dizer: da minha.

Vou repetir aqui para mim mesma, e para você, por tabela: está cada vez mais difícil fingir que pedra não existe. Nessa ocasião, isso é o motivo de ter havido torrefador e Curitiba. Eu queria mais um prazo. Mais um último prazo. Para mim e para você.

Determino, ainda em Paris, que vou chegar um dia antes do necessário para Curitiba. O torrefador ainda não estará lá. Preparativos, sabe. O cara é importante, gente, melhor chegar um dia antes. E chego.

Pessoas me esperam na porta. Aliás na escada. Mármore. Preto. Um raríssimo mármore preto que viraria branco se fosse lavado. Qual será a mocinha a ser minha babá. Estou em evento brasileiro, portanto não é babá, é melhor amiga. Chama-se Icleide. Já sei disso por causa dos e-mails. Ela se assina Atenciosamente Icleide. E as pessoas confirmam: Icleide.

Não está presente nesse primeiro momento em uma Curitiba de mármore preto. Cuidando das coisas, sabe como é.

"Sei."

Evento dá um trabalho enorme, você sabe.

"Eu sei."

De noite ela vem, garantem. Demonstro, em gestual e palavras, estar muito aliviada por ela vir à noite. Puxa, que bom. Puxa, que alívio. A Icleide!!! Ela é tão legal, não é? O que seria de mim sem ela.

E falo Icleide como quem fala Icleide desde a infância.

O que se segue é o que se segue sempre, já sabemos, nós, atores e coadjuvantes.

Após deferências iniciais na escada, perguntas igualmente deferentes, as mesmas de todos os primeiros dias e que se repetem nesse primeiro dia.

O que, eu sei, serve para que possam fazer a avaliação cuidadosa e sempre indireta do que eu não sei. No âmbito do trabalho. Não no da vida. Claro. Nas deferências, tenho sempre razão. E como está interessante aquele trecho. E o voluntariar das informações: cursos que um e outro fez e está fazendo. Grãos de milho no meu caminho, quem sabe eu tropeço, quem sabe eu apanho e viabilizo uma promoção. Grãos de milho que depois irão crescer em relatórios, todos muito bem embasados. São todos muito confiantes neles mesmos. Fizeram o curso, participaram do projeto, conhecem fulano, vão ao congresso. Leram aquele meu comentário, na parte de baixo da ficha. Pergunto se gostaram. Gostaram. Minha segunda pergunta: se concordam com a inclusão desse item. Bem, não, na verdade, gostaram muito, mas esse item, por acaso, não, não entenderam bem o alcance. O contexto. Não tiveram tempo para fazer a análise profunda que sem dúvida mereço. Mais um pouco e cospem: acho melhor tirar, viu.

Rola uma inveja.

Digo, não deles a meu respeito. Meu, a respeito deles. Tão mais aptos.

Fomos para o jantar.

Tem sempre um jantar. Informal, explicitam sempre. Não se preocupe com roupa. Faço hum, hum, de quem, claro, nem nota a armadilha.

Só nós do grupo, dizem.

Como se mais alguém.

Passo no hotel antes do jantar. Largar a mala, tomar um banho, sugerem. Insistem. Não quero largar a mala.

"Só viajo com bagagem de mão."

Pelo menos em relação à bagagem, essa, a concreta, faço questão de leveza. Mas isso não digo.

Não quero tomar banho.

Mas insistem. Se preocupam com meu bem-estar. Não têm o que fazer comigo até a hora do jantar.

Fico, no tempo que estipulam como adequado para um banho, deitada em uma das duas camas do quarto do hotel, sobre a colcha, pensando em você. Essa também é listada. O quadro em cima da cama são umas plantas. Acho que são plantas. A moldura reconheço mais fácil. Já vi essa moldura em vários outros hotéis.

Dez minutos antes, rigorosamente calculados, da hora marcada (está bom de chegar cedo, agora quero chegar na hora), me levanto. Mudo a blusa. Para dar a ideia de que tomei banho.

Me olham chegar.

Eu e o casacão com teu cheiro. Nem sombra de neve. Dou a desculpa de que chove.

"Que frio faz aqui, não?"

E me aconchego mais um pouco no teu cheiro.

O torrefador chega pela manhã. Vim antes para preparar tudo, eu disse. Eles sabem. Tudo sendo a ida de carro (umas duas horas, sem correr) até a fazenda. O torrefador, para demonstrar sua liberalidade com as classes menos favorecidas, irá ao lado do motorista. O motorista tentará conversar com o torrefador em um inglês muito ruim algum assunto também muito ruim. Eu vou olhar pela janela. Sem nem precisar olhar. Já conheço a paisagem.

Já conheço coisa paca. E lá vou eu, sem o banho, para o jantar.

E lá estão eles, outra vez no alto da escada de mármore preto. A marquise os protege um pouco do vento e da chuva. Me junto. Esperamos. Falta a Icleide. Até que ela passa com seu carrinho e para na rua deserta, acenando. Então aquela é Icleide. Às vezes eu canso desse meu desânimo, dessa situação sem saída. Então me animo. Faço uns oiiiis animadíssimos, aceno furiosamente.

Corro, sorrio um sorriso que capricho à toa, ninguém vê. Já estão às minhas costas, eu me jogando dentro do carro, muito jovial. Tudo dará certo. Eu sou mesmo um amor, além de competente, e a vida de todos, incluindo a minha, é uma maravilha de afetos, risadas e grandes sucessos profissionais. Pedra nenhuma, imagine.

Eles não sabem dos meus berros com meu chefe no telefone. Fico besta. Saí desse trabalho como quem sai de um cinema, um filme pesado, desses que ninguém nem comenta, na saída, isso ou aquilo. Ninguém nunca disse uma palavra sobre meus berros no telefone com meu então chefe. Nem nessa hora, a da minha afinal lenta saída. Nem depois, no evento de confraternização do fim do ano para o qual me convidam, e ao qual eu, justamente, fui. No Rio. Nem faz tanto tempo, mas é que sou lenta. E, ao ir, não sabia para onde eu ia, em qual buraco, tontura, neblina, eu entrava.

Sopa, dizia o cartaz na rua.

Bato a porta do carro da Icleide. Com menos força do que devia. É o papel de boazinha. Dá nisso. Atrapalha quando é preciso bater forte. Icleide mantém, tanto quanto eu, um sorriso congelado no rosto. Decido que o dela é consequência de congelamento por causa do frio.

Sopa.

Porque vou seguir o ritual da cidade. Comem sopa. Ou melhor, turistas comem sopa. Depois, no dia seguinte, quando eu estiver de volta da fazenda, pretendo escapar de outros rituais, deixando o torrefador entregue à própria sorte. Mas esse eu preciso seguir. Faço meu hum, hum apreciativo.

"Oba, sopa."

E repito meus, a cada dia mais perfeitos, movimentos bovinos de cabeça.

Icleide fica a meu lado na mesa de um restaurante que está quase vazio.

"Foi bem de supetão, hein. Precisei pedir regime de urgência."

A viagem com o torrefador recebe o o.k. poucas horas antes da hora de partida. Não há aqui, nessa cidade, SCO-E (nem SCO--AP, Asian Pacific, que é o apelido do mercado japonês, nem SCO-A, a América, onde nós entramos, sempre pela porta de serviço). Só uma cooperativa local, filiada à SCO-A. E Icleide não é minha amiga, é só como se fosse. Repito isso para não esquecer. No restaurante meto colheradas na boca, falo, gesticulo. Conto histórias. Capricho histórias. Parecem gostar. Mas algumas delas não soam tão engraçadas quanto eu gostaria. Nem para mim. Estou com pouca verve. Não importa. Não fui lá para diverti-los. Meu saco tem limites, aliás estreitos. E a cada dia mais. Depois de meia hora estou francamente exuberante. Pode ser porque acho que os berros no telefone com meu futuro ex-chefe ainda rendam seus frutos e essa viagem seja mesmo minha última, eu despedida para todo o sempre sem precisar me mexer. Pode ser porque sei que essa viagem é minha última porque não adianta mais adiar nada e eu vou me demitir assim que voltar a São Paulo. Pode ser que eu, exuberantíssima nessa noite em Curitiba, a última, saiba que prazos terminam.

Planejo para o dia seguinte dar uma chegadinha, quando voltar da fazenda, no escritório ali do lado, bem-comportada, bem cinza e quieta, na exata hora combinada, afundando, glub, glub, em um mar de previsões, planilhas, planos semestrais. E para os quais farei meus huns, huns tentando parecer séria, interessada, levemente preocupada, talvez insatisfeita. É o que funciona melhor. Darei palpites estrambóticos, indicarei tendências inventadas. Produzirei informações que não existem. Será minha despedida. É o que planejo e é o que eu faço.

Em visitas a fazendas, o bom é chegar sempre um pouco antes do almoço. O tempo de mostrar ao visitante o horizonte varonil, a mata varonil, o início do cafezal varonil. A ser visitado com mais detalhe depois, de jipe (o cafezal, não o varonil). Depois disso, entrar rapidinho para comer. Mucamas, gamelas de jacarandá. Melancia gelada. Suco de goiaba. E eu, na mesma cuíca. Jajajajazizizijajaja.

Quando vou do escritório para o hotel, de onde voltarei para o escritório, e de lá para o ritual da sopa, devendo tomar um banho que não tomo, não tomo mas experimento. Com a mão. Experimento para não ter surpresas de, depois, já tarde da noite, a água não esquentar. Detesto banho frio. A torneira é velha, tão velha quanto os batentes carcomidos, pintados por cima em tinta grossa para que os hóspedes não vejam os carcomidos, só a tinta grossa. Tudo bem. O banho é quente.

Fico sempre na cama mais perto da janela, quando há duas. É uma possibilidade de saída, ainda que só de olhos. Ligo sempre a televisão, e sempre com o botão mudo. Só quero os movimentos na tela. Quem sabe me levam a produzir outros, nem que seja só com o dedo do pé. Acho, nessas minhas longas estadas em hotéis, aeroportos, estradas que não acabam, que nunca mais vou sair de onde estou. Esses lugares nenhuns, incluindo aqui. Achava que não tinha mais nada, além daquilo e ainda acho. E que talvez eu devesse mesmo rir, trepar. Seguir teu convite. E largar as pedras. Se conseguisse. Teu apartamento, o nosso, continua à venda. Não tem nem mais corretor. Mas nunca foi retirado de venda, você o colocando à venda pouco depois de ter se mudado para São Paulo.

É bem tarde, agora. Não sei se estou com fome. Você está enfiado no computador aqui do lado. Pirateando filmes que veremos de noite.

Em Curitiba, naquela noite, volto para o hotel também bem tarde. E também sem saber se estava com fome. Falei paca com a Icleide, com os outros, todos meio surpresos, já que minha fama é de falar pouco. E comi pouca sopa.

O dia seguinte foi o último dia em que apertei a mão de um fazendeiro. Bem forte, para dizer, na mão já que não em palavras, para mim e para ele, que a força dele não me assustava mais e que, portanto, ele não tinha mais razão de existir.

A estrada vermelha é infindável. E reta, como devem ser as coisas infindáveis para que a pessoa saiba de antemão que não acaba. A terra é vermelha. É uma das fazendas de café mais antigas que tem, ainda das primeiras frentes abertas, antes das levas para Minas, Goiás e as outras, no Norte. De vez em quando, na imensidão vermelha da estrada, a gente passa por uma palmeira, uma só, é quase religioso de tão vazio.

"Religious-like, ahn?"

Mas não falo nada, deixo o torrefador falar com o motorista a viagem inteira. Mal olhou para fora.

Brigamos na noite anterior à minha ida a Curitiba, eu e você. Depois de trepar, eu dizendo, bem, amanhã vou outra vez, só dois dias. E você:

"Eu entendo."

Olhei para você. Você entende. Você sempre entende. Entende e dá um sorrisinho e fala qualquer besteira do nosso cotidiano, nada nunca é grave, nada nunca te perturba, você nunca perdeu uma única noite de sono em toda a tua vida. Qual, noite. Você nunca demorou quinze minutos para pegar no sono em toda a tua vida.

Então você entende que eu tenha inventado essa Curitiba na volta de Paris. Entende e sorri. E não quer saber que é porque não quero chegar ainda, não ainda. Porque não sei o que fazer com o apartamentinho da Domingos de Morais que afinal fica pronto, ou, pelo menos, fica de um jeito que qualquer um, e eu mais do que qualquer um porque não sou nem um pouco chata ou exigente com nada que se refira a um local onde eu possa ficar, qualquer um pode entrar, passar a chave na porta e batizar aquilo como sendo sua casa. E você, também não sei sobre você, quando vou para Curitiba, nesses dois últimos dias desse trabalho porque, sim, me decidi, sim, não adianta mais ficar viajando como quem não volta, porque volto, volto sempre, e te telefono sempre. E porque não aguento mais ver sempre as mesmas caras, estúpidas/espertas na minha frente, as botas, plec, plec, nos mármores dos hotéis vazios, as televisões de tela enorme, sempre ligadas. Não sei, quando vou para essa Curitiba inventada, o que fazer a teu respeito, o teu convite sempre de pé: uma vida agradável, esqueçamos o que não o é, e pizza marguerita, um grana padano, o empadão de palmito da padaria, tomatinhos já lavados, e lavados por você, um bom vinho. E a trepada, sempre boa.

Nesses dois dias teve de tudo, como se fosse um resumo de sei lá quantos anos, muitos, de viagens. Ou fui eu que fui prestando atenção em tudo, vendo tudo como se fosse não aquilo e mais aquilo, mas como um exemplo disso e daquilo, um exemplo de algo já vivido e catalogado. Essa, a babá que me acompanha em todas as viagens. Esse, o hotel que está à minha espera em todas as viagens e que, neste exemplar agora presente, tem a colcha listada em um tecido impermeável e brilhoso que já vi muitas e muitas vezes. A frase que é dita/escutada para ou de estranhos, estranhos que são chamados de parceiros, de colegas e, quando são brasileiros, com um tapinha nas costas para acompanhar. E a cadeira pré-moldada, os números despejados pelo alto-falante do aeroporto, voo um, sete, nove, três, cinco, oito, dois no portão cinco, poltronas de dezesseis a oitenta e quatro no guichê vinte e três, o aeroporto também sempre o mesmo, seja ele qual for. A estrada para a fazenda é longa, mais longa do que eu lembrava. Na janela a imensidão vermelha, a palmeira solitária que corre atrás do carro, que pega um atalho e se posta, outra vez, mais adiante, para nos ver passar, é a única distração. Digo, da palmeira, porque quanto ao torrefador, acho que morreu no banco ao lado do motorista. E eu também. Isso na ida. Na volta já será quase de noite, um pôr do sol de achatar, a mesma cidadezinha, nem isso, nem cidadezinha, a mesma meia dúzia de casinhas com o bar. E o pulo que o carro dá no asfalto que começa de repente, no meio do nada, o pó vermelho se enfiando nele ainda por uns metros, o ponto exato em que o agrimensor da prefeitura acha que é o limite do município. Isso é o que já sei que iria encontrar. Mas o motorista, entre constrangido e de saco cheio, me chama para um canto. Antes, vi ele cochichar algo com um funcionário da fazenda. Agora ele me diz que o funcionário da fazenda vai me levar, e mais cedo, de volta para Curitiba. O torrefador quer, ahn, conhecer melhor a região.

"Ele pediu para ver melhor como é por aqui, sabe."

Olho para o motorista que desvia os olhos. Eu já tinha entendido antes.

"Claro."

Ele não estava vendo o nada vermelho na ida para a fazenda. Estava pensando como ter uma experiência tropical para contar depois, na Bélgica, na Dinamarca ou no lugar bem entediante onde ele mora. Ele quer trepar com uma puta no interior do Brasil e quer que o motorista da empresa esteja por perto, porque ele quer trepar com uma puta brasileira no interior do Brasil, mas tem medo de fazer isso sozinho. Precisa de um pouco de segurança. Depois vai enfeitar, vai arredondar detalhes, a boca molhada de saliva nas guturais da língua eslava, germânica lá dele. Que bom para ele. Digo o claro que me livra disso tudo, o claro final, o da saída desse palco. O carro da fazenda é um utilitário pesadão. Quem me leva de volta fala ainda menos do que eu. É um alívio. Fico vendo o pôr do sol acachapante de um horizonte que custa a desaparecer. Uma despedida e tanto. Meio que choro. E não sei se não é de contentamento. Acho que sim.

Nunca entendi essas pessoas com quem convivi nesse trabalho, a sua vontade de ir jantar, em lugares vazios, as comidas que elas já conhecem. Para bater papo. De volta a Curitiba, devo ainda passar no escritório, mas será outro papo. Depois vou embora para todo o sempre. Não haverá outro jantar.

Ficarão decepcionados, lá, na escada preta de não lavada, porque eles têm mais papo na garganta, querendo sair.

Me esqueço por breves momentos de você, a quem também não entendo, e pelo motivo contrário. Nunca bate papo. Quer dizer, bate. Mas não sobre o que é importante. Só eu forçando muito. Éramos assim, nesses dias da viagem de Curitiba em que antes houve uma briga. Hoje, depois de tanto tempo — nem tanto tempo, mas tanta coisa — você fala. Quando me vê em silêncio, você faz um esforço para tentar adivinhar e, cuidadosamente, vai experimentando uma pedra ou outra, sob a lupa, até acertar qual a que me incomoda no momento. E aí diz, puxa, pois é.

De Curitiba volto para São Paulo e para um você diferente. Sem saber, como nunca soube, o que se passa na tua cabeça, se é que passa, vou poder te olhar por mais tempo, vou poder não saber por mais tempo. Porque decidi. Pego minhas coisas no hotel, vou para tua casa.

E fico, uma vez a decisão tomada, comendo o sanduíche que preparo sempre, pela manhã, antes de qualquer viagem, e que meto na mochila ou na maleta de mão para ocasiões como essa.

Um toró fenomenal afinal caiu. Embaixo da chuva, a cidade, fechada, se lava de suas cores fingidas. Tudo cinza. Só uma resiste. Um néon que pisca seu defeito teimoso, na placa que sai, pelo menos de onde eu a vejo, qual hemorroida da parede em frente.

Pará Pastel. Pará Pastel. Pará Pastel.

Mordo o sanduíche.

13.

Esse aeroporto de volta, então, é um catálogo de todos os outros aeroportos em que já tinha estado, eu lá, olhando as coisas como quem olha pela última vez, tentando pegar coisas para lembrar, serve o que não tem, serve o que tem sempre, lá, todos os dias, e que se olha todos os dias até que não mais se olha. Serve tudo isso que aqui tento mostrar, sons sem sentido, gestos que não se veem, expressões que não é certo se de fato existiram porque nem estavam mesmo no centro do quadro, nem eram mesmo o foco de nada. Restos. Pães de queijo comidos pela metade, os cheiros. O cheiro de pão de queijo tão parecido com o de bosta de vaca.

Fui para o aeroporto. Já estava pronta, deitada na cama desarrumada da noite anterior, tudo pronto, a televisão sem som só para que eu pudesse saber as horas sem precisar me mexer, sem precisar desviar os olhos do nada em frente, pegar o celular, fazer a tela se acender e ver: ainda faltam tantos minutos, quarenta, vinte e cinco, os números. Então ligo a televisão sem som e fico lá, falam mas não escuto, mostram coisas mas não vejo. E no canto da tela, os numerozinhos que mudam, eles, de vez em quando.

E aí levanto e vou. Tudo pago, na recepção, mas precisam conferir, checar, imprimir. "Tudo certo." O sorriso convencional, que é o melhor tipo, e o táxi. Vou.

E aí, sentada outra vez na cadeira pré-moldada, começo minha catalogação de aeroportos, as coisas que vi e guardei, formando na minha cabeça as frases através das quais eu contaria sobre essas coisas para você, e não contei. Porque ao chegar, desse ou de qualquer aeroporto, elas me pareceram bobas. E porque frases não podem contar como é ficar sentada com a bunda em cadeira pré-moldada de aeroportos vendo o mundo se tornar outro mundo e o mesmo, sem sentido, alices nós todos, sem notar. Ou porque, ao chegar, outros assuntos, os nossos, tomaram o lugar desses, os de aeroportos. E não contei porque os assuntos que eram os nossos também não eram contados, ocupando nosso entorno com seu silêncio.

Mas então é isso. Nada se mantém, em aeroportos, hotéis, sarjetas em que às vezes me sento, sentava, cansada de tanto andar por cidades que não conheço, as melhores. Então, minha catalogação, a que faço nesse dia, sentada no aeroporto esperando a volta para um São Paulo que seria, a partir da minha volta, outro São Paulo, e para um você que seria um outro você, minha catalogação também não se mantém, misturada que foi com as coisas que aconteciam ali na minha frente, sem eu prestar muita atenção, sem que fizessem sentido algum, tão calmantes, sedutoras, no seu jeito de só passar, ali, na minha frente, um filme em que chegamos atrasados e não entendemos, e que gostamos assim mesmo ou por causa disso mesmo.

Voo atrasado.

A bunda moldada em cadeira pré-moldada, pão de queijo, no estômago e no nariz, sendo que não sei qual dos dois, estômago ou nariz, foi o que me fez mais mal, e os números, todos descendentes, começando em mais de mil. Quando chegassem ao zero, o mundo acabaria, e eu, de chinelos, abriria a porta para pegar o jornal impresso do qual você faz questão, o único assinante de jornal impresso que ainda resta no mundo, o jornal sendo impresso apenas nesse único exemplar, o seu, que você recebe todos os dias, na sua porta. E depois, botando já o tênis — e nunca mais as botas —, eu descendo o elevador para o bom-dia para o porteiro, esteio da minha nova vida, ponto focal que dirá que eu continuo ali.

"Bom dia."

E ele saberia meu nome mesmo se a cara e a voz dele mudassem, como às vezes mudam, e seu corpo e seu bigode, e até mesmo seu nome mudasse, como às vezes essas coisas mudam. Ainda assim, mudança feita, no segundo seguinte ele, com nova cara e novo nome, saberia meu nome, dito sempre com o prefixo "dona" na frente. E saberia qual o número do meu apartamento, e meus horários e o que eu vou fazer na rua àquela hora. Ele saberia. E então eu sairia firme nos meus passos, com a certeza roubada do porteiro. Como aliás saio.

Teve o lance do helicóptero. Eu sentada, olhando o nada que se estendia, gentileza de algum arquiteto modernista, para lá do nada já bastante amplo onde botam as cadeiras pré-moldadas. Um janelão. Aí estou lá, olhando o nada, e surge esse helicóptero pintado de verde e preto, vindo do chão, meio tortinho como em geral os helicópteros. E ele para, a meia altura, olhando para dentro da mesma forma como eu, dentro, olho para ele: com atenção. E some, pelo lado de cima do janelão. Fico esperando comandos ninjas descerem por cordas depois que as placas de iluminação do teto se abrirem. E isso seria acompanhado, não só por mim, mas por todos, com o mesmo tédio distraído que dedicamos a qualquer tela.

Depois fiquei olhando ainda por bastante tempo a janela, mas nada mais aconteceu. E achei que o helicóptero era uma dessas coisas que não ficamos sabendo. Dessas que não saem nos jornais, ou saem torto, mentiras, pela metade. E que só eu vi. O dia em que sumiram com o fulano, visto pela última vez embarcando à força num helicóptero do exército. O dia em que retiraram, às pressas, um alienígena que tinha vindo clandestino no trem de pouso de um avião originado em Presidente Prudente. O helicóptero, incrivelmente perto de mim, voava sem som. Ele não tinha som para lá do janelão. Ninguém mais viu. É como se eu também não tivesse visto, quase não são vistas, essas coisas sem som. Que caem. Ou que somem para cima, igual.

Mas teve mais. Tem mais. Tem sempre. A pessoa que chamam e chamam e o embarque já está finalizado e o alto-falante continua chamando, a voz de censura, senhora Juliana Mamato, e números, o voo tem números, o portão de embarque tem números e a senhora Juliana Mamato tem um número, esse ausente, o da sua poltrona, vazia.

(Aeroporto tinha voz de cama, há muito tempo, promessas implícitas de casos extraconjugais, trepadas no banheirinho da porta traseira, roçadas no peito da aeromoça, trepadas com a aeromoça. Hoje tem voz de pânico. Acho uma perda.)

Agora perto de mim tem um carro.

Sei lá quantas escadas rolantes subi para chegar lá. O carro também subiu. Tem um carro na minha frente, no segundo ou terceiro andar desse aeroporto que acho que é em Curitiba. É desses carros lustrosos que vêm junto com uma loura de brinde. Talvez seja uma espécie de compensação para a perda da voz de cama dos alto-falantes. A loura-brinde escovava os cabelos quando meu olho sai do helicóptero ausente e pousa nela. Como eu, ela também está mal sentada, reparo. Mas não porque não tem outro jeito, como eu. Está mal sentada porque não tem outro jeito que não é o mesmo não ter outro jeito meu. Tentei desenhar na cabeça isso, depois. Seria um bom desenho. Melhor que as frases.

Começa com a bunda, nitidamente dividida em duas meias bundas. Uma meia bunda apoiada na banqueta alta que obriga suas panturrilhas a uma tensão realçante. (A outra meia bunda fica no ar.) Panturrilhas e meia bunda, a primeira, bem redondas. Há a banqueta e os saltos. Porque também tem os saltos. Ambos bem altos, os saltos e a banqueta. O salto alto de um dos pés dela está enganchado na trave horizontal da banqueta, igualmente alta, já disse, e que mantêm ("mantêm" no plural porque são três: a banqueta, a trave e o salto) toda a escultura panturrilha-bunda-cabelos louros, em pé ou quase. O cabelo também é um quase porque há uma elaborada ventania falsamente displicente pousada, qual banana, em cima da cabeça dela. E, na verdade, nem tão em pé, porque, justamente, ela está sentada não de todo. Nem daria. Saia justíssima.

Tudo isso equilibrado em cima do segundo pé, única coisa que liga o resto dela ao chão.

E, bingo, claro, como não seria: já previstos antes do seu aparecimento físico, já ali, no espaço em branco delineado para ser preenchido no seu formato exato, como as figuras nos quadros do apartamento parisiense de Pedro, brotam dois caras, o terno bem cortado a servir de cartão de entrada no tablado acarpetado, base do quebra-cabeça. Quebra-cabeça bem fácil, poucas peças.

Abrem porta-malas, rondam. Passam a mão. No vermelho da lataria. Ainda. Ou em vez de. A loura termina de alisar os cabelos e agora se debruça sobre um pequeno computador que algum chefe, mais calculista do que caridoso, lhe dá à guisa de máscara de oxigênio. Debruçada nele, até parece viva. Mas não é por isso, para parecer viva, que lhe dão o computador. O computador é complemento indispensável à cena e não a ela. Serve para indicar que a sexualidade explícita de animal fêmea, enjaulado no tablado de carpete, inclui interessantes jogos preliminares. O computador indica a possibilidade de se atuar fingimentos de competição erótica. A fêmea tem garrinhas tecnológicas, vejam só que interessante. Um pauzinho eletrônico, por assim dizer. Falso, claro. Pequeno, é evidente. Só o suficiente para excitar a homossexualidade costumeira dos ternos que se esfregam, dia sim outro também, nas reuniões, escritórios e cafezinhos da competição corporativa. O computador serve de complemento à isca loura que atrai os dois babacas.

Apenas uma preliminar do jogo sexual. Ou, em descrição mais educada, um início de conversa. Algo que define a loura claramente como uma não esposa, aquela anta que tem mau hálito e que não bate nenhuma unha vermelha longuíssima em tecla alguma. E, portanto, em pentelho algum. Que não fica nervosinha, ui, ui, minha saia subiu. Os paus ficariam duros, caso paus ainda ficassem duros sem Viagra. Mas é o suficiente para que frases se armem na cabeça dos dois. Vejo as frases como em um desenho animado, dentro dos balõezinhos tradicionais, da cadeira em que estou.

São elas, as frases:

"É só me decidir, viu, que faço um estrago."

"Me segura, hein, que sou impulsivo."

"Olha que compro o carro, como a loura, bato no chefe."

Ou qualquer outra combinação entre os termos, os verbos aqui sendo intercambiáveis.

Ele pode comer o chefe, bater na loura; bater com o carro, comprar o chefe. Etc.

Se eu estivesse em um carro a caminho de algum silo, fazenda ou açude, com algum torrefador a tiracolo, ele ia querer que o motorista parasse em lugar barra-pesada para ter a emoção de viver uma experiência barra-pesada nos trópicos.

Mas claro, nada que seja assim muito perigoso, né.

E eu ouviria o motorista perguntar para alguém: "Onde fica o bar de puta dessa josta?"

E o outro, entediado, saberia. E o motorista iria. Enquanto eu seria levada para o hotel. Algum hotel. Será que isso aconteceu mesmo.

Às vezes duvido das coisas que vivi. Quase sempre.

Escurece do lado de fora do aeroporto, mas o cheiro azedo de pão de queijo me tranquiliza. Uma coisa pelo menos está certa. Saí do evento com o torrefador, volto para São Paulo. Portanto, devo estar em aeroporto brasileiro. E estou. Todos os aeroportos, no mundo inteiro, têm carros, louras e babacas de terno.

Pão de queijo, só os nossos.

No alto-falante, algo que se convencionou chamar de inglês conclama ausentes para um voo atrasado que, aleluia, está de partida pelo portão de número sete. Última chamada. Ninguém disse aleluia.

Eu é que de vez em quando tenho vontade de levantar de repente do pré-moldado geral do mundo (o que inclui cadeiras e muito mais) e berrar aleluia. Botar as mãos para cima.

"Aleluia!"

E, depois, tornar a sentar como se nada houvera, enquanto espero pela materialização do milagre que tudo transformará.

Não digo aleluia, mas levanto. Tem uma hora em que me levanto da cadeira. Não é o meu voo (acho) o que acabam por anunciar. Mas, às vezes, mimetizar movimentos de uma ação ausente provoca as consequências da ação que não está lá. Pelo menos é o que tento pensar, às vezes. Dura pouco, a esperança.

145

E sem ter outro jeito, na constatação de que tudo continua igual, torno a sentar. Em outra cadeira, que é para não pegar mal. Passa um tempo, não sei dizer quanto. A tempestade da noite anterior teve uma reprise. Fiquei um tempo enorme no aeroporto. Pistas fechadas. Como se o mundo me dissesse que não era para eu sair de aeroportos, que são esses, os lugares que são os meus. Como se, naquela que eu tinha decidido ser minha última viagem de um trabalho que me fazia viajar sem parar, como se aquela viagem, a última, não fosse acabar. O.k., era a última. Só que não ia acabar.

Me espichei demais na cadeira. Foi isso. Foi isso que pensei, na hora, que era consequência da minha adaptação ao pré-moldado geral. Algum problema com a circulação sanguínea no meu cérebro. Porque, bem na altura de meu nariz, aparece um grupo que faz pouco sentido mesmo quando não em aeroportos e que, eu pelo menos, nunca tinha tido a experiência de ver em aeroportos. No meio da rua, sim, já vi. E nessas horas me encolho, busco cantos, portas abertas de lojas, quando as há, um medo, como se tem medo de bichos em manadas. São esses grupos em que todos têm cores iguais. Esse que aparece no aeroporto grita vaaaasco. Bandeiras e camisas nos ombros, como se fossem a capa de super-homem que eles tanto desejam ser. E que acham mesmo que são, quando, como agora, estão em grupo. Olham desafiadores para todos, um por um, querendo que alguém diga meeeengo. Vasco é berrado com o "vas" em tom maior e o "co" em tom menor. Era para ser, suponho, brado de orgulho. Mas é um lamento. Lembro do "Lago dos cisnes" e do que Pedro falava. Que, se termina em tom maior, é porque o cisne não morre. E que a partitura, portanto, está errada. Chego à conclusão que o vaaaasco é nosso "Lago dos cisnes", o mesmo erro, só que ao contrário. Pois se é em tom menor, não pode ser brado de vitória. É lamento. Lamentam a perda de alguma coisa muito importante. Concordo. Falta algo de muito importante neles. Eu quase choro. De pena.

Estão roucos, a cara cansada. Vieram direto, emendando de um ontem que ainda não acabou. Welcome aboard. Os meus ontens também têm esse péssimo hábito.

De repente me toco.

Um dia eu ia conseguir.

Meu coração quase para.

Perdi o voo.

Devem ter me chamado com a voz de pânico habitual e que nem mais se escuta de tanto que se escuta. Devem ter me chamado, e mais de uma vez. Talvez eu me chame Juliana Mamato e não saiba. Não sei como. Mas perdi. No painel, o inacreditável, o que quase não deu para ler de tão inacreditável: o meu número de voo e as palavras, embarque encerrado.

Não perdi.

Faço a cena que já vi tanta gente fazer, de correr corredores até uma porta, o atendente com cara de tédio, a entrada no avião, todo mundo já sentado, com cara de ódio.

Pensei em gritar:

"Fiquei com caganeira, fazer o quê."

Ou:

"Eu não tava aqui, porra."

O que não seria muito bom, porque aí eu teria de dizer onde eu estava. E o conceito de lugar nenhum é difícil e, sendo difícil, é a mesma coisa que dizer que é inviável.

Melhor seria eu ter coragem para um:

"Meeeengo."

O voo tem escala em São Paulo, mas segue até o Rio. Todos os vascaínos estão lá. Me encaram, a barba malfeita, os olhos vermelhos de um ressentimento atávico, o corpo querendo reencenar as cenas primevas de luta, sangue, berros, que a vida deles, a atual, não oferece. E nesse voo, já decidida, penso que para me despedir dos lugares nenhuns que tinham sido minha vida por tanto tempo, bem que eu merecia episódio melhor. Chegando, eu já sabia, o endereço que eu daria ao táxi seria o teu. E sabia não porque tivesse decidido isso, mas porque minha boca já formava, para experimentar, para ir e não voltar, as palavras novas que eu nunca tinha formulado.

"Haddock Lobo, por favor, quase esquina com Antônio Carlos."

II
O COMEÇO DAS VIAGENS

1.

Esse período da minha vida que achei que ia acabar, então, na viagem para Paris e, porque achava isso, tentei até que não acabasse, inventando uma Curitiba desnecessária, repetitiva, mas que inventei porque fins e chegadas são mesmo assim difíceis, esse período então, que acabaria em Curitiba, ele começou em Brasília.

Nem acabou em Curitiba nem começou em Brasília. Acaba depois, acho que acabou de acabar, agora, acabando agora, neste momento em que me sento para te contar tudo isso, uma parte você já sabe, uma parte não.

E começou antes.

Eu já havia apertado a mão de meia dúzia de fazendeiros, meus olhos na cara deles, esquadrinhado rugas e sentido o cheiro da colônia fina que passa pelo tecido das camisas estrangeiras enfiadas dentro dos cintos largos, das calças jeans grossas, na mistura tão deles, de um display de riqueza, de aparelhos tecnológicos, de antenas parabólicas plantadas tão firme quanto os pés de café, de soja. E que se junta a uma rudeza que eles pretendem ser aparente mas que não é. É nuclear. O cinto, os tapões nas costas, o que pensam sobre mulheres, o dinheiro, a importância do dinheiro e seus símbolos. O gestual que deveria dizer, prezamos nossa origem rural e dela temos orgulho, na verdade, ainda que em ternos italianos e mãos manicuradas, apenas repetiria, excessivo e enganoso, o que dizem os olhinhos que não param, rapinantes, os olhinhos e o pensamento rápido, o que tem aí pra mim? Olhinhos e pensamentos que, mesmo sem o gestual cuidado, mensagem publicitária que é, ainda assim estariam lá à espera do desdobramento inevitável de uma lógica imutável: se isso, então aquilo. O inesperado sempre sendo inimigo. Eu já havia, então, apertado a mão de meia dúzia de fazendeiros e já havia ido para aquela mesma região em viagens anteriores. Essa viagem iria ser diferente e não que eu tivesse programado. Apenas nesse meu jeito de deixar possibilidades abertas. Ia ser diferente até por aquilo que não houve. Porque tomei nota antes de partir: dia tal, cinema tal. E o nome de um shopping de Brasília.

E tomo nota também de outra coisa, dessa vez nota mental, nenhum papelzinho do mundo dando conta de suportar uma anotação dessas: passarei por perto outra vez, outra vez o mesmo aeroporto desvalido e cheio de areia, bobeia o mesmo motorista, sempre atrasado, chegando do sol já com a cartelinha na mão, meu nome escrito lá, grande, e eu na cadeira, pensando, meu deus, eu, nessa cadeira, sou eu nessa cadeira, sou eu que olho para essa porta de vidro, de correr, sabendo que vou levantar quando o motorista chegar, vou cumprimentá-lo e vou atravessá-la.

Mas a primeira escala foi em Brasília. E digo isso não só do ponto de vista geográfico. Porque para mim, que ia ao inverso, que na minha vida parecia ir só para trás e para dentro, por mais que tentasse ir para fora, para longe e para a frente, Brasília significava (na teoria das possibilidades em aberto) também, além de uma cidade, talvez um passo em frente. O primeiro, o que determinaria os outros, todos para bem longe. Bem que eu poderia trocar de homem.

Morávamos já nesse nosso perto-longe que foi o nosso por tanto tempo, eu no hotel ao lado da tua casa, você na tua casa-referência, a do endereço fixo dado para todos. O cara tinha sido uma trepada antiga, na época em que eu ainda morava no Rio, você já sumido numa São Paulo que ainda não fazia parte da minha vida, do meu trabalho. Nunca mais tínhamos nos visto, eu e você. Nunca mais tínhamos nos visto, eu e o cara.

Ele fazia filmes. Tal como Zizi, umas coisas meio artísticas que inscreveu em uns festivais aqui e ali, ganhou uns prêmios e tal. E, no dia a dia, outros filmes. Estes de treinamento, internos, e com legenda em espanhol. O Brasil era sede regional da empresa e tinha a aspiração de centralizar custos e serviços para uma parte da América Latina. E mais outros filmes, esses de marketing, também com legenda. Em inglês.

E, já naquela época, já havia esse filme, uma mistura de takes das fazendas de café com material histórico sobre o café no Brasil, um projeto patrocinado pela empresa e pelo governo. Até bem bonito. Vi uns pedaços, preparados a título de trailer para angariar mais dinheiro para a finalização do projeto. Tal como Zizi, ele também usava o cinza e apenas uma entrada de cor. Zizi era o vermelho de sua capa esvoaçante. No caso dele, era o verde de uma ou outra arvorezinha de café.

O filme tinha ficado pronto. Ele estava lançando em várias capitais do Brasil, depois de ter feito a mesma coisa no exterior. O lançamento de Brasília ia coincidir com minha estada lá. Eu estava no mailing da produtora dele. Tomei nota do cinema, do horário, do shopping. Não que eu tivesse resolvido. Só o lance das possibilidades em aberto.

A trepada com ele foi dessas trepadas de fim de evento, ele tanto quanto eu tentando fazer que o fim não terminasse. Saímos juntos. Morávamos perto. Eu num apartamentinho perto de Molly, mas não muito. Ele num apartamento grande, perto da praia, mas não muito. Era chileno e nunca entendeu bem uma areia tão estreita quanto a da praia. Areia, para ele, era o deserto de Atacama. Infindável. Trepamos rápido. Ele morava com um filho adulto e eu não queria estar lá quando o rapaz chegasse. Trepei rápido, mas gostei. Não só da trepada, ou exatamente. Mas dele, depois da trepada. O que é raríssimo de acontecer. Comigo.

Depois ainda nos encontramos algumas vezes, mas eu iniciava minhas viagens, e ele tinha as dele. Só coincidíamos nos sorrisos, acho que brilhávamos, luminosos, toda vez que nos víamos. Mas nem foram assim tantas vezes.

Então cheguei em Brasília e nem precisava terem me reservado um hotel de nome Caravelle. Caravelle Palace. Eu já me sentindo, bem antes, tão empacada, nem precisava desse navio em cidade sem mar, empacado ele também, com a quina enfiada no chão duro.

Então fui.

Antes, ao chegar, fingi ainda que não ia. Fui. Pedi ao motorista que me deixasse direto no shopping. Era meio-dia.

"Vou comer alguma coisa, depois sigo sozinha para o hotel."

E iria para o hotel a pé, nessa cidade em que ninguém anda a pé. Achei. Me fodi. Longe paca, fiquei exausta. Parei no shopping porque queria, não comer, mas ver. Comi e fui lá ver. O cinema, como era o cinema, e como era sair da escada rolante e onde poderia haver um café. Não que eu fosse. Pensei. Imagine. Só vendo como seria se eu fosse, caso vá.

E fui.

Antes. Bem antes, eu sempre chegando tão antes em tudo quanto é lugar.

Mas antes voltei para o hotel, me estirei mais uma vez em uma colcha que não lembro, mas só pode ser listada, e fiquei olhando a parede de chapisco branca, até ligar a televisão sem som e ficar vendo um jogo de futebol completamente sem sentido, os bonequinhos indo todos para um canto do campo e depois indo todos para o outro canto do campo, isso por quarenta e cinco minutos, acho, caso eu ficasse lá olhando por quarenta e cinco minutos, o que não fiz.

Minhas pernas doíam de tanto andar.

E para me garantir que não, eu não estava decidida a ir na première, uma sacola com um vinho que pedi, na recepção, que abrissem para mim. Ficaria lá, na colcha, na televisão, na parede branca, até que achasse que já estava na hora de beber um vinho e aí abriria o vinho. E beberia. Com o sanduíche da mochila, preparado desde a manhã.

E aí fui.

Cedo. Voltei o mesmo caminho, longo, que já havia feito. Cheguei. O café. É cedo. Me enfiam um menu na cara e, no menu, uma opção era um café com cointreau, o que me pareceu um nome bastante bom, por ser conhecido. Quem nunca ouviu falar de cointreau. Tinha razoável certeza de já ter bebido cointreau, e várias vezes, na vida. Aquilo me pareceu bastante confortável, ter alguém com um nome conhecido para esperar comigo na mesa do café. Veio o cointreau e, ao primeiro gole, reconheci o gosto, além do nome.

Ah, sim, claro, laranja.

Me ocorreu se ao pôr na boca o pau que eu esperava, eu também reconheceria o gosto, e também diria um ah, sim, claro, mesmo se não em palavras.

Achei que ia ver o cara ainda de longe, o fim da escada rolante no meu campo de visão, lá no fundo. Mas me distraí. As pessoas bem-vestidinhas para o programa sociocultural: uma première. Barbudos que se cumprimentavam ao meu lado com tapas para declararem que, apesar de terem marcado um encontro para irem juntos ao cinema, continuavam sendo muito machos e artistas e fodões. Me distraí. Quando vi, o cara já estava, sei lá há quanto tempo, numa rodinha, cumprimentando e sendo cumprimentado, numa rodinha. E, enquanto falava com os outros, olhava para mim. E sorria, para mim. Sorri de volta e quase choro.

A chegada dele até onde eu estava foi em uma dessas câmeras lentas dignas do romantismo mais brega, com a única desculpa de que a câmera lenta era lenta porque ele era parado de passo em passo por pessoas que queriam falar com ele. Mas acaba que chega. E recupero, como no cointreau, mais uma familiaridade. Não o pau, ainda. Mas os esses sibilados de um sotaque que ele nunca perdeu. Senta na mesa, pega minhas duas mãos com suas duas mãos, ele está muito, muito contente em me ver. Eu começo a me sentir presa. E não só porque minhas duas mãos estão presas.

Eu já havia pagado a conta.

Tenho esse costume, quando sei que vou ficar muito tempo em um bar, restaurante ou café. Quero ficar o tempo que ficar até o fim, sem precisar fazer a conta de quanto tempo vou gastar pagando a conta. Se tenho até, digamos, as duas e quinze para ficar lá empedrando, quero ficar até as duas e quinze e nenhum minuto a menos. Então, em geral, pago logo. E fico.

Ali também.

Eu já tinha pagado a conta, estou com as mãos presas, começando a suar de nervoso, e digo:

"Vamos levantar daqui."

Saímos do café, ele com a mão nas minhas costas e eu querendo correr.

O resto foi ladeira abaixo.

Que eu tinha ido lá só para dar um abraço. Outro compromisso.

"Em Brasília?!"

"Na verdade um telefonema. Ainda tenho que combinar a programação de amanhã com o escritório local."

Porque eu já estava indo. Tinha ido só para dizer que não ia. Ele ainda segura meu braço.

Para eu assistir a sessão, porque depois da sessão ia ter um jantar a que ele não ia poder escapar e para o qual me convidava.

E que depois do jantar.

Não. Não vai dar.

E acrescentei um sorriso muito triste e muito sincero na tristeza.

Não ia dar.

Acrescentei, caridosa. Nem por ele mas por mim: levantar cedo e tal.

Ele fez um sim pensativo com a cabeça. Soltou meu braço.

No hotel, na caravela presa no chão tão seco dessa cidade, bebi o vinho todo na garrafa mesmo depois de escutar o telefone tocar. No visor um número desconhecido com o prefixo do Rio de Janeiro.

Até hoje não sei bem por que não fui em frente. Tenho uma teoria, feita a posteriori, e que não foi de jeito nenhum algo que eu tenha pensado na hora. Eu ia trepar e ia gostar. E aí ia ter um momento em que eu ia ter de conversar.

E já naquela época, como agora e como sempre, meu problema com você é conversar. Temos assuntos tão difíceis, todos eles você já os tendo esquecido. Nunca nenhum detalhe, nenhuma sinapse, nenhum comentário.

Com ele seria pior. Não haveria tais assuntos. Com você eu forço. Tal coisa, não te lembrou tal outra?

"Não."

"Impossível."

"Bem, agora que você falou."

Com ele não haveria nada. Era o que me atraía, foi o motivo de ter ido. Mas na hora achei que não ter nada para falar com outro cara não resolvia o teu não falar nada comigo de tudo que, sim, havia para falar.

Escutei o telefone tocar o número desconhecido, tomei mais do vinho e liguei para você.

Se você queria vir.

Isso tudo era uma sexta-feira. Sábado de manhã, uma reunião com um cara que só podia me receber no sábado de manhã. Depois, o fim de semana inteiro sem fazer nada. E na segunda-feira a continuação dessa viagem e, nela, outra das minhas possibilidades em aberto a enfrentar, a decidir.

Liguei.

"Quer vir?"

Você queria.

Ia marcar a passagem rapidinho, tornava a me ligar para dizer voo e horário. Nos veríamos no dia seguinte. Como sempre, com você, quando se trata de ações objetivas, coisas a fazer, a resolver, você é rápido.

Pronto. Só me restava tirar a colcha, desligar a televisão sem som e esperar. Do lado de fora, um céu muito próximo era furado pela antena da televisão local, um marco da cidade. Levantei. Perto da janela, uma mesinha. Sentei nela. Fiquei vendo o nada da rua, ao nível do chão. Um poste amarelo iluminava um pedaço da rua reta onde nenhum carro passava.

Dali em diante, você sabe de quase tudo.

Você chegou. Me ligou do táxi. Qual meu andar. Subiu direto, sem fazer check-in, dono de mim e do hotel, sem que ninguém te impedisse de entrar no elevador. Te espero com a porta do quarto já aberta. Vejo você saltar do elevador cheio de certezas e ir em direção contrária. Se toca. Volta. Me vê. E vem. E aí arma o sorriso que você tem, e eu também, de quando nos vemos. Faz o check-in depois, levemente irritado de estar na posição de acompanhante de hóspede. Tomamos um café ruim, de uma garrafa térmica que eles mantinham em um canto da portaria, tornamos a subir, trepamos, tornamos a descer, andamos. Você quer me levar no restaurante tal, que te recomendaram, você quer alugar um carro para me mostrar a cidade que já conheço. Você quer me mostrar o que nunca vejo: monumentos, tours de turismo que nunca fiz. Aos poucos você escuta meus nãos. E saímos sem destino, andando nessa cidade em que ninguém anda.

Como foi minha reunião?

Foi bem.

E aí, uma vez isso resolvido, só andamos e sentamos e tomamos café, e olhamos, meio espantados, o que fica perto de nós, esse ar em comum que ainda existe e que é mesmo um espanto que ainda exista.

Comemos, nesse fim de semana, em uma barraca armada no meio de uma quadra, na parte dos fundos dos edifícios, onde ficamos sentados num murinho. Um sanfoneiro chegou, armou um quadrado de plástico no chão, o seu palco, e começou a tocar. Hora de almoço. Era show ao vivo de hora de almoço. Ficamos. Outro cara iniciou um xaxado, gente foi fazendo fila na barraca. Também pedimos. Era uma espécie de pê-efe.

Depois teve outro show, em outro fundo de quadra, esse com um palco mais palco, um tablado, e com patrocínio de uma ótica que ficava ao lado. E da água mineral Indaiá, que distribuiu copinhos para a audiência. Depois teve pão de queijo numa franquia de pão de queijo que rapidamente se tornou a "nossa" franquia de pão de queijo, em que tínhamos a "nossa" mesa. Depois teve uma ida de metrô para Ceilândia, quando descemos de uma estação muito moderna e muito deserta (domingo, isso), saímos, demos dois passos para lá, dois para cá, e voltamos. Teve uma ida à rodoviária, porque gosto muito de rodoviárias, como gostei dessa também, até fotografando as fotografias que ficam por lá, coladas nos muros e colunas, as fotografias das pessoas que desaparecem em rodoviárias. É toda uma categoria de pessoas. Uma das muitas coisas que me fascinam. Fotografei as fotografias, fulana e beltrano, vistos pela última vez, e a data, e o ano, e já fazia dois, três anos, do desaparecimento, e a fotografia continuava lá, já desbotada, já com um canto rasgado, mas lá. A pessoa só uma sombra, só seu desaparecimento sendo o real, o existente. Ela não mais.

E no meio disso tudo teve mais trepada, e as andanças foram em geral de mãos dadas pelas ruas sem calçadas, com as plantas secas, mas com seus nomes, sua existência de coisa viva transposta para o cimento: há trevos em que pedestres não têm sorte. Há coisas como tesourinhas que não são o passarinho, são de asfalto. E agulhinhas que não são a flor.

E depois, no domingo à noite, eu deitada na cama, nua, sem me importar de estar nua, a buceta à vista, uma perna dobrada, os braços atrás da cabeça, fiquei vendo você arrumar tua mochila, pôr cuecas sujas, camisas usadas, tudo amarrotado dentro da mochila. Averiguar papéis, documento, cartão de crédito e outras masculinidades. Fechar tudo, fazer uma brincadeira a respeito da minha buceta. Abrir a porta, com cuidado e só um pouco. A buceta é tua. Me mandar um beijo da porta. E fechá-la. Tlec.

Depois me vesti e desci. O restaurante do hotel deserto, a não ser por um cara que já tinha tentado puxar papo comigo no café da manhã do dia anterior. E que agora, eu com a boca cheia do filé de peito de frango, tentava puxar papo com o garçom de saco cheio e de saco cheio não só pelo cara, mas também por mim. Eu e meu filé de peito de frango estragavam, tanto quanto o cara que puxava o papo, sua noite tranquila na televisão. Ninguém jantava nesse hotel porcaria, tantas outras opções disponíveis. E eu só jantava porque minhas provisões, meu sanduíche amassado de todas as viagens, já tinha sido consumido, logo na chegada, com o vinho que mamei como um plano B a uma trepada que nunca chegou a ser um plano A.

Eu tinha um filme B também, além do plano B.

Eu trepava com o chileno. Aí punha um penhoar de cetim salmão. Você chegava de improviso. Eu estava pintando a unha do pé dentro do cetim salmão. O chileno passava enrolado na toalha. Eu dizia para você:

"Você é página virada, beibe."

Você fazia cara de indignado. Você tinha um bigodinho bem aparado. O chileno também tinha um bigodinho bem aparado.

Isso em algum lugar. Não podiam ser os quartos de hotéis que era onde eu morava nessa época. Eu fazia esse filme B em um apartamento tijucano. Acho que era uma espécie de Nelson Rodrigues. O Nelson Rodrigues possível.

No restaurante, o cara falava com o garçom com um sotaque de gaúcho que já foi o teu. Explicava a origem do chimarrão, que ele, aliás, portava como um pau portátil, segurando com as duas mãos, pau grande, com grandes bolas. Pelo menos esse, o portátil. O outro, não fiz fé.

Que a peãozada precisava se esquentar.

(E quase baba na peãozada.)

Então, em volta da fogueira, jogavam assim um matinho qualquer na água.

(E mais baba ao imaginar o em volta da fogueira.)

Depois dá um chupão no canudinho. E se entrega de vez: "Só muito couro, cru, grosso, e muito chimarrão, pra aguentar a madrugada ali juntos, viu."

Só faltei sentir o cheiro.

Quando me levanto e vou até eles (preciso assinar a porra da notinha), o cara volta a tentar falar comigo.

Se sou portuguesa.

Deve ser porque falo com o garçom ainda com um último pedaço de filé de frango na boca, uma pressa danada de ir embora de lá, embora não queira exatamente voltar para o quarto.

"Não."

E subo para o quarto, que remédio.

No dia seguinte vou fazer o segundo teste dessa viagem. Vou fazer o que tenho de fazer, o que já deveria ter feito, e o que, uma vez feito, vai determinar o que só vai acontecer tantos anos depois, e que é a minha saída desse trabalho, dessa fase da minha vida. E isso, mesmo do jeito que foi, mesmo eu só dizendo que vou, para mim e para o motorista, na última hora, o carro já quase chegando nesse segundo hotel dessa segunda cidade dessa viagem, nessa hora eu já sei que era o que tinha de fazer. E nem porque precise saber de algo que não saiba. Mas porque preciso saber que já sei.

O resto todo, todos os anos em que mantive esse trabalho, até o Paris/Curitiba que de fato foi a gota d'água (ou melhor, Rosário, suas frases, sua ficha, e meu berro com meu ex-chefe), o resto todo foi só a averiguação, igual e repetida, de que eu não estava mais lá.

No dia seguinte, desço com minha mochila já pronta, faço o checkout antes de tomar café. E sento, esborrachada, no café.

Tenho até as dez horas. Vão vir me pegar, vão me levar ao aeroporto, vou entrar num avião, e vou saltar em outro aeroporto, pobrinho, simplinho, e cheio de areia no chão.

No café falam inglês em uma mesa de japoneses. Há um quadro que já vi antes, de mulheres levemente peladas, nada que se compare a mim, e com os olhos olhando para cima. Há o gaúcho que come um pão com o chimarrão do lado. Há um janelão com flores cuidadosamente plantadas do lado de fora, para que a aridez da cidade não seja vista assim, logo de manhã cedo. Fico lá.

Depois mudo. Fico no sofá da entrada. Uma pressa, uma vontade de ir logo, chegar bem depressa para poder sair também bem depressa do lugar onde ainda não estou mas vou estar.

Teve um lance engraçado.

Nessa ida para o aeroporto, devo dar uma passada rápida no escritório. Já mandar o material da reunião do sábado. Bobagem levar comigo para o resto da viagem. Inclusive imprudente. Posso perder ou estragar. Nesse escritório, me chamam de Cláudia. Oi, Cláudia, foi tudo bem, então, com o fulano? Estou sentada na cadeira de uma mesa, mexendo num computador. Olho para a pessoa sem saco de me mexer, sequer de emitir um som.

Quando me levanto, e me acompanham até a porta, aperto mãos e digo, sorrindo:

"Meu nome não é Cláudia."

E me arrependo. Não era mau os relatórios citarem uma Cláudia que veio, tirou as fotos que precisava, fez as perguntas que não precisava e foi embora.

Ia deixar o pessoal da sede, em São Paulo, completamente louco. Meu deus! Uma brecha na segurança! Uma tal de Cláudia teve acesso a nossas fichas confidenciais de produtores!

Uma pena eu não ter pensado nisso.

Trepamos naquele domingo à noite, antes de você ir embora. Como sempre, não tomei banho depois, só antes. Dormi e na manhã seguinte fui embora, passando pelo escritório, com teu cheiro. Como sempre fazia. Vai ver foi isso. Teve alguma Cláudia com uma vida realmente animada por ali antes de mim, e o pessoal se confundiu.

Da trepada, a primeira e única, com o chileno, ficou até hoje minha volta a pé na saída da casa dele, a cidade escurecendo e as janelas dos escritórios de Botafogo, acesas o dia inteiro, só agora se declarando de fato acesas, no escuro que começava a cercá-las.

2.

Acordo ainda no escuro, o que é comum, mas dessa vez levanto. São cinco alguma coisa, me dizem os numerozinhos verdes de um retângulo preto na mesinha de cabeceira. Já dá. Sei que acordo de vez quando suo inteira. Não que dessa vez suar seja relevante. Suei inteira a noite inteira, e não só ao acordar. É cedo para o café do hotel e, embora escuro, não está frio. Nessa cidade não deve fazer frio mesmo no inverno. Arrisco sair. O hotel fica na orla. Daqui a pouco, uns vultos silenciosos começarão a correr ou andar em ritmo acelerado pelo calçadão. Gosto de vê-los. Sempre me espantam. Se detestam, o que me faz bem. Correm botando os bofes para fora, correm aos estertores, gemendo, e não param. Alguns correm enquanto pulam corda, enquanto mexem os braços em movimentos vigorosos, sempre gemendo, suando, os olhos esbugalhados. Se torturam. Acho sempre muito calmante: estão pior do que eu. Mas não tenho isso nesse momento para me distrair. Arrisco sair no escuro e na rua deserta. Bem perto, um lugar, ainda fechado, tem mesas do lado de fora, convidativas. Não sou corajosa de andar no escuro, fico por lá mesmo. Empadinhas Barnabé. Logo depois chega um casal, em seu fim de noite. Ele, um idiota desses que não têm mais conserto, lá pelos trinta e muitos, classe média. Ela talvez uma prostituta. "Eu te amo." Ela sorri disfarçando a falta de saco. Não sei se me veem de primeira. Estou imóvel num canto e está escuro. Ela come um pacote de salgadinhos. Ele pergunta se ela quer alguma coisa. Tem um ambulante que começa a se instalar na orla em frente. Ela diz que não. Ele insiste. Ela torna a dizer que não. Ele torna a dizer eu te amo. Ela diz que quer um guaraná. Não quer. Quer dois minutos de sossego. O cara vai, meio trôpego, até o ambulante. Estou olhando para eles, ela percebe, olha de volta. Sorrio. Ela sorri também. O cara volta. Traz duas cervejas. Ela joga os farelos do salgadinho meio ao longe, para algum passarinho futuro. Me levanto. Quando passo perto eu também jogo um ciao para uma amizade futura. Já dei alguns passos quando escuto o ciao de volta. Volto melhor do que fui.

No hotel, um início de barulho de café. Vou até a porta da cozinha e peço um copo que tomo lá mesmo, apesar da pouca acolhida dos funcionários. Quebro, com minha presença, uma porção de coisas: hábitos, certezas. Não é a primeira vez, então, caguei.

Pego uma fatia de pão, que meto na boca olhando o nada e olhando o nada fico até que até mesmo o nada desapareça da minha frente, o que eu já sabia que ia acontecer. Agradeço. Não respondem.

E vou para a entrada.

Na entrada do hotel, cadeiras em um plástico estampado de florinhas, para dar a ideia de alegria, alegria. Afinal, é uma praia tropical.

Ainda é cedo. É preciso que seja. Para que o resto da programação não fique impactado. Disse que pagaria pela gasolina. O motorista não quer. Eu pagar só ia dar confusão, trabalho. Não há como registrar um pagamento desses, avulso, na planilha de custos. E, de qualquer maneira, será pouca, a gasolina. "É perto." Porra, cara, não é.

Mas não pago.

Espero esse dia clarear olhando a rua deserta na cadeira do lado de fora da portaria de um hotel. Passa um carro. Não é o meu. Ele começa a existir pelo som, antes que eu o veja. Passa rápido, bailarino sem capa vermelha, visível por poucos segundos, só para continuar sua existência apenas sonora, e nem mais isso. Passa outro. Também não é o meu. Entre eles e depois deles, o riso, esse, sim, perene, imortal — a rir de tudo e todos —, do vento entre os dentes arreganhados das palmeiras. Mais uma música do tipo sem partitura.

Mais um carro. É o meu. Entro. Ele parte.

O motorista é de lá, conhece bem o lugar. A vila dos quilombolas.

Eu já tinha explicado antes.

"Fica entre o antigo quilombo e a Fazenda Pedra do Conde."

Ele não conhece a Pedra do Conde. Conhece todas as fazendas produtoras de café. Mas não a Pedra do Conde. A Pedra do Conde não produz. Nem café nem, como vou descobrir, nada. Então não existe. Mas a informação de que o lugar que quero fica na divisa dos quilombolas parece ser suficiente.

Então, por esses instantes iniciais, há um maravilhoso silêncio.

E chegamos.

As casas já de alvenaria. Os negros já não muito negros, parados, que nos olham. O motorista conhece a região. Disse que conhece, inclusive, uma pessoa de lá, da área dos quilombolas, e que chamou essa pessoa para nos acompanhar.

Agora ele vai falando. Se animou. Vai falando sem parar. A presença de negros proprietários de terra o obriga a demonstrar, para mim e para ele mesmo, que ele também existe e que é um porreta, ainda que não proprietário de terra alguma. Mas branco. Diz que os quilombolas ganharam posse da terra há pouco tempo, coisa de dois, três anos. E que, a partir dessa data, começaram a construir nos terrenos agora seus por lei.

E de fato.

Pela janela, vejo que atrás de construções novas, algumas ainda inacabadas, há os casebres antigos de pau a pique. Não derrubam. Constroem sem derrubar o que existia. Gosto deles, gosto disso. Mas o motorista fala.

Explica o que não sabe, o que não entende mas que precisa explicar.

"Pra que, né, derrubar o que vai cair de qualquer modo, rá, rá."

Para que, né, fazer algum movimento, algum esforço para o que acontecerá de qualquer maneira.

Para que, né, estou ali se já sei que tudo que vem dali vai acabar, aliás, está acabando, de qualquer maneira.

"É da índole."

E acrescenta, agora conciliador:

"De qualquer modo, enquanto não caem, os casebres sempre servem pra guardar alguma tralha, né, rá, rá."

Não digo da possibilidade de uma dor incurável por trás do que aparenta ser apenas prático. Não digo que de repente, mesmo derrubados, os casebres continuariam lá, fantasmas, então, melhor mesmo que fiquem. Já sei, nesse dia, antes de ver o retrato de Aleksandra no piano de Pedro, o que vou saber de frente para o retrato, tantos anos depois, em Paris. Que às vezes é melhor deixar presente o que não sumiria de qualquer jeito. Que ficam melhor, lá, no meio da sala, as coisas. Para que sejam lavadas, todos os dias, vinte e quatro horas por dia, com o olhar de quem passa, dia após dia, retratos que são. E que é esse, de repente, o único jeito de esmaecê-los.

Olho para as pessoas paradas, em frente às casas, nas janelas. Antes, na época da Pedra do Conde, seriam safristas. Iriam, em grupos, sem se misturar com os outros, ganhar o pouco dinheiro possível, todo mês de maio. Trabalhavam, e muito.

Eu é que peço.

"Mais devagar."

Do contrário, o motorista passaria direto no asfalto esburacado, vagabundo, que não resiste às chuvas e que é remendado todo ano. E eu não os veria, um por um, os braços cruzados, os cotovelos no peitoril das janelas. Só existindo, eles. Me olhando sem se mexer, me unhando sem se mexer, eles o meu primeiro Ceci, a presença, eles, de um Pedro futuro, migalhinhas jogadas em um início de mundo, para uma conversa futura que nunca iria acontecer. Entre mim e eles, entre Pedro e mim.

E que talvez, justamente, não seja necessária. Não mais.

À direita, uma entrada.

"Entra aqui."

Ele resiste.

"Mas não é passando os quilombolas?"

"É, mas dá uma entrada, só assim."

Ele entra.

Depois seguimos até outro ajuntamento de casas, para pegar a moça, a que ele conhece e que viveu em uma chácara na divisa do quilombo. O motorista fala.

E fala.

Que, quando menino, andava por aquilo ali tudo, ele e sua espingardinha de chumbo.

Biguá, cambaxirra, viuvinha, tié-de-topete, tiê-preto, curi-caca, rolinha-caldo-de-feijão, graveteiro, macuquinho e macu-quinho-de-colar, juruviara. E continua uma lista de nomes de passarinhos que não sei mais se são esses, os nomes bonitos que guardo, e que repito às vezes, andando pelas ruas, sentada em cafés ou sarjetas, e que repito só porque gosto, catuaí, acaiá, ica-tu, só sons, nem mais nomes.

Ele os matava, todos.

"O bornal vinha cheio."

Depois sumiram, os passarinhos. Ele não faz, em momento algum, a ligação entre o sumiço dos passarinhos e a matança dos passarinhos.

O caminho até o local que quero visitar é ruim e difícil. Estradinhas, picadas a bem dizer. A moça conhecida do motoris-ta sobe no carro. Ela sabe. É prima da fulana, a irmã de criação da sicrana. É quem vai lá varrer de vez em quando, ele diz, se virando para trás, só uma mão no volante, o risco do gesto e a varrida ocasional do olho devendo ser o suficiente para me im-pressionar, me convencer da autenticidade da pessoa em ques-tão, uma mulher que mal me cumprimenta ao entrar, ágil, no banco do carona.

Depois de uma curva, ela manda o carro virar. A estrada é ainda pior que a anterior, o que eu acreditava impossível. Caí-mos no buraco, desviamos do lamaçal, chegamos no cajueiro.

É lá.

É um cajueiro, o meu destino. Em volta, nada. Eu devia ter adivinhado.

No caminho, Cris — o nome é Cris — não fala nada, além do é aqui, dobra ali. Mas, perguntada, diz que acha bem bonito os feios e novos moinhos de vento, brancos, quixotescos, a gerar energia eólica ao longe, em meio a um canavial. A cana, substi-tuindo a cada ano mais, o café. Os moinhos, um futuro que se instala antes de existir de verdade. Igual a esse passado trazido por Cris através de buracos, lamaçais e cajueiros e que eu também instalo. Na esperança de que exista de verdade.

Paramos o carro, o resto é a pé. O motorista, um alívio, nos comunica que esperará no carro.

A chácara, que fica depois de uma descida em curva espantosamente curta para quem não a adivinhava há apenas uns passos, é quase uma ruína.

Fica no exato limite entre a Pedra do Conde e os quilombolas?

Sim.

Cris confirma, segura. E ela chegou a morar lá bem por uns doze anos, diz. Desistiu faz pouco. Não é mais como ela gostava. Mostra onde se sentava para olhar o nada. Mostra o lugar vazio onde costumava haver uma mesinha. Ela usou o verbo "pôr". Ela punha a mesa. A mesinha ficava lá, mas, em uma determinada hora do dia, ela punha a mesa. Ela punha toalha, o bule de café já com açúcar, os copos. Eu quase vejo. A mesa, o café, as duas cadeiras. Ela e a madrinha. Depois, a madrinha morre. Diz uns nomes e me olha de esguelha, um medo que eu conheça, um medo que eu roube nomes que são só dela. Digo que não conheço. E não conheço.

Tinha uma horta, galinhas. E aponta num gesto largo para o universo inteiro.

"Tinha tudo."

Quase chora. Mostra os dois tanques de concreto. Os tanques estão cheios de água, com um cano grosso e grosseiro de tão branco a ligá-los. Um cano novo. É a única coisa branca e nova em meio às paredes manchadas de mofo, a sujeira no chão de cimento, a cerca de moirões finos e tortos, perdidos no meio do mato, um mato igual de ambos os lados da cerca, sem diferença.

O cano traz a água da chuva que escorre do telhado. A primeira chuva lava a telha, ela explica. Da segunda em diante, a água é dirigida para os dois tanques. É a única água. Não há poço. Diz que uma vez suas sobrinhas, ainda crianças, querem fazer o que faço. Conhecer aquele lugar.

E ali, ela mostra, apontando para o nada, havia um buraco muito grande. Foi onde cavaram a terra arenosa para virar o cimento da construção da casa. Isso faz tempo. Antes era pau a pique, igual às dos quilombolas.

"O buraco era ali e era mesmo muito grande."

As duas crianças gostam de brincar no buraco de areia. E alguém perguntou, perto delas, qual seria o valor da casa. E elas responderam que só podia ser muito dinheiro, já que havia aquele buraco, que era tão grande e tão bom.

Rimos. É bom rir. Eu e ela rindo, tanto riso que dá para desculpar a lágrima que escorre.

Mas guardo comigo a pergunta não formulada. Quanto valerá a casa.

Não sei se aquela era a chácara que foi da família de Molly. Pode ser que sim. Tanto faz para mim. Tanto faz hoje e tanto fez naquele dia. Se não fosse aquela, seria outra, igual àquela. Se não é a mesma, serviu eu imaginar que fosse.

Porque tanto fazia.

E não só porque não essa mas outra igual. Mas porque tudo aquilo estava mesmo acabado e era disso que eu queria me certificar. Não que existia. Mas que, justamente, não mais existia.

Ficamos um pouco de pé do lado de fora da casa quase em ruínas. Não podemos entrar. Ela diz que está sem a chave. E vem uma história comprida a respeito da chave. Faço hum, hum, aceitando. Entendo. Quer com certeza defender, diante dessa mulher (eu) que vem da cidade grande, uma privacidade de teto sem forro, fogão velho a gás de bujão em desuso desde sempre, lenha sendo mais barato e tão mais fácil. Só ir até ali, e cortar.

Falamos máis, de pé na frente da casa fechada.

Falamos da praga no jambeiro. O jambeiro que está ao lado do cajueiro, que fica ao lado do portão. O portão, aberto há tanto tempo que sua madeira já se enfiou na lama e de lá brota em um novo começo burro.

(Como os meus.)

Não falamos dos pés de café, selvagens, que ainda vemos por lá, mesmo sem querer vê-los.

Ficamos de pé ali. Há um som de rádio que vem da casa vizinha. O terreno original da chácara, já nem tão grande, foi desmembrado e cedido em parte. Daí o vizinho tão próximo. Em troca, Cris combina que ganharia deles umas galinhas, umas verduras. Mas a casa do novo vizinho fica mais perto do que ela gostaria. Não consegue mais se sentar à mesa, com um café, a cadeira virada para o mato. Uma só, agora. Não consegue mais ficar lá, escutando o nada. E vai embora.

Está ali só para me mostrar. Não vinha fazia tempo.

Logo quando o carro estaciona embaixo do cajueiro, há um cachorro que vem nos ver e que depois some. Ela diz já o ter visto por ali outras vezes, quando às vezes, e já faz tempo, vem olhar a casa fechada, vazia, o mato quase apagando o portão. Acho que depois que ela fala, se arrepende. Acho que nota que, ao falar do cachorro, se trai. Ao falar do cachorro, fala que vai lá sempre. Que fica em pé sempre, ao lado do portão que brota do chão, a olhar o buraco de areia que não está mais lá. A mesa do café ausente. A risada das sobrinhas quando crianças. A madrinha.

Enquanto lá ficamos, de pé, a casa fechada, o carro torto embaixo do cajueiro, o cachorro não aparece. Só reaparece quando já batemos outra vez a porta, o motor iniciando o ronco.

A casa é roubada uma vez, ela diz. Um aparentado de um dos vizinhos dali de perto. Leva o bujão de gás, uns mantimentos enlatados. Usa quase toda a água dos tanques, o roubo acontece na estação da seca.

E leva uns panos. De mesa, de cama. Depois ele é preso, por outro roubo. Ela é chamada à delegacia para reconhecer os panos. É um domingo à tarde. O ladrão não tinha almoçado. Ela sai, compra uma quentinha, leva. É a única vez que a casa é roubada. Depois disso, o cara já solto, nunca mais. Ela tem um rosto duro, marcado, e uma gentileza na voz. Nunca se casou, me responde. Sequer namorado. Então, durante todo esse dia, mantivemos essa distância. Nossas vidas particulares, tão diferentes e, ao mesmo tempo, tão compreensíveis por uma e outra. A dela por mim, e a minha, caso eu a contasse, por ela. Mas mantivemos essa distância, nossas vidas polidamente excluídas da conversa, de comum e tácito acordo. Tento falar de Molly um pouco. Mas ela não conheceu Molly. Molly foi embora dali há muito tempo, ela nem era nascida. Acha que ouviu falar, mas não tem certeza.

Deixo meu endereço, e-mail, telefone. Não sei a situação jurídica da propriedade. Sequer se é de fato a casa que foi do pai de Molly. Mas digo que, caso seja, e ela, Cris, queira regularizar ou precise regularizar alguma coisa, é só falar. Eu volto. Assino o que for.

O motorista deixa Cris na sua casinha da vila. Nada no seu rosto muda. Está igual como quando a pegamos na ida. Agora tem meu cartão na mão. Mas o rosto não muda em nada. Não é importante, o passeio até a chácara. Ela não deixa que seja.

Eu não tinha muito a oferecer, muito para contar. Percebo nessa hora que sei muito pouco de Molly. Sei que o pai de Molly tinha uma vaca. O que sobrava do leite e do queijo cru feito em uma fôrma de alumínio amassada, ele jogava fora. Não havia eletricidade. Portanto, não havia refrigeração. Estragariam em um único dia, com o calor do lugar. Depois a Pedra do Conde conseguiu que a fiação e os postes fossem até a porteira. Passa-

174

vam pela chácara. A família de Molly começa a poder vender o leite e o queijo que sobram.

Molly foi a única a estudar. Os irmãos, homens, não estudaram. Ficavam na lavoura. Molly estudou até o terceiro ano. O que eu teria para contar é que um dia o ônibus escolar atrasou. O ponto em que Molly saltava era o mesmo que os filhos dos empregados regulares da Pedra do Conde usavam. De lá até a chácara, havia uma lapa do cafezal. Os filhos dos empregados regulares iam para um lado. Ela ia para o outro. Seu pai ou um irmão esperavam sempre por ela, na volta da escola. Voltavam juntos. Um da lavoura, ela da escola. Aí um dia o ônibus atrasou. Quebrou no caminho. Quando ela chegou no ponto já era noite fechada. E não havia ninguém a esperá-la. Ela foi. Atravessou o cafezal sozinha, batendo palmas com as mãos esticadas na frente do corpo. Cobra vai embora quando sabe que tem gente. É o bicho mais pacífico que tem. Só ataca quando acha que está em perigo. Onça não. Onça é diferente. Mas Molly achou melhor pensar só na cobra. Atravessou. Chegou em casa. Todos já na mesa.

"Oi."

"Oi."

Nem levantaram a cara do prato. Nada de fora do comum. Nada de extraordinário. Então, ela também achou que não havia nada de extraordinário. Lavou as mãos. Sentou, comeu.

É o que Cris teria feito.

O motorista me leva de volta ao hotel. Tem um sol estúpido na manhã já alta. Digo para ele me deixar na barraca de praia em frente. Peço uma moqueca. Em meio às moscas. A moqueca demora. O vento nas palmeiras, constante, fica mais forte, a música em staccato. Mudo de cadeira para ficar de frente para o vento, para o cabelo não bater na minha cara, não me fazer cócegas, não me lembrar que existo.

175

Fica bom, o vento na minha cara. Muito bom. Quando abro os olhos, vejo que o vento também faz bem para o quesito moscas. Somem. A moqueca é boa. Não ótima. Mas boa. Uma pena não ter pimenta. Minha vontade é encher de pimenta. Até sair pelos olhos, até os olhos chorarem: pimenta. De volta ao hotel, encontro o resto do grupo aflito à minha procura. Tem um almoço que já estava programado. O grupo todo, o restaurante ótimo. Me desculpo. Já comi.

"Cedo, hein!"

"Pois é."

Levantei cedo, fiquei com fome cedo. Uma explicação. Nem sempre tenho. Perguntam se pelo menos o jantar está de pé. Digo que não. Que vou comer no hotel mesmo. Cansaço, sabe. Recomendo a eles a comida do hotel. Frango grelhado. Meu frango grelhado de sempre, quando meu sanduíche amassado acaba. Uma das pessoas do grupo, uma mulher que também vem de São Paulo, responde que não come frango comum, desses que servem em hotéis como o nosso. Só come frango caipira. Olho para a cara dela. Com certeza ela acha que o frango que frequenta esse fim de mundo é cosmopolita, descolado, metrossexual e vai a baladas todas as noites. E ela só gosta de frango caipira.

De tarde vou fotografar, perguntar, falar, apertar mãos. Todas as que houver.

No dia seguinte, o último na cidade, vou precisar da manhã só para mim.

Vou na casinha baixa que o motorista me apontou na chegada e onde estão os documentos da localidade. Cartório.

Não preciso me estender em explicações com quem me atende.

"Ih, aquilo foi uma brigalhada, uma sangueira."

A Pedra do Conde, a Um e a Dois, foi dividida mais ainda, entre os herdeiros legítimos e mais os que apareceram por aí.

176

"De vez em quando ainda aparece um."

Ri.

O cara, o dono, morreu bobamente, em uma briga de porta de bar. Ofendeu um quilombola. Chamou-o de negro sujo. Ele teria detestado Pedro. Viado. Eu, eu acho que ele não teria a chance de detestar. Eu não daria essa chance. Quanto ao DNA, não vou posar de magnânima. Na época de Molly nem existia. Na época em que fiz essa viagem, já. Molly tinha muito medo disso. Muito medo que eu quisesse isso. Não quis. Exumação de cadáveres, advogados, eu brigando por uma vida que não era a minha. Não quis. Nunca quis. Eu, e o reconhecimento legal, o cara assumido como meu pai.

"Oi, papai."

Não. Não mesmo.

Voltei. Nunca contei isso a ninguém. Por um tempo ainda esperei que Cris fizesse contato. Teria gostado de tornar a falar com ela, gostei tanto dela. Achei que eu queria tomar um café com bastante açúcar ao lado dela, as duas cadeiras viradas em uma mesma direção, quatro olhos ao longe olhando o nada de qualquer lugar, qualquer cidade.

Ao ver Molly, pouco depois dessa viagem, seus olhos me examinaram, furtivos, em um tudo bem interrogativo. Seria o tudo bem de sempre, de todas as viagens, não fossem os olhos. Respondi o usual tudo bem. E fiquei com a sensação, que ela às vezes me dava, de que sabia onde eu tinha estado. E que meu tudo bem de resposta era um alívio. Não queria escutar. Nunca quis. Mas sabia.

3.

Quando penso nessa época sempre me surpreendo, empacada em contas que nunca fiz mas que sei serem curtas. Tudo acontecendo embolado, rápido, como pode tudo acontecer assim em um minuto, nem um minuto. E refaço os passos. Te conheci numa parada gay, trepei com você naquele mesmo dia. Depois da trepada, sentei na curva da escada, como sempre sentava, para conversar com Pedro, nós dois aos cochichos, formando, um com outro, novelas com as pessoas que conhecíamos, e o fulano, e o sicrano, e a sicrana, e não te contei que. Como se precisássemos, um e outro, de novelas. Mas as fazíamos, lá, na escada, aos cochichos, grudados, e nos silêncios que às vezes vinham. E ele cantarolava as músicas que eu não conhecia e que ele acabava de conhecer, ele mal começando seu ensino médio da Escola de Música. Mas me engano. Digo não é possível. Porque quando te conheci, e ele à Aleksandra, ele já terminava o ensino médio, já se preparava para a faculdade de música da UFRJ. E chego então à conclusão de que fiquei naquela escada muitos e muitos anos, e que talvez ainda, como agora, sentada aqui, em

178

cadeira estofada, com braços e espaldar alto, a melhor para quem trabalha em computadores, para que não haja problemas nas costas, nos pulsos, eu sentada aqui ainda sinto na bunda um eco do frio do mármore e, no ombro, uma saudade da parede. Depois é a parede, outra, um muro na verdade, o que vem e que não gosto de ultrapassar. Zizi e seus vídeos, o orgulho bobo em mostrar os vídeos, os pés descalços amarrados em tiras de pano no chão da sala da Escola de Dança, sintam a força que vem da terra. Aleksandra e seus berros, pliêêê, você cada vez mais ansiosamente esperado nas fugidas de meio de tarde. Molly começando a vender suas representações de roupas de Petrópolis, que ela dizia serem de Petrópolis mas que eram de Engenho de Dentro, na feirinha de roupa onde começavam a chamá-la de Molly, uma rima para as Sallys, Tamys e outras, de lá.

E aí, num dia que tenho anotado, que seria fácil de ver, na fichinha do cartório que me deram depois do processo de registrar minha assinatura, seria fácil de ver, um dia de setembro, Pedro, eu, Aleksandra e um menino chamado Tiago marcamos o encontro no cartório do Méier. A entrada dos documentos para o casamento de Pedro com Aleksandra. E tento recuperar os dias, como eram os dias. Como eu acordava, ainda na casa de Molly, no travesseiro meio duro da minha caminha no segundo quarto, muito pequeno, Pedro dormindo desde nenê no mesmo quarto de Molly, um armário virado metade de um lado e metade de outro fazendo o papel de uma quase separação. Eu tinha uma colcha de brocado que era para ser prateada, e que ainda era, dependendo do ângulo da luz. Mas me vêm já forçados, os dias, eu já inventando-os a partir de muito pouco e que nem sei se é, esse pouco, desses mesmos dias.

Fomos. Separados. Pedro e Aleksandra iriam direto da Escola de Dança, depois de uma das aulas. Tinham esperança de resolver tudo ainda antes das outras aulas, no fim da tarde, para

179

lá voltando no horário normal, para que ninguém notasse. Não queriam que ninguém notasse, soubesse. Tiago e eu, que não nos conhecíamos, os encontraríamos no cartório. Ficamos um dia inteiro no cartório do Méier. As cadeiras de espera não eram voltadas para a rua, mas para os balcões para onde não nos chamavam, mesmo quando vazios. Então, eu ficava sentada de frente para um balcão vazio com a cabeça virada para a rua, para a claridade da rua e para onde Pedro e Aleksandra iam, e iam muitas vezes, fumar, conversar, rir e, de longe, no meio de uma rua no Méier, fazer os gestos que depois, hoje, acho que foram a causa de tanta demora por parte dos funcionários do cartório. Iniciavam danças, Pedro nem sempre em papéis masculinos, ele e Aleksandra em duplas de tutus imaginários, mas perfeitamente visíveis, pelo menos de onde eu os via, junto com os funcionários do cartório.

Aleksandra era estrangeira. Seus papéis, em enorme quantidade, saíam aos borbotões de uma pasta dessas de contador, de boy de escritório antigo, antes de boy de escritório virar motoboy, ter capacete, orgulho e mochila. E Pedro era o noivo. Supostamente, portanto, um casamento entre uma estrangeira e um brasileiro, mas pelo menos heterossexual. Mas à medida que o tempo passava, nem isso. Tiago se juntava a eles, às vezes. Tínhamos combinado de sempre um de nós ficar nas cadeiras de frente para o balcão para o caso de sermos chamados. Em geral era eu que ficava.

E olhava.

Certo, o tutu imaginário e perfeitamente visível. Mas descobri naquele dia um Pedro que existia longe de mim. Porque ele acendia o cigarro e o passava para Aleksandra, antes de acender outro, para ele. Aleksandra, cansada, se dependurava no seu braço e ele, plantado, sólido, a segurava. Antes, logo quando chegamos, no início do processo, era preciso pagar taxas, cópias,

180

selos. O dinheiro saía, tão desarrumado quanto os papéis, da carteira de um e de outro, indiferente, na intimidade de velhos casais. E Aleksandra às vezes buscava os olhos de Pedro, insegura, e ele dizia:

"Vai dar tudo certo."

Ele num papel masculino sem nem se dar conta. Tiago às vezes ficava sentado comigo. Me contava sua história. Veio de Roraima. Deixa lá uma família para vir dançar no Teatro Municipal do Rio, depois de passar num concurso. Uma família só de mãe e irmãos. O pai tinha morrido, um dia, indo pegá-lo, então um menininho, na escola. Desastre de carro. O pai morre, ele escapa sem um arranhão. Me conta o caso com os verbos no presente do indicativo. Diz que a família de mãe e irmãos também é composta, a partir daí, por um rio, o Caxumba. O desastre foi às margens do Caxumba, é lá que o carro cai, ficando só com um pedacinho de fora, o pedacinho do banco de trás onde ele estava. Mais do que mãe e irmãos, é o rio que ele tem necessidade de visitar todas as férias de todos os anos. O rio tem pedras coloridas e água muito clara. Ele precisa olhar para esse rio pelo menos uma vez por ano. Para se fortalecer, para poder seguir em frente.

"Para ficar bem."

E faz um gesto de bailarino, os braços ao comprido do corpo, em um sacudir elegante, o peito para cima, o queixo para cima, um brrruu na boca.

Ele conhece Aleksandra desde uma outra vez em que ela vem ao Brasil, em suas visitas regulares, para os cursos da Escola de Dança. Ele e Pedro se medem, uma certa competição.

É nesse dia que Pedro fala sobre a partitura errada do "Lago dos cisnes". Ele pôs o tema musical da entrada do príncipe em seu celular e pede que eu telefone para ele. Segura o celular na mão sem atender, para que toque, para que todos escutem. É em tom maior. E se é em tom maior, é claro que o cisne não morre. E dançam e cantarolam e Pedro faz o papel de Giselle, e Tiago o de Dom Quixote, e os papéis, os de papel, os do casamento, não andam. E Pedro ainda tem a péssima ideia de perguntar como é casamento gay naquele cartório, a união civil recém-implantada no país.

"Melhor não, né, Pedro."

Ele concorda e pede para Tiago perguntar. Tiago pergunta para uma mulher gorda e mal-humorada que responde que poder, pode, né, é a lei, mas que às vezes tem exigências, deixando no ar quais exigências seriam estas, todas muito claramente na resistência do juiz de plantão em oficiar casamentos gays.

Tomamos sucos de laranja do bar ao lado.

Muitos.

A ideia era comemorar, uma vez os documentos aceitos, pelo menos com um café, já que comemoração mesmo, Pedro pensava em fazer outro dia, uma festinha, em que ele não diria a ninguém qual o motivo, mas que seria esse, seu noivado com Aleksandra, só nós quatro sabendo disso.

Não deu para o café.

A mulher gorda e mal-humorada ficava atrás do balcão alto sem ninguém na frente, mas não nos chamava. A tarde inteira. Chegávamos perto, simpáticos, sorrindo, tudo certo?

E ela nem levantava os olhos de uns papéis, sempre os mesmos e em igual posição, que mantinha à sua frente.

"Tudo."

Aos poucos a fomos conquistando. Nossas risadas. Pedro e Aleksandra sempre abraçados, se falando, carinhosos. E ela disse que gostava muito da música russa. Animadíssimos com essa brecha, perguntamos rápido qual compositor. Não sabia nenhum nome.

No fim da tarde fomos chamados afinal para o andar de cima, onde deveríamos assinar um livro e receber a recomendação severa.

O casamento seria dali a mais ou menos um mês, no dia oito de outubro. E essa data eu lembro e lembro em todos os oito de outubro que se seguiram desde então até hoje. Devíamos estar lá no dia oito de outubro às dez da manhã. Porque os casamentos aconteciam das dez às duas, no horário marcado, e quem se atrasasse perdia a vez e tinha de recomeçar o processo do zero.

Era bem tarde. Aleksandra já havia telefonado para a Escola de Dança para avisar que estava presa no trânsito da Barra da Tijuca, que tinha acontecido alguma coisa no trânsito que ela não sabia o que era e que ela ia perder o primeiro horário da noite. Restava o segundo horário. Eles correram, mãos dadas, para um táxi. Eu e Tiago nos despedimos, dizendo um forçado, até dia oito, então. E sorrimos, para nos dar coragem. Para acreditarmos que tudo daria certo.

Tiago foi para um ponto de ônibus, eu deveria ir para outro. Na chegada, cheguei cedo. Como sempre. Tomei o quatro cinco cinco em Copacabana e fui. Saltei no ponto final. Tinha um murinho em volta de um McDonald's. Fiquei sentada lá um tempo. Agora voltava para o ponto final do quatro cinco cinco me sentindo do jeito como me sinto quando não sei o que estou fazendo no lugar em que estou. O que é comum. Na ficha para o reconhecimento das firmas, tínhamos botado nossas profissões, ou o que nos esforçávamos para que aceitassem como sendo nossa profissão. Pedro pôs pianista, Tiago pôs dançarino. Aleksandra foi professora. E eu pus comerciária, que é uma denominação adequada para a totalidade da humanidade, ou quase. Pedro reclamou. Queria algo mais excitante. Eu acabava de entrar na empresa de agrobusiness.

"Profiler."

"Ficheira. Fichária. Pronto. Fichária. Eu devia ter posto fichária. Ou, para seguir o clima transgênero geral, fichário. E daqueles que têm os dois suportes de alumínio de onde vivem caindo."

"Rá, rá."

Nós rimos muitas vezes nesse dia, uma risada que Pedro iria perder. E eu.

Foi então tipo um mês. Tenho o cartório para me guiar nessa conta que não faço. Na entrada dos papéis, eu, rindo, recém-começando a trepar com você, Pedro e Aleksandra com os planos deles: ela conseguiria o visto definitivo e não mais precisaria ir embora do Brasil todos os anos, no fim de seu contrato temporário na Escola de Dança. Pedro poderia, depois de formado, passar um tempo em Moscou, onde ela mantinha um apartamentinho que cederia para ele. Ele estudaria música. Nos intervalos das viagens, escutariam gravações perfeitas, que eles sabem quais são, de suas peças preferidas, depois do jantar, sentados em sofás, os pés para cima, no silêncio usado por aqueles que não precisam falar.

Nesse mês, que começou então com todos os caminhos tão estabelecidos e retos, todos os planos feitos, eu iria trepar com você escondido até que não mais treparíamos escondidos, algo acontecendo para que nós também tivéssemos nosso sofá e nossos silêncios. Não como os que temos hoje. Mas outros, os silêncios que não são a ausência de algo, a falta de algo, mas, pelo contrário, os que existem, que são uma presença necessária e amena, de sentido compartilhado.

E nesse mês Molly parou de sair todos os dias às seis da manhã. Aposentou-se. E passou a exprimir nos gemidos de chinelos arrastados seu espanto pela casa que ela tentava reconhecer como sendo a dela em horas em que ela jamais tinha estado lá. E eu passei a sair todos os dias às seis da manhã para esperar o ônibus, um desses grandes, de turismo, que me pegava e a outros funcionários e que me deixava no fim do dia no mesmo lugar, um poste no meio de uma rua próxima, igual a qualquer poste mas que ficou estipulado ser o ponto da minha casa. De lá eu ia para casa e para uma Molly de chinelos e de olhos arregalados e adivinhava seu espanto de um dia inteiro.

Por um tempo.

Logo depois o que era um bico, a saca de roupas ocasional no estande de uma quase vizinha, na feirinha de roupa, iria se tornar uma atividade mais constante. Meu ônibus também estava, me informaram, com os dias contados. A empresa iria terceirizar em São Paulo a produção das fichas de produtores na agência de publicidade que a atendia. Você também estava com os dias contados. E também aquela vida imaginada, a que seria tão bonita, de Pedro e Aleksandra.

Nesse mês entre a entrega dos papéis, os risos, as mãos dos dois juntos, os olhos nos olhos, mais risos, nesse mês, Pedro medrou.

Que a polícia federal já estava sabendo de tudo, que pessoas estranhas tinham perguntado por ele na Escola de Música, na Escola de Dança.

"Todos lá sabem que sou gay!"

E que ele descobriu ser necessário haver um endereço em comum para que o casamento não fosse considerado falso e os dois presos. Inventava telefonemas suspeitos, sombras, andava na rua comigo e de repente se virava para trás.

"Nada, achei que tinha alguém. Nada, não."

E que Aleksandra podia estar de má-fé, querendo uma parte do apartamento de Molly, a que teria direito caso Molly morresse, e ele também morresse.

Respondo a tudo. Que não, que não. O casamento sendo com separação total de bens, não há a menor possibilidade de má-fé.

E que ser gay é relativo. Aliás, ser hétero também. Ele me olha.

Por muito tempo achei que ele teve medo daquela mulher que obviamente gostava muito dele e, muito mais velha do que ele, o ameaçava. Achei que Pedro tinha medo de que sua recém-descoberta sonoridade, pose, persona, fosse aniquilada pelas noites passadas no sofá de uma sala, o copo de vinho, o Beethoven como cola, chão e horizonte. Teve medo de se sentir preso, de trepar com os garotos que, já naqueles dias, se seguiam em fila, um depois do outro, todos lindos, de trepar com esses garotos de maneira cada vez mais isolada, como quem vai numa casa de sucos e pede um suco que sempre toma, aquele, o de sempre, e do qual gosta. Mas nem mais repara. Depois vi que não. Pedro tinha medo, não de não gostar, mas de gostar. Depois, ao ver e rever na minha frente, e pensar a respeito, o que vi naquele dia no cartório do Méier, ele tão plantado nas suas duas pernas, ele, o mais alto e o mais forte, ele segurando Aleksandra, olhando para ela com carinho e um sorriso e mais um carinho, este no queixo dela, eu vi que não. Pedro teve medo da não definição que é, ou era, a dele e que é, acho, de muita gente. Teve medo de se definir gostando. De descobrir que o Scriabin, o "Lago dos cisnes" e a Giselle eram perfeitamente possíveis junto com calças talhadas, de alfaiate, um pouco largas, calças confortáveis, as dele em um sofá.

Pedro avisa que não vai mais casar, Aleksandra fica desesperada. Você já nos conhece bem. Tem a desculpa de estar tentando o patrocínio para a peça musicada do Nelson Rodrigues. Vai a uma escola e à outra, a de Dança e a de Música, com frequência. Vê ensaios, combina coisas com um e outro, com Aleksandra, que ela precisa te entregar tal foto dela ainda no Kirov, ver a data de tal outra coisa. Para o projeto. E, no meio de tudo isso, me vê.

"Oi."

"Oi."

A expressão zombeteira, minha e tua, no encontro em público, de quem está em público mas tem um segredo. Aleksandra fica desesperada pelo fim do noivado, quer conversar. Não com mulheres, não gosta de mulheres. Vai conversar com você.

4.

Passa um tempo que é como se não passasse. Pedro e Aleksandra continuam a estar ligados pelos mesmos olhares longos de antes, só que agora cheios de ódio. Não é ódio. É ódio encenado. Se olham longamente e fazem e dizem coisas, até mesmo de costas um para o outro, mas para que o outro veja e escute. Um angst, um páthos, e outras palavras, igualmente encenadas em textos que não os meus e que é o que me vem quando penso nessas cenas. Eu e você continuamos no "nosso" motel de finais de manhã, inícios da tarde. Você continua a enrolar todo mundo com um patrocínio que não se concretiza. O "Vestido de noiva" continua a ser ensaiado e entra em fase de ensaio geral, que era meio o que todos nós vivíamos, uma vida como se fosse um ensaio.

Podia ser então o quê? Talvez novembro.

Pedro marca uma festinha.

Sem motivo, talvez por desplante, para substituir a festinha que teria sido marcada para um noivado que terminou, para um casamento que não houve.

Molly sempre gostou dessas festinhas de Pedro. Se sentia bem no meio daquelas pessoas e mais ainda nesse período. Uma fome de estar no meio de gente que tocava músicas no ar, mesmo se fossem músicas que ela não conhecia ou conhecia pouco. Pessoas que falavam de palcos, marcações de palco, figurinos, maquiagens. Ela tinha acabado de se aposentar. Gostava das histórias, queria contar histórias. Talvez Pedro tenha marcado a festinha por ela. Nunca entendi muito bem a relação deles. Era cheia de pontas, como era a minha. Mas como se as pontas fossem esperadas e acolhidas, fossem necessárias para mostrar o afeto. Para todos os efeitos, Molly não soube do noivado de Pedro. E mesmo a homossexualidade de Pedro nunca foi exatamente dita. Era implícita.

Pedro marca a festinha, convida as pessoas, não convida Aleksandra. Mas marca e convida todo mundo alto o suficiente para que ela escute.

Ela vai.

Você também vai. Você, ele convida, você é o liaison, o cara do patrocínio. E Zizi. Não sei o quanto ele sabe do meu caso com você, na época. Já não conversávamos mais tanto, nossas conversas, por minha culpa, sempre com um mal-estar agora, por conta do rompimento do noivado que ele explica e explica e que eu faço ahn, ahn, educada, sabendo que é o que eu tenho de fazer, um ahn, ahn. E não que, com esse ahn, ahn, ele ache que eu concordo. Mas porque é o que é preciso fazer, um ahn, ahn. Então, quase não mais conversamos. Então não sei. Mas ele convida.

Chego cedo, meu novo trabalho termina cedo, o ônibus macio e silencioso entrando num hiato de tempo entre o trabalho e a esquina convencionada como sendo o meu ponto de descida. Mal entro no ônibus, fico em um estado de suspensão da consciência. Até vir o ffff de outra suspensão, essa do ônibus, a porta abrindo e um desconfiômetro que me faz olhar em volta, sim, é o meu ponto, nem um segundo se passou e eu cheguei. E saio.

E nem preciso dizer ciao, os das outras poltronas com a mesma cara ausente que eu tinha antes de me levantar, surpresa: acabou, cheguei.

E é claro que eu poderia subir, oi, oi, entrar num banho, cantar no chuveiro, bastante espuma, sair, pegar um copo e iniciar uma conversa qualquer, neutra o suficiente para permitir a entrada, a qualquer momento, de mais pessoas, na conversa e no apartamento, a festinha marcada para as oito.

Mas não.

Chego e paro.

Na escada.

Já sabendo disso ao chegar, ao escolher escada em vez de elevador, no meu hábito desde menina. Subo e desço pela escada, quase sempre. E sempre que dá, sento. Me ponho assim, voluntariamente, na situação em que vivia involuntariamente. À parte. Em um entre. Sempre um pouco antes ou um pouco depois.

Sento lá no degrau em curva.

E tenho alguma dificuldade, agora, para me pôr outra vez naquela escada sem prestar atenção em nada em volta de tanto que o em volta já estava visto. Ouvindo os sons que viriam e ainda não vinham, não ainda, da porta fechada do apartamento logo acima, alguns degraus acima, ao lado do fim da escada, ainda em silêncio.

Fico lá.

Então nem vejo o que vejo, o pacote caindo, o que acho que só pode ser um colchão que cai, o vulto silencioso e incrivelmente lento que passa pelos vidros sujos e foscos do janelão da escada, e ainda penso: esse edifício está cada vez pior, jogam de tudo pela janela, um absurdo.

Depois, na refeitura disso, ponho a risada. Não prestei atenção no que passava pela janela porque não prestaria atenção de qualquer modo e porque escutei, uns segundos antes, uma risada que achei que só podia ser de Molly e que não poderia ser de Molly porque Molly raramente ria. Digo, de fazer barulho, alto. Mas nem assim.

Continuei lá. Mas logo depois o elevador abriu a poucos centímetros acima de mim, vozes, risadinhas, estas mais baixas. Chegavam, as pessoas. Algumas, as primeiras. Meteram a mão na porta, como de hábito, a porta sem trancar nos dias de festa e mesmo nos outros, um descaso que tínhamos, apoiados na segurança de um edifício cheio de gente, e com porteiro, controle eletrônico do portão, interfone e mais modernidades, todas bem recentes: o síndico.

E aí um silêncio, frases entrecortadas, gritos. E aí eu subo correndo os poucos degraus que me separam da cena e chego ofegante como quem tivesse corrido uma distância enorme. E tinha.

E aí é a cena, que já revi sozinha e com você, eu falando obsessivamente para um você que só escuta, eu repetindo, e foi assim, e era assim.

Molly está na porta da cozinha, apoiada na porta da cozinha e de frente, não para a janela, aberta, ali, ao lado dela, mas para a sala, para o fundo da sala, a mão passando de lá para cá, muito devagar, na curva da lateral da estante. Só os olhos, vagamente em direção da janela, o resto do corpo de frente para o fundo da sala.

As pessoas estão na porta, paradas, estátuas. Preciso empurrar.

Não vejo Zizi, sentada na ponta do sofá ao fundo da sala. É como uma outra cena, como um papel celofane, que preciso colocar sobre a cena inicial porque compõe a cena, é a mesma cena, mas precisa ser colocada em cima.

Vou até a janela que me parece estar longe. Mas chego. Aí sei que preciso olhar para baixo, então olho.

Aleksandra está lá embaixo, as pernas abertas em uma posição estranha, o vestido de noiva levantado até a cintura, um sangue que mal se distingue dos outros sujos do vestido já sujo desde sempre.

Não morreu, o que só vamos saber depois.

A latada de chuchu do porteiro, o senhor Carlos, mais uns varais e um puxadinho totalmente irregular, segundo o síndico, amortizam a queda. Isso e mais o anu-preto do senhor Carlos, cuja gaiola fica embaixo do chuchu, e que é o único defunto direto do acontecimento.

Aleksandra vai morrer de septicemia dois dias depois, no hospital. Não recobra a consciência. Durante esse tempo, delira sem parar e às vezes ri. Delira em russo, ninguém entende nada. Mas tem umas palavrinhas no meio, e Pedro é uma dessas palavrinhas. Você vai, com Zizi e sem olhar para mim, algumas vezes no hospital, onde já estou, em algumas dessas vezes, com Pedro.

Você ainda não está lá nessa hora em que entro no apartamento e vou até a janela.

Você chega na leva imediatamente seguinte de elevador, e com mais gente.

Você, como depois você me diz e mais de uma vez, ao chegar ao edifício de Molly, vê sua moto na vaga cativa que o síndico estabelece como sendo propriedade do prédio, em frente à portaria. Você sobe o elevador puto, ensaiando o esporro que vai dar em Aleksandra por ela ter roubado sua moto sem nem avisar.

Esporro, aliás, muito útil, você não pode não ter pensado. Um bom esporro em Aleksandra serviria para mostrar para Zizi, que você sabe que já estaria lá, que entre você e Aleksandra não há nada e que, portanto, ela pode largar do seu pé.

É de Aleksandra que Zizi desconfia, não de mim.

Você sai do elevador com cara de puto e leva um tempo para refazer a cara. Não que você saiba que cara deva ter para o que está à sua volta.

Zizi, e agora eu a vejo, parece em choque, muito tensa, sentada na beira do sofá sem se mexer. Até onde é possível adivinhar, ela deve estar pensando que acaba de ver o suicídio da amante do marido.

Você afinal se mexe, quase se mexe, em minha direção, quase, mas se recupera e vai em direção a Zizi. Só eu noto, acho. Um desses gestos, sons, coisas que quase não existem.

"O que houve?"

A latada de chuchu era, na época, motivo de grande discussão no prédio. Alguns moradores achando que não tem nada de mais, outros achando que porteiro não tem o direito de usar espaços comuns para seu benefício próprio e privativo, no caso, o benefício próprio e privativo de uma salada periódica de chuchu. Depois da queda de Aleksandra a discussão acaba. A latada de chuchu também. Não é replantada. Sei disso porque averiguo, em uma visita a Molly. Olho para baixo não para ver uma Aleksandra ainda e para sempre lá embaixo. Mas para ver a latada de chuchu. Só umas poucas folhas ainda grudadas em umas poucas tábuas, o resto já tendo sumido. Eu não morava mais lá, tendo aceitado o convite de uma colega para dividir um apartamento ali perto. E, ao voltar, ao visitar Molly, minha necessidade era saber da latada de chuchu.

A latada de chuchu tinha sumido, na verdade, antes de sumir. Tinha sumido das palavras. Porque no segundo russo que me pergunta detalhes, com a sobrancelha meticulosamente depilada para ser um V ao contrário, despejo quase berrando, um berro feito na voz mais suave e baixa que consegui fazer: Aleksandra caiu sobre um caramanchão de maracujá.

193

"Passion flower."

E fez sua passagem para um mundo melhor acompanhada por um rouxinol.

"Nightingale."

Que cantava.

Choros às vezes são chorados através de uma risada. Todos, nas duas escolas, se referem à queda de Aleksandra como tentativa de suicídio. Ou acidente. Há murmúrios sobre bebida. Na Escola de Dança, Aleksandra fala, para um e para outro, antes de subir na moto, que ia demonstrar a Pedro o erro que foi ele desistir do casamento. Pessoas viram quando ela pôs a foto dela vestida de noiva na bolsa. Então, eu sabia da existência de uma foto dessas. Só nunca a tinha visto, nem de sua existência me lembrado, até o dia em que entrei num apartamento em Paris, tantos anos depois, para a festa de casamento de Pedro, e vi um piano e um porta-retratos sobre o piano.

Foi nesse dia, o da queda de Aleksandra, que paramos de nos encontrar, eu e você.

Ainda houve a sombra de um telefonema não dado. Eu achando que você iria telefonar, e que seria penoso e que de repente eu sequer iria atender. E você achando a mesma coisa, embora nunca me tenha dito isso.

Depois, bem depois, mas não pode ter sido tão depois, as coisas passando tão rápido nesses dias, mas a mim me parece muito depois, fico sabendo da tua separação e, depois ainda, da tua ida para São Paulo. E mais depois ainda, séculos depois, você aparece no facebook, aquele quadradinho pequeno da foto, um indubitável você, ali de novo presente. E o oferecimento gentil.

Seu endereço disponível para correspondência, recados, para os formulários necessários às viagens que só poderiam partir de São Paulo.

Aceito. E me convenço: o que tivemos não foi importante, um caso, igual ao que todo mundo tem com todo mundo. Me digo.

Quanto a Pedro, depois que me mudo da casa de Molly, ele continua ali ainda por mais um tempo, antes de se mudar, ele também, para uma república de estudantes perto da faculdade. Não há clima para frases do tipo, coitada da Molly, sozinha. Nem me passou pela cabeça. Acho que nem na de Pedro. E ela também nos impediria, ela se ocupando cada vez mais, freneticamente, com seu comércio de roupas, pegando mais representações, malharias, um táxi contratado, um amigo na verdade, que vai pegá-la e a seus grandes sacos plásticos cheios de roupa para as visitas diárias às pequenas lojas onde bate um papo e quase nunca aceita um café. Serão os motoristas de táxis, porteiros dos edifícios vizinhos, serão os guardas da esquina, esses, os seus amigos. E não as mulheres donas das lojinhas ou os vizinhos de prédio. Ela voltando, afinal, no momento mesmo em que adota para valer o nome Molly, voltando a ser a Maria Olegária de pé descalço, pois tira o sapato assim que senta no sofá, um ahhh de alívio, na sua frente o porteiro, o faxineiro convidado para uma cervejinha de final de expediente.

Nessas poucas semanas entre cartório do Méier e festinha na casa de Molly, Pedro me dá longos telefonemas. Primeiro para explicar a desistência do casamento. Nesse período tão longo e tão curto, em que já pouco fico por lá mas Pedro sim, ele me telefona em geral no fim do dia, em uma substituição não satisfatória da curva da escada.

Diz sempre a mesma coisa. Me repete a mesma coisa.

Que vai estudar o período barroco da música brasileira, que vai arranjar uma bolsa e que vai sumir no mundo.

Antes da festinha e da morte de Aleksandra, nossos papos já rareavam e eram só sobre ela. Ele me dizia, como que para justificar a decisão tomada de não mais se casar, que Aleksandra estava trepando com o porteiro do edifício dela, do Méier, onde dividia o apartamento com os muitos russos do seu grupo de dança. E que já tinha ido para a cama com todos eles, um por um e em conjunto. E que ela fazia isso, sem nenhuma dúvida, para provocar ciúme nele.

"Como se fosse dar certo, rá, rá!"

E que ela ligava para ele para brigar com ele. Um pouco antes da festa, ela ligou porque queria que ele devolvesse os CDs de música clássica que ela deu para ele aos montões. Ele responde, tudo bem, vai devolver.

E pergunta onde e quando deve devolver. Prefere que não seja na Escola de Música nem na de Dança, as fofocas mesmo sem esse estímulo já indo muito bem, obrigado.

E ela responde, dramática:

"Quando você pode devolver?! Onde?! Pois nunca! Em lugar nenhum!"

E desliga na cara dele.

Pedro me conta isso, tentando rir. Eu rio. E concordamos que a alma russa é dada mesmo a um drama.

Isso foi, se não me engano, no dia anterior à festinha. E eu pergunto a que horas ele pretende chegar na festinha.

"Ai, atrasado."

Chegou de fato bem atrasado. Aleksandra já tinha sido levada em uma ambulância do Samu. E isso tomou tempo. O teto da garagem usado pelo senhor Carlos para plantar o chuchu e pôr o anu para tomar sol só é acessível por uma janelinha estreita que sai do apartamentinho que ele ocupa como porteiro. Mesmo depois de a ambulância chegar no prédio, o que já demorou, os enfermeiros ainda levaram mais um tempão para conseguir tirar Aleksandra do teto da garagem.

Pedro chegou na festinha quando tudo isso já havia ocorrido.

É informado por frases que se repetem, e que ele não dá a impressão de entender. Fica de pé, parado, sem se mexer. Quando o faz é para perguntar em que hospital Aleksandra estava. Se vira para sair. Dá de cara no batente da porta porque erra a porta. Você, Zizi e todos os outros já foram embora. Molly cansou de ficar em pé e sentou no sofá. Quero ir junto com Pedro. Ele não deixa. Vai embora, com o lábio sangrando, o olho ficando roxo, andando aos trancos. E fica no hospital, sem sair, sem tomar banho, não sei se comeu, até ela morrer.

Pedro vai embora da casa de Molly, passa a dividir um apê com colegas da Escola de Música e continua tocando na Escola de Dança. Toca mecanicamente. Vão ser essas, essas tocadas mecânicas, as últimas que fará. No ano seguinte pleiteia a bolsa. Ganha. E vai embora. E nossos contatos meio que acabam.

Acho que entendo Pedro e entendo Aleksandra.

Dominatrix.

Frágil, magra, pequena, os olhos grandes, o cabelinho de palha de milho, muito ralo, mas os pés capazes de ângulos retos perfeitos. Em ponta. Acho que a dor de pôr os pés em ângulo reto, e isso desde criança, ensina algo a ela. Uma resposta à dor. Acho que ela sobe em cima de Pedro. Aperta-o até fazê-lo sangrar. Faz isso de fato ou quer fazer. Não sei se fizeram. Acho que sim.

Mas ela quer continuar. Quer, para o resto da sua vida, dizer a ele para abrir bem as pernas. Quer prender a cabeça dele virada para trás, para que não a veja. Ou ela a ele. Apetrechos de ligar na tomada, nenhuma vaselina. Agarraria seus bagos com as unhas que, reparei, não são nem curtas nem longas, cortadas em um formato quadrado. Igual aos dentes. Morderia seus mamilos. Dentinhos pequenos, meio separados. E quadrados. Do tipo que não fura mas também não se avexa em enfrentar um tutano de osso, uma raiz de mandioca. Acho que era por aí, a coisa. E acho que Pedro ia adorar. Ou adorou. E que foi esse o problema. Acho que se ele não fosse do jeito que é, se tivesse se permitido, ele e Aleksandra teriam vivido felizes para sempre.

197

Acho também que ela via em Pedro um igual. Acho que, mesmo se o programa aí de cima não rolasse, ainda assim ela gostaria de estar com Pedro. Em silêncios longos, compartilhados. Ou cantarolando duas notas e ele completando o resto, um sabendo, a qualquer momento, em qualquer frase, o que o outro pensa sem nem precisar dizer. Isso por anos a fio, os dois, sem sequer precisar falar para se entenderem. Ficando velhos juntos. Acho que Pedro perde, com seu medo, uma amizade, uma intimidade que é difícil encontrar e eu sei do que estou falando. E acho que perde porque as coisas às vezes são assim, fugidias, e não de fato ditas ou ouvidas.

III
A VIAGEM DA MORTE DE MOLLY

1.

Se eu parar e olhar para fora do escritório, agora, recupero o gosto das batatas.

Eu comia batatas. Comia devagar porque nem estava com muita fome e também para que durassem. As batatas e a cerveja. E olhava para fora, para a tempestade que ia cair. Foi nessa hora que você me telefonou. Para dizer que o que tinha para dizer não dava para dizer no telefone. Continuei com as batatas, mas agora as batatas estavam estragadas. Não eram mais elas o importante, era você, que ia chegar. A expectativa de te ver. Acho que não estamos bem nesse dia. Não tenho certeza. Esse não estar bem que temos desde sempre e que é raro não termos. Algo, uma coisa, um tom de voz, uma hesitação qualquer. Acho isso porque como essas batatas sozinha. Estou em São Paulo. Estou no Sujinho, ao lado do hotel e da tua casa, a nossa mas que no dia ainda é a tua casa. Um telefonema dizendo que estou cansada ou que você está cansado. Ou, o mais provável, nada, só a vontade imensa de estar sozinho(a), de olhar para fora, como faço agora, nesse exato momento em que te escrevo, só olhar para fora, os olhos meio cheios de água, e por nada.

Nem faz tanto tempo.

Molly morre um pouco antes da viagem a Paris, um pouco antes daquela que eu já achava que seria a última viagem, porque não dava mais, simplesmente não dava mais. Não dava mais para apertar a mão de fazendeiros, sorrir para fazendeiros, traduzir as bostas dos dados dos fazendeiros. Já não dava mais, mesmo antes, já não dava mais desde sempre, desde a primeira vez, desde antes de ir, qual ímã ao contrário, para Pedra do Conde, chegando com toda a força para longe à medida que chegava para perto, indo, fugindo desesperada para longe a cada solavanco do carro que me levava, motor possante, para perto. Ou não era o carro.

Você chegou no Sujinho e eu não sabia do que se tratava. Podia ser qualquer coisa. Podia ser você dizendo:

"Olha, não dá mais, viu."

E eu ficaria olhando para tua cara, sem entender. Como assim, para você também não dava mais. Porque não dava — não dá — mais uma porção de coisas, e não só os fazendeiros.

"Olha, telefonaram."

Mas você senta na mesa, meia bunda na cadeira, sem dizer ainda nada. Tua cara é a cara-padrão de quem deve se mostrar preocupado, aflito, você não fica preocupado ou aflito. Mas aprendeu a demonstrar.

Me olha, fazendo a cara de preocupado ou aflito sem dizer nada.

Você tem muito problema em dizer seja lá o que for que não sejam trivialidades, alegriazinhas.

"Olha, telefonaram."

E fica me olhando como se eu devesse adivinhar: bomba atômica, já atingiu a Europa, daqui a meia hora chega na América do Sul. Meteorito a caminho, nada a fazer. Perdi, afinal, o emprego. Olha, telefonaram, não dá pra ver daqui, mas o hotel pegou fogo com todas as tuas coisas dentro, todas as tuas três blusas sujas.

"A Molly."

Continuo a comer a batata que já estava espetada no garfo. Tomo mais um gole da cerveja para ver se a batata entra. Faço um sim com a cabeça para ver se você entende que eu entendi e para de me olhar.

"Quer um pouco do frango?"

Você não quer, mas eu insisto e você acaba pegando o pratinho pequeno, de pôr os ossos e que não tinha nenhum osso, e ajeita ele, inútil como já era e continua sendo, embaixo da perna do frango que você come com a mão sem sujar o pratinho. Empurro o copo da cerveja. Você toma um pouco.

Não nos falamos mais. Chamo o garçom, pago a conta, nos levantamos. A chuva é iminente e vai ser forte. Você trouxe dois guarda-chuvas. É difícil dizer o quanto te detesto. Dois guarda-chuvas. Uma praticidade imediata. Vai chover. Você vai me encontrar no Sujinho. Posso estar sem guarda-chuva. Você traz dois. Ao mesmo tempo, é difícil dizer o quanto é importante para mim te detestar. Ter você ali. Para receber meus telefonemas de morte, para andar até o Sujinho, para saber sem eu precisar dizer qual Sujinho é o Sujinho certo, para sentar na beirada da cadeira e me olhar com seus olhos que nada entendem. É difícil para mim imaginar um mundo em que a cadeira esteja vazia, o frango inútil e frio no prato, eu tentando comer o frango inútil e frio porque não costumo desperdiçar comida, não eu, não com minha biografia, sendo eu a filha de Molly. Não, não se joga comida fora, nunca, e nem imagino como seria eu sozinha naquela mesa, comendo o resto do frango com batata que peço igual sempre, o garçom já sabendo, o de sempre? E eu dizendo um sim com a cabeça, o olho indo, sem que eu consiga pará-lo, para a esquina de onde você poderia surgir se eu tivesse convidado você, a esquina de onde você surge quando convido você. Nos levantamos.

"Vem pra minha casa."

"Não."

Me convida para ir para tua casa, mas traz dois guarda-chuvas. Caminhamos juntos até a portaria do hotel. Você tenta me dar a mão, mas minha mão está toda suada e eu não quero. Vamos, lado a lado. Trovões concentram todas as ameaças imediatas, é um alívio.

"Olha, vou com você pro Rio, te ajudar."

"Imagine."

Fico indignada, quase.

"Não tem o menor sentido."

Estou quase tão brava quanto o trovão.

Estamos na portaria do hotel.

Olho para dentro. O mesmo hall, exatamente igual, o mesmo hall onde ninguém me olha, com a mesma geladeira cheia de bebidas e lanches congelados que os atendentes esquentam de graça no micro-ondas ali do lado para que a gente leve para o quarto o que possa ser chamado de jantar. É o correspondente contemporâneo de serviço de quarto. Olho para dentro, a luz igual, tudo igual. Vou entrar no elevador que faz piiim com outras pessoas que já conheço, de tão iguais que são às que sempre estão nos elevadores de hotéis, meio cafajestes, meio medíocres, um cafajestismo medíocre que encobre todos os turistas de todas as partes do mundo. Vou entrar naquele elevador, vou entrar no quarto que vai estar exatamente igual ao que estava antes de eu sair para o Sujinho, nem por fome, mas porque achei que não dava para continuar lá dentro, naquele quarto tão pequeno e tão igual, e que um frango com batata e cerveja, por mais frango com batata e cerveja que eu tenha comido na minha vida, seria melhor do que aquele quarto tão igual a todos os quartos. Então fui. E agora eu ia voltar. Então parei.

Estávamos nós dois parados na entrada do hotel e começavam a cair uns pingos grossos como cusparadas e você passou o braço pelas minhas costas, sem ousar abrir o guarda-chuva, os guarda-chuvas.

Ficamos lá, e foi tão bom ter teu braço nas minhas costas porque se teu braço não estivesse nas minhas costas eu ia descendo devagarinho até chegar no chão e eu ia sentar no chão, eu num cantinho, e eu ia chegar no cantinho arrastando a bunda no chão que é limpo, limpam, até chegar num cantinho e eu ia ficar ali sentada no chão, olhando a chuva cair, grossa, até a chuva passar, até alguma coisa passar.

Você repetiu, vamos para minha casa.

E eu fui.

Lá sentei no sofá da tua sala, onde raramente fico, em geral a gente, entrando, alegre, indo direto para o quarto, trepar, direto para o banheiro, tomar o banho de antes da trepada, ou para o quarto vazio onde eu tinha o "meu" armário, trocar uma blusa, pegar uma calcinha extra. Ou na cozinha, um queijinho, o vinho, a mesa da cozinha, o olho no olho, os sorrisos compartilhados, os casos que nos contamos de nossos dias vividos sempre um pouco longe um do outro, longe o suficiente para que haja casos a serem contados.

Dessa vez não.

Sento no sofá, as mãos presas entre as pernas para que não façam nenhum gesto, para que eu não as veja, as mãos, inúteis, paradas, ficando velhas e gastas, e para que elas não façam o que sempre fazem, que é te impedir de alguma coisa. Fico lá, as mãos presas entre as pernas, escutando, completamente indiferente e passiva, você ligar o computador, teclar horários de voos, marcar os voos, depois fazer uma ligação para um hotel que eu já sei qual é porque não te ocorre que seria melhor você pegar um hotel novo, um onde nós nunca tenhamos ficado antes. Não te ocorre o quanto eu gostaria de não ter lembranças. Mas não. Você pega o hotel de sempre, faz a reserva. E me informa.

"A gente sai amanhã cedo. Quer passar no hotel pra pegar alguma coisa?"

E aí a ida para o hotel é diferente. Vou com você e com um destino claro, uma finalidade também clara: pegar alguma coisa. Que no caminho mesmo, no curto caminho entre tua casa e o hotel, vou decidindo que coisa é: documentos, mas já estão na minha bolsa. Roupa limpa, mas já havia na tua casa.

E vamos caminhando em silêncio os poucos passos necessários e eu preocupada por serem poucos, os passos, insuficientes, eu preciso descobrir alguma coisa para pegar no hotel. Porque eu não poderia simplesmente dizer:

"Não preciso pegar nada."

Não tenho nada para pegar. Nem agora nem nunca. Posso ir, a qualquer momento, para qualquer lugar, sem precisar, nunca, passar antes em lugar algum para pegar absolutamente nada.

Mas chegamos.

Subimos, a cara determinada dos que sobem num elevador sabendo o que vão fazer.

Abro o quarto com um gesto seco, que é o que faz a chave-cartão funcionar melhor.

E olho em volta, desesperada.

"Me espera no corredor."

Você obedece.

Fico parada olhando o quarto, a cama desarrumada mas coberta com a colcha porque sempre cubro a cama com a colcha para que ela pareça arrumada, sempre, sempre, em qualquer lugar. Olho em volta. Eu tinha comprado uma balinha, porque às vezes esqueço de comer e a balinha me segura até a próxima refeição. Enfio a balinha na bolsa.

"Pronto."

Fecho a porta.

O hotel é barato. Não acho que a gente vá ficar muitos dias no Rio. Mas você diz:

"Fecha a conta. Marquei a volta pra semana que vem. Calculei uma semana. Bobagem pagar isso. Te ajudo a levar as coisas. Fecha. Na volta você reabre."

Fala isso, na volta você reabre, com um tom de conformismo que nem mais é conformismo, você já cansado do convite: "Porra, Valderez, para com isso, vai pra minha casa, caralho."

Abro a porta outra vez, você entra atrás de mim no quarto do hotel. Procura o que você possa pegar sem ser intrusivo, o que tem para pegar que já esteja pronto, que seja grande e pesado, coisa que você carregaria. As pedras. Mas estas você não vê, nunca vê.

Arrumamos as coisas de banheiro, os poucos cabides na mala de mão. A mochila. Dois minutos e tornamos a sair, outra vez como pessoas determinadas, com fim visível e claro: hóspedes fazendo o checkout. Nos cumprimentam no elevador, outros hóspedes que nos reconhecem como iguais.

Na tua casa escovo os dentes (tenho escova na tua casa, mas esqueço disso na hora e pego a que estava na minha mochila), ponho a camiseta de dormir e deito. Você ainda fica trançando aqui e ali, arrumando, você, as tuas coisas para a viagem. A luz do quarto está apagada. No escuro invoco filmes antigos, Molly rindo, um raro filme de Molly rindo, a saia leve em movimento, o cabelo preso mas não muito. Um outro em que ela está dançando. Um cara grande, muito grande, maior do que ela, maior do que tudo. Acho que é meu quase padrasto. Tenho esse filme desde há muito tempo e decidi, também há muito tempo, que o cara é o meu quase padrasto. Na verdade não sei se é. Acho que é. Há uma foto dele, mas nela ele está diferente. E prefiro ele nesse meu filme.

Mas só vou chorar quando Pedro aparece num terceiro filme. Pedro aparece, rindo também, me olhando na escada, ainda quase um menino que me olha ansioso, ele um pouco mais alto do que eu, porque ele preferia sempre o degrau de cima, é aí que eu choro e na hora nem sei mais e nem preciso saber por que mesmo eu choro.

Hoje, ao pensar nisso, acho que é de medo. A viagem para Paris já está marcada para dali a um mês. Vou rever Pedro depois de sei lá quanto tempo. E tenho muito medo de perder ele também. Ou é porque é disso que eu sinto saudade, tenho afinal uma coisa de que sinto saudade, e é disso, da bunda doendo de tanto ficar sentada num degrau curvo de escada, um lugar nenhum que tento e tento repetir e tento outra vez, em tudo que é aeroporto, terminal rodoviário e hotel, os bilhões de lugares nenhuns que busquei sem parar na minha vida e que a bunda reconhece, ou eu me esforço para que reconheça, como sendo parecido com o degrau de uma escada em que eu me senti próxima, uma vez, de outra pessoa.

2.

De antemão, decido. Vou tentar botar isso aqui no passado, com os verbos no passado. Não sei se vou conseguir. Já tentei antes, mas não consigo deixar essas coisas no passado, aliás nem sei se existe isso, o passado. Acho mesmo que é como se eu estivesse num espaço assim, meio sem contorno marcado, em que as coisas entram e saem, em que os tempos convivem, Molly dança com um cara grande e quando ela dança, ela também, ao sentir a pressão do pau dele contra seu corpo, haverá de lembrar de outro pau, mais fino, mais ardido, ela também presa, dessa vez não pelas mãos grandes que a enlaçam, mas pela trama de uma colcha de rendão nas suas costas e aquele outro cara também vai estar lá, no espaço que também é meu e não só dela, todos juntos, os tempos todos juntos.

E agora fico na Barata Ribeiro, eu já sozinha, tendo me livrado de você com grande alívio. Alívio não só porque você não está perto de mim, como porque está fazendo coisas por mim, as coisas necessárias, que eu estaria tendo que fazer, não fosse você, e que me parecem incompreensíveis, impossíveis de serem feitas, papéis, certificados, carimbos, guichês.

É como eu começo, então.

Estou na Barata Ribeiro, e o leve cheiro do mar, o som dos ônibus e dos carros, o calor da cidade, tudo me parece de repente muito bom.

Estou na Barata Ribeiro, parada, tentando me convencer de que estou na Barata Ribeiro e que devo andar para algum lado, no meio daquela gente que anda devagar com chinelos de dedo, com pouca roupa.

Há uns remendos no reboco, no asfalto. Devem estar lá desde o começo dos tempos, mas só dessa vez consigo vê-los. Há outros remendos, agora na marquise. De repente tudo que vejo são remendos e são velhos os remendos, eles de fato estão lá desde sempre, eles o núcleo de tudo, eles o que define todo o resto. Os remendos sendo o que fica, o perene. Um ao contrário. Eles o perene, o resto todo mudando, edifícios que não estavam lá e agora estão.

Dou uns passos respirando a maresia, gulosa. E aí cheguei. E aí sentei.

Precisava.

Na primeira cadeira, aliás, banquinho. Precisava.

A feirinha de roupas da Molly.

Sentei.

Mas na ponta.

Inobstrusiva, quis. Invisível, me esforcei.

Todos os poucos bancos e cadeiras com cara de já ter dono, individualizados, marcados, este o meu, aquele o seu. E a ameaça implícita, no ar, como maresia:

Qualquer infração será punida com ódio eterno, retaliações.

Mas o estande à minha frente estava vazio, e seu banquinho também estava vazio, então sentei. E pensei: não vazio, ainda vazio. Dessas coisas que se pensam para que fique mais fácil o olhar em torno. Porque havia muitos estandes vazios. E era bom pensar que daqui a pouco se encheriam, cores, ruídos. O meu tinha a bancada de alumínio entortado, com os cantos duros batidos para que ficassem menos perigosos. Não ficavam. Era encostar e se arranhar. Sentei com cuidado também por isso. E agora relaxava devagar. E eu poderia ficar lá, sem me mexer, a manhã inteira, a vida toda. Daria para ficar até acabar. Eu, o mundo ou a feira, o que acabasse primeiro. E, em qualquer das hipóteses, eu voltaria, na próxima quarta-feira, ectoplasma, com a saca de roupas e a uma segunda saca, com os cabides de arame. E aquele banco passaria a ser o meu. Meu definitivamente — o que é uma palavra estranha em se tratando da eternidade. Mas sim.

E eu saberia então, nessa eternidade, o nome das outras sombras, como chamá-las, as sombras que se moviam, mal se moviam, na frente de meu olho que, este, não se movia. Sally. Fanny. Suely. Evelyn. Iguais, gordas, a sobrancelha levantada a indicar a duração de qualquer sorriso ou papo: curtos. Conheço bem. Algumas talvez de fato conheça, acho, desconfio, reconheço ou invento. Vagas lembranças ou uma súbita vontade minha de afeto, ambas as hipóteses me parecendo igualmente constrangedoras. Talvez já tenha visto aquela, me animo/apavoro. Não, apenas se parece com uma personagem, minha ou de algum seriado, nunca sei. E transpiro inteira, que existissem, que me vissem, que viessem até mim, ah, você não é a menina da Molly? E chamassem as outras, venham, lembram?, a menina da Molly. E é sempre complicado sair da segurança do que se inventa, ainda que sob o rótulo de lembranças, para entrar no campo das palavras que compõem os dias: olá, bom dia, muito prazer, pois é.

São elas, as Fannys, Suelys, Evelyns e as Sallys, que inventam a palavra "Molly". Molly, com suas sacas de roupa para vender, dividindo de vez em quando o estande de uma, de outra, em troca de um percentual nos lucros. São elas que inventam o nome Molly. Vão inventando devagar. Até que Molly pede: "Escreve Molly no envelope. É como me conhecem." E passo a falar Molly, primeiro com ironia, depois sem, para quê.

Com o intuito de me acalmar, passo a examinar, cenho franzido em análise profunda, as roupas penduradas. As roupas, sim, sim, estas subitamente maravilhosas porque ainda mortas (e não já mortas), ainda sem ninguém dentro. Mas com uma vida à frente.

E pensei:

"De repente, compro."

Seria mesmo bom. Só para não ser assim: entrar, resolver e sair. E em cinco minutos, eis-me na rua, de frente para as horas que faltam até o sol, sonso, fingir que desiste de vez, para que eu, sonsa, ao fingir que acredito, consiga dormir.

Malhas, jérseis.

Logo na entrada, na beira da rua, ficam os novatos ou os que devem ser assim chamados, de novatos, até por Molly, tão igual a eles na cor, no passado. Os novatos por cujos estandes — estes, ao contrário dos outros, cheios de fregueses — passei direto ao chegar, sem nem olhar. Novatos há vários anos, para sempre novatos. Em vez das malhas e dos jérseis, vendem cocadas, vatapá, quindins, bolinhos de bacalhau, acarajés. Canjica de coco. E Molly os chamaria de novatos, imitando as outras, e eles seriam de fato novatos, a canjica e o vatapá rimando, uma rima nova, socialmente aceita, a se sobrepor ao cajá-jaca-maracujá do jajajajazizizijajaja da minha cuíca.

A entrada para o pátio onde fica a feirinha é estreita, me oferecendo um não caber, uma desculpa, mas recuso. Vou. É estreita porque é vestígio da época em que eram necessários segurança e controle, carteirinhas de sócio e identificações. É nessa entrada estreita que se amontoam, então, as comidas, olhadas com ar de superioridade pelos veteranos. Coisa dos locais, devem dizer. Os veteranos não comem aquilo. E os poucos que comem mastigam com os dentes da frente, a cara franzida de desdém, ainda que gostem. Mas meu olho registra, lento: uma das mulheres se aproxima, não bem em minha direção, mas quase. Vem visitar o estande à minha esquerda. Sally ou Fanny ou Rose ou Lilian anda devagar e come um pacote de salgadinhos, é o meio da manhã, hora do salgadinho. Puxa o banco vago, o banco "de cliente" da dona do estande à minha esquerda. Elas conversam, a voz baixa, os olhos em torno e, não, não em minha direção.

Os estandes de roupa fazem um corredor ladeando o caminho de quem entra em direção à piscina e aos armários do vestiário, no pátio de trás. As aulas de hidroginástica de cinquenta em cinquenta minutos fornecem a eventual, reticente e a cada dia mais rarefeita clientela dos estampados tamanho GG em malha e jérsei. A hidroginástica é a principal e quase única atividade do clube. As mulheres que vendem as roupas também usam a hidroginástica. E também, eventualmente, compram as roupas umas das outras. Molly usava. E comprava.

Adivinho que o desprezo que emana das duas mulheres a meu lado é, em que pese qualquer possível merecimento de minha parte, também um automatismo. Nada a ver com a presença — dos salgadinhos já quase no fim, ou da minha, lá sentada sem ter direito a isso. Talvez uma técnica de venda, algo já incorporado por todas elas. Nunca dão atenção às possíveis freguesas que, enroladas em seus roupões de banho, interrompem o passo hesitante, às vezes com a bengala deixada por alguns minutos nas mesmas quinas em que agora tenho as costelas. Param, os roupões, quando param, e cumprimentam a vendedora-colega. Se veem ali e também em ocasiões sociais, ou são vizinhas de prédio ou de rua. Esfregarão então os dedos nessa ou naquela blusa pendurada. E a vendedora agirá com desprezo. Desprezo quer dizer que quem despreza é superior ao desprezado. Desprezo quer dizer que a blusa ali esfregada é valiosa. Eis a técnica de venda. De qualquer venda, ainda que não haja produto pendurado ou sequer à vista, ainda que o que se venda seja só isso, uma aparência.

Não sei quanto tempo. Minha bunda já estava com sua consistência de madeira, isso com certeza. E os sons da feira de roupas já quase sumiam quando fiz meu primeiro esforço. Físico.

Me levantei do banquinho.

Ao me levantar, uma das mulheres que ainda conversavam por ali se virou afinal para mim e me estendeu um cartão meio desbeiçado. "Comida natural." Havia um enfeitinho, acho que uma alface, e um endereço. Se eu almoçasse lá, teria uma vida saudável, emagreceria seis quilos em um mês, e ganharia dez por cento de desconto. Não que ela tenha me olhado ao me dar o cartão. Não exatamente. Mas olhava na minha direção geral.

A outra, com quem ela conversava até há pouco, sobrancelha ainda mais levantada do que o lápis já a deixava, olhava em direção contrária, uma quase impaciência. Acho que nisso também posso adivinhar o motivo. A feira de roupas é um lugar que existe. Tem uma concretude real que não deve ser questionada. Não que seu comércio valesse a pena em termos de dinheiro. Mas existe e, por existir, continua. A dona do cartãozinho infringia as regras ao tentar uma diversificação em seus empreendimentos. Agradeci. Guardei o cartãozinho. E poderia ter saído e esquecido todo o resto. Sair, ir embora, subir em um ônibus que passasse com a porta aberta.

Mas entrei mais uns passos além dos já dados.

"Vim pra resolver o problema do armário da Molly."

A mocinha me olha alguns segundos a mais do que o necessário, e eu torço para que seja por um problema de surdez. Mas ela sai do mutismo e me pergunta se era eu quem havia telefonado. E vai pegar o pacote que se encolhia, envergonhado, logo ali, na parte de baixo do fim do balcão. "Tivemos de serrar o cadeado. Espero que não se importe." Agradeci, ela titubeou um "meus pêsames". Sorrio o sorriso recém-aprendido ou aprendido desde sempre, aquele que não se importa de ser convencional ou que é bom justamente por ser convencional. O pacote é um saco plástico desses de supermercado com as alças amarradas em um nó. Achei bom. Eu talvez nem conseguisse abrir, assim. Seria bem bom. Mas abro. Uma toalha amassada e cheirando a umidade, um pente, óculos e uma bolsa velha, de couro, que decido na hora que permanecerá fechada para toda a eternidade. Mas abro. Um cheiro que reconheci, um perfume velho, esmaecido, muito velho, acho que desde além das minhas fraldas sujas esse cheiro já existia, igual, perto de mim, desde quase sempre, um cheiro ameaçador de quem entra em tudo, um cheiro de uma dona Tereza que tudo queria, ou só afeto. O que quer dizer que queria tudo.

Dentro da bolsa de couro, que está dentro do saco do supermercado, há uma carteira. Eu devia abrir também a carteira, ver se há documentos, dinheiro — foi para isso que vim a essa cidade, para resolver coisas, documentos. Mas a carteira, não abri.

E acho que esse foi meu único gesto de amor.

Saí da feirinha e andei ainda um pouco. Passei reto pela primeira lixeira, dessas cor laranja, da prefeitura. A segunda estava alguns passos mais para minha direita e minhas pernas simplesmente seguiram, se recusando à flexibilidade necessária para o desvio. Na terceira lixeira, joguei fora o saco com bolsa, carteira e o resto todo.

Sarjetas e degraus de lojas têm a vantagem de todas as margens: nelas, a água que passa sempre parece mais mansa e mais morna, um convite. Depois de andar por muito tempo, sentei. Era um degrau de loja. Essa cidade tem isso de bom: a de ser uma faixa, ela própria uma espécie de margem entre as montanhas e o mar. Parei onde parei porque, naquele lugar da faixa estreita em que eu me encontrava, saía, justo naquele ponto, outra faixa, subterrânea, antiga, e muito mais larga, em que cabia tudo o que eu havia vivido naquele lugar específico, naquele ponto, e era muito. Na altura de meus olhos, as calças jeans e os tênis dos que andavam. O andar deles era uma tentativa de me manter no mundo da primeira faixa, a real. Iam com determinação, embora voltassem com igual determinação.

Conseguiram. Eles e mais um vazio no estômago que ainda não dava para saber se era fome ou se, ao comer, vomitaria o que comesse e mais muita, muita coisa.

Eu continuava sem saber as horas. Precisava lavar as mãos para me livrar do cheiro de um perfume que eu não tinha certeza se estava mesmo lá. E precisava me levantar do degrau da loja e arranjar um ar condicionado que me tirasse, com sua irrealidade, desse mundo. Uma forma amena, socialmente aceitável, de sair do mundo. A outra possibilidade sendo eu levantar já berrando, socando, empurrando, derrubando no chão e xingando tudo e todos até cansar, até que me levassem, e tanto fazia para onde.

Você não entende. Não vê que é o que mais quero. Ir, e tanto faz para onde.

Andei, nesse primeiro dia desse novo Rio de Janeiro, o dia quase inteiro. Uma linha mais ou menos reta, prestando atenção nos sinais de trânsito, nos buracos, nas caras de quem passava e que eu esquecia em seguida, nas placas, porque mesmo assim eu me perdia.

Me sentei então no degrau da loja, uma dessas lojas banais, de moda, com vitrines de camisas com gola em V, justinhas, que os daqui consideram ser a marca registrada de jovens atléticos, de sucesso. Acham, desconfio, que esses jovens somos nós todos, mesmo os de nenhum sucesso e bem pouca juventude. Seríamos, nós e os jovens de sucesso, a mesma coisa. Eles o nosso verdadeiro eu. Com bíceps, barriga tanquinho, eles, o nosso eu, que só se mostra assim como se mostra, quase esfarrapado e caído, andando trôpego sem saber para onde, por mera distração. Por falta de tempo para ser o que deveríamos ser: a vitrine. Afinal, é uma cidade praiana, todos aqui são atléticos, somos. Até por falta de alternativa. É para atléticos que se dirigem comércio, expectativas pessoais e sociais, e qualquer planejamento que envolva o futuro.

Não é só você que faz isso. É o mundo todo. Sombras, pedras, nada disso pode existir por mais de cinco minutos.

Sentei no degrau da loja.

Acho mesmo que comprei uma vez uma camiseta nessa mesma loja, na época em que eu ainda dava presentes ou em que eu ainda achava que havia gente a quem dar presentes. Mandei embrulhar em papel brilhante, embora estivesse em liquidação e eu precisasse pagar mais pelo papel brilhante. O algodão era grosseiro, mas havia uma figura de surf na frente. O presente era para um homem pequeno e magro que ficava na areia da praia dias inteiros, falando como surfista ou como ele achava — e todos nós também achávamos — que surfistas falavam. Tinha sido um namorado meu, quando ainda havia praia até as seis da tarde, quando as ondas eram sempre azuis, com surfistas e ilhas ao longe. Ainda não te conhecia.

Não sei se era a mesma loja. E só me lembrei dela, na verdade, depois de estar sentada há algum tempo no seu degrau, ao buscar uma intimidade qualquer, ainda que inventada, com o lugar que acolheria temporariamente minha bunda. Estava bom, no degrau. Havia um sopro do ar condicionado que vinha lá de dentro, e o degrau oferecia a distância necessária para eu não virar poeira do chão. Havia um conserto na rua que não notei ao sentar. Preferimos não notar consertos, remendos, preferimos não admitir que na verdade nada nunca está pronto. Mas as batidas recomeçavam. Tem mais coisa, essa loja.

Na minha frente, para além do cardume de jeans e tênis a nadar na altura dos meus olhos, está o café em que você um dia se sentou com Aleksandra. Ela queria fazer um drama para alguma plateia, servia você. Foi naquele diminuto tempo entre noivado, entrada dos papéis no cartório e o fim de tudo. O drama era, claro, a respeito de Pedro e do começo da relutância dele em se casar. Ela marcou no café. E você marcou comigo. Que eu aparecesse por lá meia hora depois, para salvá-lo, pelamordedeus. Fui.

O degrau é o ponto exato da calçada em que Zizi, vinda pela tua esquerda e virando a esquina, ainda do outro lado da rua (este em que eu estava), poderia ver você antes que você a visse. Te seguiu, querendo uma prova, não de que você a traía, mas de que você não a traía. Ou foi alguém da Escola que fez a fofoca. De que você ia se encontrar com a amante nesse café do Leblon. Eu. Devem ter ouvido nosso telefonema. Fui. Zizi também foi.

Flagra você com Aleksandra. Ela com a cara dela, como sempre cheia de intensidades, uma mão suplicante no teu braço. Estou andando para me encontrar com você, como combinado, e vejo Zizi ao mesmo tempo em que ela me vê. Fica surpresa. Me cumprimenta constrangida. Disfarça o olho vermelho. Começa a dar explicações sobre como ela tem tanta coisa para fazer naquela rua e que está indo para, voltando de. E não olha mais para você e Aleksandra, e faz de tudo para que eu também não olhe. Para que eu não veja a humilhação dela. E que não está lá, na mesa do café. Está comigo. Sou eu que carrego a humilhação dela. A amante que ela identifica, naquele momento, como sendo Aleksandra, e que é eu.

"Você está indo para lá?"

Tanto fazia o lá, e se o lá era meu ou dela.

"Sim."

"Então vamos."

Passamos reto por onde você está do outro lado da rua. Você, do café, nos vê indo embora, uma ao lado da outra. Deve ter sido engraçado.

Eu, ao lado de Zizi, também começo a falar, eu também precisava. Eu estava indo para, voltando de.

Na esquina, me despeço de Zizi.

Vou parar aqui, vou esperar o ônibus, vou subir até o vigésimo quinto. Dentista, compras para o jantar, reunião de trabalho. Falei. Ou foi ela.

Depois de tanto tempo disso tudo, sentada no degrau da loja, torno a olhar para o café. É um olhar e é também uma âncora. Na pouca altura em que estou do chão, a altura de um degrau de uma porta de loja, fico quase no mesmo nível da mesinha enfeitadinha, com suas três cadeiras. Vazias. Ainda é cedo, o lugar está vazio. Eu-Zizi, sentada no degrau, preencho as cadeiras vazias com os detalhes e movimentos que não vimos e que empresto de filmes, novelas. É uma ausência, então, bem radical, isso que nessa hora chamo, em falta de termo melhor, de momento presente.

E vou mais longe. Largo qualquer fio ou âncora. Se estou lá, vendo o que não está lá, em um tempo que não é aquele, com olhos que não são os meus, vou em frente, à la Molly, e radicalizo.

Passo de fato a não ser eu.

Para continuar sentada onde estou, sem ser expulsa pelo homem de terno preto, redondo, que oscila para cá e para lá, qual pipa à mercê de ventos ou, pelo menos, do sopro do ar condicionado que sai pela porta, conto com minha aparência, e essa também não é bem a minha. É a de uma irmã gêmea qualquer, que inventei há muito tempo. E que, sentada em sarjetas e degraus de loja, nos bancos de praças sujas e abandonadas, ou no bojo incômodo dos frades e hidrantes das ruas, imita roupas que não são minhas de fato, risadas que me saem prontas, definições claras sobre quem sou, e que, já nesse dia, eu não conseguiria arriscar de cara limpa. Nessa gêmea em que me transformo às vezes, ostento roupas que me dão um leve ar de dignidade burguesa. Faz parte do meu ahn, ahn. É uma eu-Molly. Que serve, por exemplo, de parede de proteção contra o segurança de loja. Que, nessa hora, chega a dar um passo, mas para, indeciso. Devia me expulsar do degrau da loja, são essas as ordens, mas pareço um pouco mais rica do que ele esperaria.

Estou no degrau e não quero sair de onde estou. Tiro o celular do bolso. Finjo, sobrancelhas franzidas, prestar atenção no pequeno monitor iluminado, teclo recados importantes, aperto aqui e ali, digo um alô severo para ouvido nenhum, antes de fechá-lo outra vez, o olho naquele nada cósmico em que pessoas importantes enfrentam coisas importantes. E mantenho o celular na mão, é minha arma. Veja, tenho um celular. Não posso ser expulsa. Pessoas que têm aparelhos eletrônicos não são expulsas. Mas a mesa do café com suas três cadeiras fica, depois desta cena montada entre mim e o segurança da loja, um pouco mais longe.

E mais longe também no tempo. Se eu visse você lá agora, sendo visto por Zizi, você seria, você também, um gêmeo de você. Pois você também se decidiu por um novo você, um em que você se sente mais confortável, as roupas mais folgadas no aceite da barriga, dos defeitos, incluindo os de caráter que você diz terem ficado para trás. Um você mais viável dentro do que hoje é tua vida, esta que existe desde que nossas negociações se concluíram. Nós, nos olhando um ao outro, nós, juntos.

Nesse degrau de loja em que fiquei não sei por quanto tempo, em determinado momento noto que preciso esticar as pernas. É um aviso que recebo não sei bem se dos joelhos ou dos pés, dormentes. Preciso me mexer, o que me faria perder outra vez essas partes de mim que chamei de minha gêmea e que são as melhores partes. Não por serem melhores em si, mas por se perderem de tempos em tempos. Minha bunda também dói, além das pernas. O degrau se nega, agora que o recupero, impessoal afinal, a imitar o teu sofá de vime, em que já há o feitio do meu corpo e do seu, a nos esperar, um "nós" ao contrário, um negativo de nós — e em mais de um sentido —, para a televisão de nossas noites compartilhadas.

Me levanto.

Preciso de fato comer alguma coisa. Não é bem fome. É que, não tendo um momento presente muito definido, mas apenas um espaço presente, nem por isso me é difícil adivinhar o futuro. Daqui a poucos minutos suarei outra vez, dessa vez frio. E mais uns poucos minutos arrisco desmaiar. Pressão baixa, dirão todos, e eu entre eles. É, o.k., pressão baixa, hipoglicemia, simples estômago vazio ou qualquer outra coisa que possa ser nomeada.

O cartãozinho que me deram na feirinha de roupas da Barata Ribeiro, o de um restaurante "natural", nessa hora já não existe mais. Foi para o chão em formato de bolinha há dezenas de metros dali.

Você já me ligou. Eu sabia disso sem precisar ver, o celular sem som tendo vibrado na minha mão que não abri, preferindo sentir a vibração. A vibração, mais até do que as marretas, a me dizer que afinal eu estava ali.

Você ia chegar e perguntar como tinha sido minha manhã. Você tinha essa espécie de van (agora não mais). Você abria o capô e oferecia — em vez de pães, bolos e queijos — atenções, gentilezas, um afeto constante. Em troca, para continuar estacionado no mesmo lugar (perto de mim), esperava pelos meus temperos mais fortes, e espontâneos. Acha a troca justa. E era o que ia acontecer. Você ia chegar, alô, querida, atencioso, afetuoso, e eu ia jogar, qual gasolina adulterada, um jorro de palavras que você não queria ouvir. No final, você faria uma pausa respeitosa antes de tentar mudar de assunto, sem notar que mudar de assunto é exatamente o assunto. O nosso. E que, no hiato da mudança de assunto, estão incluídos a morte e os restos ridículos que qualquer morte deixa, ou seus indícios, seus anúncios. Como um câncer. Ou como os cheiros de um perfume caro e velho, bolsas de couro marrom já quase furadas, toalhas usadas. Pentes em que ainda há um fio de cabelo, qual minhoca a caminhar em um ar endurecido, grudada no ar de cimento da morte, impossível de tirar. E volto, nítidas, vivas como são as coisas filmadas, às lembranças-inventadas-adivinhadas de você visto por Zizi naquela rua do Leblon em que há um café do outro lado.

Retornei afinal tua ligação, como retorno sempre.

Você chegou depois de um tempo mais curto do que eu gostaria e fiquei calada porque falar, naquele dia, ainda seria para descrever minhas notas ao pé de página e omitir o principal. Seria, portanto, te obedecer.

3.

Fiquei calada. Você me pescou do degrau da loja, me enfiou num táxi, sei lá que horas eram, e andamos no ar condicionado do táxi, as janelas fechadas, o mundo tão, mas tão distante
de mim, um silêncio, as pessoas e coisas que passavam, achei
que eu era uma maratonista anã. Eu sentada, e as coisas passando, era eu que corria, corria baixo, a meia altura, indo, como
todos os maratonistas, para um lugar qualquer elegido como
sendo a meta a se chegar. É aqui, vejam, é aqui que é preciso
chegar. Tão simples.
(E foi daqui, vejam, foi daqui que parti.)
Uma linha reta. Tanto faz qual. Mas maratonistas sabem
que o importante é só continuar correndo.
Sei lá que horas eram.
Sei lá há quanto tempo eu não comia.
Você não disse o que tinha feito durante o dia. Eu também
não. Nem precisava. O degrau da loja, bem em frente ao café
onde você se sentou com Aleksandra, ela puxando os pelinhos
do teu braço, olhando firme dentro dos teus olhos, pouco tem-

po, quanto?, antes da festa na casa da Molly. O degrau da loja onde você me pescou dizia o que eu não dizia.

Eu gostaria que você falasse.

Eu gostaria que você iniciasse o assunto. Em vez de me perguntar, isso quando pergunta, o que eu tenho, no que estou pensando. Em vez de meter um diminutivo qualquer, determinando, pelo diminutivo, a importância (pouca) de qualquer resposta.

Você está tristinha?

"Não era pra ter acontecido assim, Valderez, não era."

É recente, isso. De você falar o que precisa ser falado. Você não fazia isso até pouco tempo.

Tinha chovido rápido no início da tarde e vai ver foi isso. A chuva me fez voltar à produção de meus filmes B, em que sempre chove e é de noite e onde você nunca está.

No segundo banco alto e incômodo do meu dia, fiquei olhando o asfalto molhado, as poças e, nelas, as luzes dos ônibus e carros. Achei que bem que eu poderia decidir que aquele momento era um desses momentos que são chamados de especiais. Pela segunda vez no dia, eu tinha me encaixado da maneira como gosto, metade das costas contra uma superfície de metal, agora a do balcão de uma lanchonete, a outra metade no encosto de um banco. E pela segunda vez no dia a coisa não dava muito certo. A beira do balcão, tanto quanto as bordas do estande da feirinha de roupas, fazia um pouco de pressão nas minhas costelas. A parte de baixo do meu corpo funcionava melhor. Eu tinha andado o dia inteiro, então as pernas agradeciam a imobilidade.

Iniciei o momento especial.

Não é difícil. É só olhar ao longe e ver o que sempre esteve lá, incluir ruídos que estão sendo de fato ouvidos sem que se note. Reparar como de repente todas as roupas de todas as pessoas que passam seguem uma mesma lógica. Se alguém vem com uma camisa laranja, outra pessoa em algum momento próximo também estará em um tom laranja. E haverá, por perto, complementos de cores que fazem sentido, vermelhos, um amarelo-escuro.

Tente. Dá sempre certo.

As árvores, por exemplo, sempre estarão se balançando num ritmo contrário ao ritmo dos sons do tráfego. Quando tudo silencia no sinal, elas se sacodem, aflitas. Sabem de coisas que o resto da cidade não nota. E alguém vai passar e te olhar nos olhos, alguém que também sabe tudo sobre sons, gestos, árvores, ou pequenas coisas que aparecem em retratos, que surgem tão nítidas na memória, a roupa com que se estava, o suor que corria nas coxas espremidas embaixo da mesa, algo que se mexe nem no centro da cena, mas num canto, detalhes que ninguém nota porque não eram para ser notados.

E então, nesses momentos especiais, o resto todo se encaixaria num significado que você sabe que existe, mesmo sem conseguir dizer qual é. Nem é bem um significado. É mais a sensação de que ele existe. E foi isso que achei que podia acontecer sentada no meu segundo banquinho do dia. Mas, do meu lado, você comia. Você tinha acabado de dizer que as coisas não eram para ter acontecido do jeito como aconteceram, e, ressentido de ter sido obrigado a falar uma frase inteira, e sobre assuntos que você não quer admitir que existem, você comia.

O meu já havia acabado, você terminava seu bauru Big Bim. Estávamos, para variar, no Lanches Big Bim. O bauru Big Bim é o melhor sanduíche do Lanches Big Bim. Um bife no pão, a folha de alface e o tomate. Batatas fritas. Você terminou. Pediu outro. Você pedir o segundo Big Bim estragou um pouco meu momento especial. Do teu lado, um cara comia uma coxinha com cuidado. Punha ketchup. As gotas grossas, que custavam a sair da almofada de plástico em que essas coisas vêm agora, davam à coxinha uma dramaticidade que de todo faltava ao seu segundo Big Bim.

Você comeu metade e parou, a boca ainda meio cheia.

"Vou repetir: não era pra ter acontecido do jeito como aconteceu."

É uma espécie de frase coringa sua. Você deve ter falado uma primeira vez, não sei quando, mas sei que foi mais ou menos recente, deve ter notado que funcionou, que gostei de você abordar o assunto, e agora repete a mesma frase, com pequenas variações, de tempos em tempos. Como tinha falado a frase logo ao nos sentarmos na lanchonete, e como não esbocei qualquer reação de receptividade, engolfada que estava pela produção de meus filmes, você agora a repetia. Quem sabe eu não tinha ouvido. Algo como: ei, estou me esforçando aqui.

Pensei em mexer a cabeça para dizer que sim, que eu sabia. Que de fato não era para ter acontecido do jeito como aconteceu. Tanto fazia o quê. Tudo. Mas não mexi. Você me olhou por mais um tempo e depois continuou. Pela batata frita. Pegar a batata frita com a mão e enfiar furiosamente na boca era um tipo de resposta à minha não resposta, que funcionava melhor (você deve ter achado, e concordo com você) do que pegar o sanduíche de bife e tentar morder o bife, o que sempre é uma incógnita. Pode ou não dar certo. Há casos em que o bife vem inteiro, o dente sendo insuficiente para cortá-lo. E isso iria estragar a possibilidade de haver um diálogo, com certeza. Estragar mais ainda.

Mas depois as coisas se diluíram. Você já estava na segunda ou terceira batata frita do segundo sanduíche e, aos poucos, comer batata frita era só isso, comer batata frita. E não mais uma resposta à minha não resposta.

Mas era preciso acentuar o fim — você, de tua tentativa de falso diálogo, eu, do meu momento especial. Você limpou a boca.

"Vou repetir quantas vezes você precisar ouvir: não era pra ter acontecido do jeito como aconteceu."

Desta vez olhei para você.

Até então eu insistia em me manter no meu filme B, nas poças, nos ônibus, e lamentava que fossem apenas oito da noite, muita gente voltando para casa, crianças, compras. Olhei para você porque, de qualquer modo, o filme B não estava mesmo indo muito bem. Muita criança. Pensei em dizer alguma coisa que não tivesse nada a ver. Do tipo, anda logo porque alguma coisa. Ou, amanhã você alguma outra coisa. Não me ocorreu nada. Então só fiquei olhando você. Não estava frio. Mas sabia que quando me mexesse, quando descruzasse as pernas para cruzá-las outra vez, ao contrário, iria sentir frio na pele que estava encostada na outra pele e que agora ficaria ao ar. Descruzei assim mesmo. Foi um erro. O movimento do corpo tirou a intensidade da cena. Você voltou a comer.

Em algum momento, olhando para dentro do balcão, para a fila de abacates arrumados com capricho embaixo das bananas e dos mamões, eu disse:

"Eu sei."

E eu sabia.

Na minha frente, abacates, bananas e mamões. Fossem jambos, jacas, cajás e eu poderia tirar minha cuíca do bolso. Uma continuidade, afinal. Mais do que isso, um filme A, de sucesso. O Brasil como querem que sejamos. Coprodução, distribuição mundial. Fila na porta.

A garçonete tinha engordado. Quando entramos, não a reconheci de imediato. Precisei recuperar, nela, ali na minha frente, o que eu lembrava dela. Havia um hábito que muito nos divertia, antes. Saíamos do motel ali pertinho. Íamos ao Big Bim para um café, um lanchinho de recuperação de forças. Nessa lanchonete da Barata Ribeiro, o freguês come e depois tem de ir até o caixa pagar o consumo. Quando, depois de pagar, passávamos outra vez no balcão para largar uma gorjeta, quem recebia o dinheiro gritava bem alto:

"Caixinha!!"

Ou, no nosso caso, pois você sempre gostou de dar gorjetas mais altas do que faria supor nossa aparência sempre desleixada:

"Caixinha gorda!!"

Ao que todos os funcionários, mesmo os que ficavam atrás da parede de frutas, naquele pequeno espaço que poderia ser chamado de cozinha, gritavam, em uníssono:

"Obrigado!!!"

Bem alto.

E saíamos rindo nessa mesma rua, exatinha a mesma rua, porque essa não muda. Está como sempre, mais vezes do que não, molhada pela chuva rápida que sempre cai no verão dessa cidade, e com um buraco de conserto em algum ponto perto do meio-fio.

E iríamos — como iremos daqui a poucos minutos — de mãos dadas para uma cama barata. O nosso hotel, perto, terá, como o motel que usamos há tanto tempo, um barulho do ar-condicionado a encobrir meus gemidos. Porque nunca me preocupei com discrição, mesmo quando nosso quarto é, como o dessa vez, próximo do elevador e, portanto, próximo dos ouvidos de quem espera pelo elevador. Sempre por muito tempo. São velhos, os elevadores, e demoram. E é muita gente. Pois são muitos os quartos.

Você, calculei sem olhar, já devia ter engolido o resto do segundo sanduíche e das batatas fritas. Senti o carinho no meu braço, a me chamar de volta, com um olhar que eu conseguia adivinhar sem me virar do meu banco alto, sem tirar minhas costas da semiconcha de balcão e encosto.

Pensei em minhas opções.

Poderia voltar a olhar as poças. Meu filme B ficaria mais legítimo a cada minuto. Mais tarde na noite, os ruídos ficam mais graves, as sandálias de dedo mais pungentes, os frequentadores mais urgentes — e mais interessantes. E um início de cheiros mais vagabundos, fossem eles de comida, de um perfume velho ou do desodorante dos braços levantados a ordenar um açaí na tigela.

Eu poderia voltar ao filme, e provavelmente era o que deveria ter feito.

Ou, segunda opção, em dado momento eu me levantaria do banco alto e diria ciao, sabendo que você não poderia me seguir, não imediatamente. Era preciso pagar a despesa. E enquanto você pagasse, eu sumiria na primeira sombra de edifício, no primeiro ônibus de porta aberta.

Seria bom. Embora, é claro, ninguém suma. Nada some. Tudo e todos continuam sempre, cada vez mais chatos, inchados, esbranquiçados, lentos, mas continuam. Inclusive eu.

Então pensei em só fingir que entrava no meu filme B.

Poderia tornar a olhar para fora, para as poças, os ônibus, e para quem passava, mas com lágrimas. Olhos cheios d'água. Isso é sempre um fim. Um choro pela metade e pronto, é o que basta para nos candidatarmos a um novo dia.

Mas não tive saco.

Olhei para teu prato. Você tinha de fato acabado o segundo Big Bim. Então eu disse:

"Vamos."

E você foi ao caixa pagar.

Não deu gorjeta. Deve ter esquecido.

De qualquer modo, a atendente não diria o "obrigado" tão forte. Ela estava menos lésbica e menos interessante depois desses anos em que ficamos longe. Não seria a mesma coisa.

Tomamos a direção do hotel. Você tinha a pele quente e me esquentou ao me abraçar. Fomos pisando nas minhas poças. É bom trepar com as pernas cansadas de quase não se mexer. Com a cabeça parada de quase não existir. É um bom gozo, sei disso. Você estava meio bêbado, ou tinha estado meio bêbado, e o segundo Big Bim também deve ter sido pedido por causa disso, para passar o efeito do vinho de vinte e nove reais que você tomou praticamente inteiro sozinho, dizendo que era muito bom, um verdadeiro achado, no sofá puído da casa que até aquele dia de manhã ainda podia ser chamada de casa de Molly. E que depois, móveis pelas escadas, portas escancaradas, paredes exibindo manchas até então escondidas, não pode ser chamada de mais nada.

O porteiro mudou, descobri ao chegar pela manhã. Não é mais o senhor Carlos. Ele costumava dizer, sempre que alguém dava chance de um papo, que tinha ido para o Rio para passar um tempo curto, e que estava lá há, e dizia o quanto, e era sempre muito, e o número sempre subia com precisão de meses. E acho que ele também sabia os dias. E dizia isso de pé, na porta do seu quartinho, onde tinha, na parede, uma coleção de relógios. Os relógios ficavam lá, ele não dava corda neles. Ficavam lá, parados, cada um numa hora mais absurda do que a outra, e ele na porta.

"Estou aqui no Rio há..."

Eu podia extrair algo bonito daí, profundo. Mas ninguém daria valor mesmo, a começar por mim e incluindo você, então fica só isso. Tinha esse porteiro, o dos relógios parados. E que foi o mesmo porteiro da latada de chuchu que aparou e adiou, inútil, a morte de Aleksandra. E ele não estava mais lá quando Molly morreu, muitos anos depois da latada de chuchu e da morte de Aleksandra.

Pedro tinha falado para eu resolver. Que o que eu quisesse estava bom. Se eu vendesse o apartamento de Molly, ele ficava com metade. Se alugasse, também. E que, qualquer coisa, a gente se veria em Paris, ele assinaria o que fosse, resolveríamos. No fim daquele dia, tiro Molly e o resto todo da cabeça. No hotel, você vai tomar um banho, depois vou eu. Quando eu sair, enrolada na toalha, você vai estar me esperando na cama, o pau já meio duro. Já tínhamos nosso roteiro. Temos. É sempre bom. Depois, você fica mais alegre, carinhoso, durante a televisão de poucos canais que é o que há no hotel. E naquela noite você achou, mais uma vez, que tudo tinha passado e que talvez com o tempo eu acabasse esquecendo. Ou que você tivesse a permissão de acabar esquecendo.

E você deve ter sorrido para mim quando olhei para você como quem olha para um desconhecido, sem notar que eu olhava para você como quem olha para um desconhecido. E sem notar o que mais eu notava. Pois na hora vi, surpresa, que olhar para você como quem olha para um desconhecido não era necessariamente ruim. E que eu poderia viver num mundo assim, em que eu e você, novos em folha e desconhecidos, nos conhecíamos. E nos gostávamos.

Depois houve os outros dias. Pessoas que cumprimentávamos e a quem avisávamos da morte de Molly a cada vez com mais facilidade, as frases já prontas, as caras idem. As tralhas que saíam do apartamento e que eu nem olhava. Eu sentada em um café de calçada, vá tomar um café, e eu indo, e ficando lá, sentada, fazendo meus testes, agora todo mundo no azul, agora no amarelo. E nem isso, sentindo o cheiro que a cidade tem, só isso.

4.

Na chegada a São Paulo, saímos do terminal doméstico, pegamos um táxi. Você diz ao motorista o endereço da tua casa. E eu, sem saco, sem vontade de nada, nem de sim, nem de não, penso que até quando quase chegasse eu ainda poderia dizer:

"Antes, por favor, dê uma paradinha no hotel da Consolação com Antônio Carlos."

Ou não. O calor do teu corpo atrai o meu, um ímã a decidir por mim. Isso tantas e tantas vezes. Então, eu volto, nessa volta, sabendo que vou escutar e falar o que já escutei e falei. Ou que ficarei quieta como já fiquei. E que o caminho, o externo, o concreto, o de asfalto, também será igual ao de tantas e tantas vezes.

Sei, e sei de cor, que são gramados amplos e que haverá, aqui e ali, conjuntos de árvores plantadas em distâncias planejadas, rigorosas. E essas árvores, plantadas já meio grandes para evitar as surpresas do crescimento, do que é vivo, são cuidadas sem descanso para que nunca, nunca, pareçam árvores espontâneas, livres. Estão lá para declarar que há controle e, portanto, que há controladores.

Passamos por uns ondulados de terreno também controlados. Suaves. E rótulas suaves no asfalto para o escoamento de um tráfego também controlado. A velocidade podada, tão artificial quanto os gramados e, como eles, sempre prestes a desembestar em impulsos. Impulsos verdes, os do gramado. E vermelhos, cheios de sangue, os do tráfego. Ambos para cima, para o lado, desembestados, assim que ninguém estiver olhando. Mas tem sempre alguém olhando, diz essa paisagem de árvores controladas. Para que não volte, a paisagem, ao que era ou é: sangues e mangues. Para que não voltássemos, nós, ao que já tínhamos sido e não queríamos mais ser. Eu e você. Para que não houvesse o que há: amanheceres com bicicletas, jacarés pressentidos, urubus. Entardeceres de moleques e pipas, sacos plásticos que voam, caranguejos. E eu e você. E as pedras.

Mas não preciso me preocupar, nada disso está disponível pela janela dos táxis cadastrados no aeroporto.

Garante-se a não visão pela própria velocidade permitida. Pois não há só um limite máximo. Há um limite mínimo também. Que é para isso. Para que jacarés em mangues, moleques, bicicletas, e nossos silêncios, não possam ser vistos, ouvidos. Mais devagar e os veríamos, escutaríamos. Então, familiar e tranquilizadora, a paisagem oferecida se desenrola para mim e para você. Está certo.

Estávamos saindo de Guarulhos e indo para o centro de São Paulo. Ou seja, em frente. Em plena ordem e controle, mas em direção ao caos. O urbano e o nosso. E tentam, tentamos, nos educar, nos impedir. Fazer com que a ordem dure mesmo quando acaba. E, para isso, há placas com lições. As internas, as que tenho gravadas dentro da cabeça. E as externas.

Não jogue lixo em. Não durma no. Não mate. Não incendeie tudo. Não amasse. Não acenda o fósforo. Não converse. Não exploda. Principalmente não exploda. E telefone aqui em caso de emergência.

À nossa frente, avisam as placas, vai acontecer o seguinte, haverá uma retenção. E, depois, tornam a nos avisar, vai acontecer outra coisa. Até o fim desse caminho, se o mantivermos, saberemos sempre o que vai acontecer. E só vai acontecer o que está nas placas. Pressurosos, atenciosos, nos repetem: sabe aquilo que já avisamos? Pois então, atenção, faltam apenas tantos metros para que aquilo que avisamos que ia acontecer aconteça de fato.

O caminho de um aeroporto para um centro urbano. Uma das linhas retas mais absurdas que conheço e as tenho, muitas.

Mas aqui, nessa linha reta, a desse nosso retorno do Rio de Janeiro e de uma morte que só não é absurda porque absurdas são todas as mortes, há uma ironia. Estamos saindo de um aeroporto que não era o que devia ser. O voo, da ponte aérea, desceu em Guarulhos. Óleo na pista em Congonhas.

Tirando o mundo real, o resto continuava direitinho. E nos avisavam o que ia acontecer à frente, e tudo que não tinha sido avisado estava proibido de acontecer. Tirando o mundo real, o acaso, a gravidez de adolescentes, a chegada inesperada de quem viaja, a queda em janelas ou a mudança climática anunciando que todos os cafezais do mundo inteiro estão indo para o brejo, não são permitidos imprevistos de nenhum outro tipo nesse caminho que, resolutos, seguimos. Terminantemente proibidos berros súbitos, socos no motorista, abandono de veículo ou paradas para admirar a vista em cima da ponte que, de qualquer modo, nem tem propriamente um rio embaixo, mas uma poça de lama, um pedaço do mangue original lá esquecido, e que só se mostra, marrom e imortal, aos dez minutos exatos de qualquer chuva um pouco mais grossa. E que é onde eu acho que de manhã bem cedinho, ainda no fresquinho de uma manhã quase ainda sem sol, houve um dia um jacaré que eu vi.

Mas nós vamos em frente.

Vamos em frente, nesse dia em que queremos nos dizer que Molly fica para trás.

Vamos em frente, nós, pela paisagem controlada e educada, em direção a onde não há controle e educação que resistam. Por mais escova de dentes três vezes ao dia, bons-dias no elevador. Por mais máquina de lavar a exalar fragrância Lavanda dos Campos Silvestres. Por mais que se repita a pergunta que fizemos, no telefone ou ao vivo, quase todos os dias dos anos anteriores, tantos:

"Jantamos já ou daqui a pouco?"

"Aqui ou aí?"

No vidro da janela, fechado para que a temperatura estabilizada, controlada, do táxi não sofra alterações indesejáveis, podemos sempre escolher ver, não a paisagem do controle, da ordem e da previsibilidade que nos é oferecida, empurrada mesmo, mas o reflexo da nossa própria cara. Da minha. E da tua. E, mais no vidro em si do que no reflexo, a possibilidade, sempre existente, de que nosso trajeto acabe, afinal, sendo outro. Vidro espatifa-se.

A qualquer minuto qualquer coisa pode acontecer. E não sei mais se falo daquele dia ou deste, este. Mas volto, me forço: aquele. Mas tanto faz. Um avião que desce em aeroporto não previsto, um tempo maior para a chegada em um destino estipulado: aqui, o destino, a meta. E o reflexo de outras chegadas/partidas se instala, em vidros transparentes ou em memórias nem tanto. Dando tempo para o impulso, um impulso.

"No caminho, o senhor, por favor, dê uma paradinha no hotel da Consolação com Antônio Carlos."

A frase que disse naquele dia e que não mais repito. A viagem seguinte, para Paris, já com outra faixa de chegada a ser rompida. Com o peito, rompem-se as faixas com o peito, sempre, nas maratonas, as pernas nem mais existindo, só indo. E a cabeça virada para cima, para não ver nada.

Não sei quando foi.

Sei que foi bem antes do meu trabalho na empresa de insumos agrícolas. Desço os degraus de um ônibus empoeirado. Estou em rua desconhecida. Encolhido embaixo de uma marquise, o guichê modesto me informa que se trata da rodoviária local. "A senhora quer um táxi?" E na oferta do táxi, a curiosidade em saber para onde vou e por que vou. Não quero o táxi, nem a pergunta. E saio andando com o sol às minhas costas. À minha frente, nenhum sol. Pelo contrário, a decisão férrea de fingir que tudo que, naquele momento, parava de existir, não tinha de fato existido.

Consigo ficar por alguns minutos no pó dessa rua. Tem uns gerânios grandes que saem, junto com focinhos raivosos de cachorros igualmente grandes, por entre as grades das casas. E tenho uma jeans justa que cai por cima de uns tênis velhos.

É para onde olho, para meus tênis.

São meus aqueles pés parados no pó de uma rua. Sou eu, aqueles, aquela, precisando de um tempo para decidir se o melhor é ir para a esquerda ou para a direita. Não tenho o tempo. Tenho de decidir se quero ir para a direita ou para a esquerda. Não posso ficar parada de pé nesta rua empoeirada porque arrisco desmoronar inteira. Virar uma só, eu e a rua. Não mais sair de lá. Então tenho de tomar a decisão, é urgente, é muito urgente. Olho para um lado, para o outro. É uma ladeira. Primeiro escolho então descer. O mais fácil. E rápido. Andarei com mais naturalidade se for para baixo. Posso olhar para o chão, displicente. Dar os primeiros passos como quem sabe para onde vai.

Mas uma rápida visão panorâmica me indica que os edifícios maiores — e que são, esses edifícios maiores, sobrados de três andares, um prédio de fachada de azulejo, provável hotel — ficam na subida.

Então subo. O olhar voltado para cima, o que sempre pode ser confundido com segurança e determinação. E às vezes até é. Nesse dia, pego minha mochila e vou para a rodoviária do Rio sem saber o que faria a seguir. Compro uma passagem para uma cidade cujo nome me pareceu bonito. Subo no ônibus. Vou. Passo a noite no hotel. No dia seguinte, volto. Molly puta, aos berros, se sou louca.

Tem uma coisa que aprendi trepando, porque fico bem mesmo trepando, ou seja, abrindo mão de qualquer defesa, qualquer controle, me permitindo uma integração completa com o que (quem) está perto de mim. E o que aprendi é o seguinte. Que é assim que se goza. E isso vale também para os que acham que estão no controle. Porque justamente não estão. São só mais frágeis. Porque eu, para poder admitir o risco enorme de perder o controle sobre mim mesma, preciso inventar que estou lá submetida de alguma maneira: forçada, presa, sem poder fazer diferente. Isso eu. O homem (no meu caso é homem porque trepo com homem) precisa inventar que tem o controle, o poder, que está lá dono da situação e que pode fazer o que quiser. É ele (é você, Paulo, sempre foi) o mais frágil. É ele (você) quem precisa de mais garantias, todas fictícias, para poder relaxar e gozar. Se você fantasia o poder e o controle, você é muito, muito mais frágil. E isso serve mesmo quando não se está trepando.

Do lado de fora do táxi que nos traz de um Guarulhos imprevisto, o controle começa a diminuir, vencido. Mais um pouco e a cidade goza, espirrando gente, barulhos e gases tóxicos para tudo quanto é lado.

Você, ao meu lado, também olha para fora sem olhar, fixando não uma chegada em rua empoeirada. Você não as teve. Quem sai no meio do nada para lugar nenhum sou sempre eu. Você é aquele que fica, perfeitamente calmo, com a certeza de que tudo sempre se resolverá. Você fixa, então, ao olhar pela janela, não o chegar em rua cheia de pó, mas o dia seguinte. Você tenta controlar o dia que se seguirá à nossa volta do Rio. Uma das maneiras é fingindo que aquilo que você não tem como controlar, porque já aconteceu, não existe.

É o que você ainda faz, nessa ocasião, fingir que o que passou e que, portanto, não tem jeito nem controle, não mais existe. E é o que você vai aprender a não mais fazer, depois. Eu e você.

5.

Na pouca bagagem que foi e voltou dessa viagem, e que nem quisemos pôr no porta-malas do táxi, ficam frases, as que não têm permissão para vir à tona. Vão ser guardadas, com as roupas, em gavetas e fundos de armário. Diriam elas, mais uma vez, do que não mais tentávamos falar nessa época, do que você achava que eu concordava em abandonar. Ou melhor, as frases que eu tentava desistir de falar. Sem conseguir. Na pouca bagagem, ao nosso lado dentro do táxi, trazemos do Rio o que já tínhamos antes de ir. E também o que poderia parecer novidade, sem ser. Em algum lugar por lá, havia, desconfortável, cheio de pontas, um broche absurdo em sua concretude. O broche dourado e com pérolas que eu conhecia tão bem.

Uma herança. A única herança pessoal de Molly que levo comigo, e a única coisa que não é dela e que, por isso mesmo, é mais dela do que tudo o mais que estava naquela casa.

E quando falo "única" pode ser uma tentativa de diminuir, para mim mesma, seu impacto. É uma herança enorme, o que herdo. E herdo sem querer, foi você que separou o broche para

239

mim, você, o que nunca saca nada. O que herdo é mesmo enorme. É o reforço férreo, brutal, daquilo que já tenho, daquilo que o caminho do aeroporto me impõe toda vez que chego ou vou e não importa em qual cidade, é o reforço do que Molly me impôs ao ser como foi. E que você tenta impor, você também, mas sem ter as armas necessárias, sem conseguir. Ou que ainda tentava impor, nesse dia em que voltamos do Rio, eu e você, lado a lado num táxi em um caminho que já não era o previsto. Tínhamos, dentro de nós, um limite e um aviso: a boa educação. Uma placa: controle-se. Uma lição de sobrevivência: mantenha-se sorrindo e em linha reta.

Nenhuma novidade, de fato, naquele broche que olhei e quase desmaiei ao olhar, e que guardei, autômata, outra vez no mesmo lenço estampado em que você tinha embrulhado para me dar, e que enfiei em um canto da mochila para poder pensar, para poder olhar em volta e para você. Para poder continuar.

Como as frases não ditas que partiram mudas e voltavam berrando, embora ainda e sempre não ditas, o broche também reforçava, com sua surpresa, o que já existia desde sempre. Trata-se de um enfeite dourado que fica bem em cima de roupas sóbrias, discretas, nos estampados de jérsei ou malha tamanho GG, a cair largos, sem marcar o corpo. O enfeite que ninguém vê por estar visto desde sempre. Visto, previsto. Isso para os outros. Isso foi o que você achava que era.

O enfeite de Molly.

Aquilo que ela coloca, em cima dela, em cima daquilo que ela foi antes de ser Molly, tampando aquilo que ela foi e que decidiu há tanto tempo não mais ser. Ou demonstrar que era. Sendo. Sendo mais ainda justamente por isso. O broche que estava no móvel perto da cama, onde ela o pôs no dia anterior, na noite do dia anterior ao dia em que sai para fazer sua hidroginástica, levar sua saca de roupas para a feirinha, e nunca mais

240

volta. O enfeite que você, metido, abusivo, sem saber o que faz, ou pior, sabendo muito bem o que faz, pega para me dar. "Uma lembrancinha dela. Estava no móvel do quarto. Provavelmente foi a última coisa que usou. Achei que você ia gostar de ter." Não é ouro, sei já sabendo, quando, afoita, perplexa, quase em choque e cheia de raiva, o viro ao contrário. O relevo oco por dentro a denunciar a bijuteria barata que eu já sabia que era, a denunciar a maquiagem, o ahn, ahn necessário a qualquer cobertura bem-educada. É disfarçado, esse oco. Ninguém vê, o oco. Só saberia do oco, do não ouro, do não tudo, do vazio total, quem acesso tivesse ao avesso. Ninguém tem. Mas todos sabem perfeitamente que é oco. O fingimento total de quem sabe que finge. O broche tampa, quando usado, um peitinho que foi discreto desde sempre. No fim, já murcho. O pudor necessário, berra o broche em silêncio. Um gesto de boa educação, civilidade, bons costumes. Ele berra. Um shhhhhh, um cale a boca. Ou isso sou eu para mim mesma, também em silêncio.

Pois na hora mesmo em que você abre o lenço para me mostrar, antes mesmo de o lenço sair de cima, reconheço.

O broche barato usado nos vários figurinos da Escola de Dança, e que também foi usado para prender o tule velho, que rasgava à toa, do vestido de noiva de uma Alaíde que nunca chegou a existir.

Aceito o que tua mão estendida me entrega. É meu, isso. Já era. Levo o broche. É meu. Está certo.

Ficará uns tempos em caixinha do meu armário, da minha parte do teu armário, onde guardo a outra única bijuteria que tenho. Essa é prateada e representa uma borboleta. Essa bijuteria de borboleta, eu a usei durante um tempo, nos primeiros tempos depois de tê-la ganhado, em blusas nas quais a borboleta combinava. E porque, tendo-a ganhado de você, usava-a contente, achando que eu, com a borboleta de bijuteria que era um presente teu, era, bem, tipo feliz. Que eu estava, com a borboleta, próxima de você. Acho mesmo que fiz, nessas horas, um sorriso parecido com o de Aleksandra e, foto houvera, a borboleta, perto da gola, também apareceria na foto, como se em tule estivesse.

Você se vira, ao meu lado no banco traseiro do táxi. Aperta minha mão e sorri para mim, exigindo, com seu sorriso que se mantém parado, congelado, insistente, agressivo de tão insistente, que eu sorria de volta.

Sorrio.

Consigo arranjar sorrisos para dá-los de volta a você. Quase sempre.

Depois virei a cara. Não queria que você lesse no meu rosto ou, pior, não queria ler no teu uma verdade mais concreta do que o broche que me coube em uma morte, em uma vida.

É porque existe o ruim que aguento o bom.

Não ia dar para ser feliz.

Sorrio então para você dentro desse táxi que me traz do aeroporto em um caminho que nem mais vejo de tanto que vejo. E volto a olhar para fora, para a janela, os olhos inúteis.

Se durante todo o tempo que nos conhecemos não houvesse viagens a me afastar do que jamais ficará longe, broches vagabundos a resumir e a negar, ao mesmo tempo, o aprendizado de uma vida, e cafés do Leblon a questionar a possibilidade mesmo de nossa vida em comum, como aguentar a tua presença? Se eu não tivesse quebrado, como quebrei, e tantas vezes, o limite previsível e bem-educado dos retratos em moldurinhas, dos broches nos decotes, como eu aguentaria você e o limite previsível e bem-educado que você teve a cara de pau de propor? E eu de aceitar. Um remendo. Um entre tantos outros. Os que duram para sempre.

Você é um homem bom. Você cuida do couro cabeludo e da careca iminente. Arruma suas notas de dinheiro por ordem decrescente de importância. Trabalha quando o trabalho chega. Não procura por ele, mas quando aparece, você faz. Faz bem. E me ajuda nas minhas mortes, digo, as que seriam só minhas. As que, ocorridas há tanto tempo, em cima de uma colcha de cetim salmão, só se concretizam assim de repente, muitas décadas depois, em broches vagabundos, fotos que não espero encontrar e que estão no meio de uma sala para que sejam olhadas e olhadas, até delas nada mais restar.

Não só em mortes. Você me poupa dos papéis em duas vias e com firma reconhecida, também em outras circunstâncias. Quantas vezes escutei:

"Deixa comigo. Vai pra tua viagem, eu resolvo esse pepino."

Papéis que devem ser produzidos, assinados, carimbados e entregues em guichês específicos, todos longe e com fila. E aonde você se oferece para ir sem eu precisar pedir.

No apartamento de Molly, você também empacota as coisas mais perecíveis e desimportantes sem eu precisar pedir. E o faz mesmo só tendo encontrado uma fita-crepe sem cola no fundo de uma gaveta. E é você quem fala com a Celina, você quem toma a palavra, eu, ela e você de pé na sala, eu perto da porta, eu, mal entrando, já querendo sair. É você quem toma a palavra. Para falar com uma Celina que chora sem barulho, num canto, e que você mal conhece. E a quem você tenta consolar com uma promessa de dinheiro.

Você não percebe.

Porque quando você alude à possibilidade de um dinheiro ("uma compensação", diz você), ela de fato quase para, diminui o choro. Assoa o nariz num pedaço do papel do rolo da cozinha que já traz na mão, usado, molhado. Mas faz isso por espanto. Faz porque não espera. Ou para não vexar você, não deixar claro o quanto você de nada sabe, o quão por fora você está, na hora mesmo em que se acha próximo, íntimo, afetivo. Porque não se trata de dinheiro. Celina chora, não pela morte de Molly, e se você soubesse mais do que sabe, você saberia. Ela nem tenta parecer que é pela morte de Molly. É outro, o choro. Inclui a morte de Molly e muito mais. É muito mais antigo e amplo. Só sai naquele momento, mas está lá desde há muito. Celina chorou para eu não ter de chorar.

Porque é isso que me dirá, poucas semanas depois, a foto da Aleksandra no apê parisiense de Pedro. A foto de Aleksandra com sua cara de quem acha que vai ser feliz.

É isso, Paulo.

Aleksandra, a idiota que acha que vai ser feliz casando com Pedro. A estrangeira, a que não sabe de nada, a que não percebe nada, que não vê que o problema não é Pedro ser gay. O problema é ele ser homem. Ou Molly, a idiota que vai para a cama com o dono da fazenda onde sua família trabalha. A jovenzinha que não percebe que é mais burra na hora mesmo em que acha que está sendo esperta. Ou Zizi, a idiota, a burra, a cretina, a babaca, a que é tratada como menos do que lixo. Sem nem saber. Ou eu que achei que paixão existia e tudo desculpava. Somos iguais. E mais a Celina. Qualquer uma das quatro e mais ela, Celina, que trabalha feito uma anta fazendo faxina para que sua filha, de repente, quem sabe, possa ser o que ela não conseguiu ser. Nem nós.

Iguais.

Celina chora a morte de Molly porque não deu tempo. Porque nunca dá tempo. Porque mais um pouco, só mais um pouco, quem sabe mais uns poucos anos, meses, dias ou décadas, e o que a foto de Aleksandra mostrava, o que o ahn, ahn de Molly escondia, o choro de Zizi naquela esquina, e minha eterna tentativa de me encontrar, bum!, com você, quem sabe, poderia acontecer de verdade. Celina nem conhece a foto de Aleksandra, ela nem sabe que existiu um dia, naquele apartamento mesmo,

244

uma Aleksandra que estava vestida de noiva. Mas é igual. Chora porque morte interrompe. Só mais um pouco e todas nós ficaríamos com a mesma cara de imbecil, em um momento ou outro. E é isso que eu sei. E é por isso que talvez não dê mais para nem mais um dia.

E naquela hora dentro do táxi, vindo de um Rio de Janeiro que acabava, de uma Molly que sumiu na portinha decorada de preto (decorada de preto!!!) de um forno crematório, depois de eu sorrir para você de um jeito que conheço de cor, de desviar o olho para a janela que também conheço de cor, então aí chorei. Só aí. E foi um choro daqueles de água que escorre pelo nariz, voz que some, olho que incha, um choro total, o que me veio. Em um táxi, eu, olhando para um centro de cidade que se aproximava e que eu nem mais sabia qual era, e nem mais olhando, as lágrimas uma boa desculpa para a não visão. Nessa hora e em algumas outras, antes e depois disso, sempre as mais deslocadas, imprevistas, por motivos que nunca eram os que estavam lá, à disposição. Como chorei, por exemplo, esse mesmo choro, em um restaurante por quilo nem faz muito tempo.

E sempre é fácil dizer: a guerra em Biafra. O gato que sumiu. Ou a morte de Molly. Ou o braço esticado de Zizi.

Não que você entenda. Ou acredite.

No Rio, você pegou os papéis, contratou a limpeza, foi ao banco, ofereceu o lenço. Me deu tarefas insignificantes e desnecessárias. Para que eu saia, faça, ande, adie.

"A hidroginástica. Alguém tem de passar lá."

E diz:

"A gente se encontra depois, me liga."

E depois de tudo, de me pegar, eu sentada em um degrau de loja, eu sem conseguir dar um passo, você compra — você também com a mesma mania — muito mais queijo do que poderemos comer, com pão e vinho, na nossa última noite naquela cidade, antes de voltarmos aos nossos problemas de endereço, nossos problemas de lugares talvez comuns. E, de pé na porta do apê de Molly, você, ainda no último dia, recebeu, por mim, os pêsames que me neguei a receber, de pessoas que detesto e para quem não estendo a mão que você estende antes de mim, desmanchando, assim, minha indelicadeza ao encobri-la com sua delicadeza. E com sua paciência.

Sorrio de volta para você nos táxis. Engulo o fim dos choros, limpo a água do nariz.

E voltamos, os dois, a olhar para fora, ou para o reflexo de nós na paisagem que corre lá fora. As cidades sempre chegam mais perto, com seus barulhos surdos que atravessam a janela do carro. Seus cheiros, seu ar pesado. Não há nada que possa ser considerado fora do esperado nem em nós nem nos desastres pelos quais passamos e cujos destroços são sempre descartados para os acostamentos. Descartam sempre rápido, os destroços. Sempre. Eles.

Nunca há nada a ser notado como fora do esperado nos barracos de periferia a espirrar pessoas em uma mesma cor neutra.

Ou nas nossas mãos dadas, apoiadas nos assentos dos carros.

Não digo a frase que pensei em dizer ao motorista do táxi. Não dou o endereço do hotel em que ainda estou graças a uma desculpa ou outra, o cheiro de tinta, o retoque do marceneiro de um apartamento na Domingos de Morais que já pode ser habitado, e já pode há algum tempo.

Deixo minha bagagem de mão em cima da cama do quarto vazio do teu apartamento. Você pega. Põe no quarto principal. E diz:

"Para com isso."

E me abraça.

Não estou lá. Estou em um dos meus filmes.

246

Aleksandra chega no apartamento de Molly. Pega a foto que quer rasgar na cara de Pedro; que quer dar para Pedro com uma dedicatória: com meu amor eterno, da sua Sasha; que quer queimar com uma vela em ritual de bruxaria na frente de Pedro para que ele nunca mais levante o pau na vida; que quer mostrar para todos: aqui, olha aqui, minha foto de noiva.

Isso em cima de um banquinho, a mão no peito, antes de tirar um revólver e matar o Pedro. Revólver, não. Pistola russa da época dos czares.

E o que provavelmente não foi filme: Aleksandra pega a foto que traz na bolsa e mostra. Molly olha a foto. Dá uma gargalhada.

A que escuto no degrau da escada, logo abaixo.

E aí tanto faz. E digo tanto faz, hoje, agora, depois de tudo que sei ou acho que sei, de tudo que não sei e não vou poder saber.

As duas se engalfinham e Aleksandra cai, por acidente, pela janela que está logo ali e que está aberta. Aleksandra fica quieta por uns segundos e simplesmente se deixa cair, de costas, pela janela, enquanto olha Molly, cai de costas, sem tirar os olhos de Molly que acaba sua gargalhada. Em um ou outro caso, Molly tenta segurá-la. O tule rasga. Molly fica com o broche na mão.

Zizi, no sofá, não consegue nem gritar, pudim que sempre foi em toda a sua vida.

Ou não.

Mas seja como for, aquilo tudo que eu disse a respeito do broche e sua utilidade para Molly, sua utilidade na composição de uma Molly classe média, respeitável, que ela nunca tentou ser, que ela sempre desprezou, mas que ela atuou como quem atua um papel na televisão, sem saco, para pessoas que sentam em frente a uma televisão, elas também sem saco. Nem ela acreditando no seu papel nem os outros acreditando nela. Uma

Molly que atua porque acha que isso é o adequado a fazer, e não para que alguém de fato acredite, sendo assim tão verdadeira. Então, isso tudo não é tudo.

Tem mais. Aleksandra cai. Molly fica com o broche na mão. Zizi congelada no sofá. Digamos que seja essa a cena inicial. Chegam pessoas, o hiato de tempo, o mundo em suspenso, até que tornam a se mexer, gritos, subo o lance de escada, você chega, a engrenagem continua, a linha reta. Mas antes, naqueles segundos de antes, Molly tem o broche na mão. A foto está no chão. Guarda ambos. Depois, aos poucos, lentamente, vai fazendo, montando, uma sequência. Manda a foto para Pedro, muito depois, depois que ele chega em Paris. A distância sendo necessária para poder haver essa aproximação. E passa a usar o broche. Primeiro de vez em quando, para experimentar. Depois todos os dias. Molly usa o broche todos os dias, para compor então esse personagem falso — e bom por ser falso — de recatada mulher de classe média de Copacabana. E por mais um motivo. Porque o broche é um broche de vestido de noiva, um broche de prender tule, de prender o véu de uma noiva, ainda que falsa.

E aí fica complicado, porque Molly nunca quis ser noiva e sempre achou noivas, noivados e casamentos algo de ridículo. E aí há o inverso de Molly. Ela mostrando, num broche que ela finge ser um fingimento de classe média, uma verdade. Ela gosta do broche por ter prendido um tule de vestido de noiva. O usa, por assim dizer, secretamente, embora à vista de todos. Mas ninguém sabe. O broche passa a ser só dela, passa a ser o mais profundo dela, ali, à vista de todos. O profundo dela quando, aos quinze anos, achou que de repente havia uma vida de princesa que poderia ser possível, uma vida em que ela seria feliz. Ela, a fazendeira.

Uma vez vi uma foto da Sophia Loren. É uma foto conhecida. Ela está em uma mesa, é um almoço em um avarandado desses que costumamos ligar com paisagens italianas, com villas italianas. Ela é muito jovem na foto, um início de carreira. Há outras pessoas em volta, diretores famosos. E também uma atriz americana bem conhecida, cujo nome esqueço ou nunca soube. Tem uns peitos enormes. Sophia Loren olha, no momento em que a foto é tirada, para os peitos de sua concorrente. A expressão é de uma espécie de raiva. Uma expressão engraçada. Não consigo definir. É uma raiva, mas é também um desprezo. E há quase uma risada, ali, quase saindo. E há uma óbvia inveja.

Acho que foi essa a última cara que Aleksandra viu na vida. Acho que não teve engalfinhamento. Acho que Aleksandra simplesmente parou, olhou para Molly e se deixou cair de costas pela janela. Desistiu.

Acho isso até hoje, mesmo depois do meu encontro com Zizi. É isso que acho que aconteceu. Ou é o que prefiro achar.

IV
A ÚLTIMA

1.

Tive na minha vida essas viagens que nunca acabavam nem começavam, de e para lugar nenhum, e onde eu passava a maior parte do tempo sem fazer nada, andando nas ruas, sentada em cadeiras pré-moldadas, deitada em colchas de hotéis baratos, olhando o negro das janelas de metrôs, o branco das janelas dos aviões, falando frases que não eram minhas. Desse período, tão longo, ficaram uns poucos dias. Uns porque nunca acabaram, outros porque nunca existiram, o anterior se debruçando sobre o novo que não conseguiu se instalar.

Na lógica objetiva, esse dia, esse que veio nem há tão pouco tempo mas que me parece sempre ter sido ontem, e que veio depois que achei que tudo tinha acabado, esse dia foi só um dia. Digo, sei que foi só um dia. E, fosse ele só um dia, já teria sido um dia carregado, pesado. Mas transbordou e transborda.

Estou morando com você por quase um ano, desde minha volta de Paris. Já deu tempo para olhar para você e ver só você, digo, do jeito como você é hoje, um cara com os cabelos cada vez mais brancos, os olhos que conseguem me olhar agora cada

253

vez por mais tempo, sem precisar desviar, correr para cantos. E de vez em quando, muito de vez em quando, você me diz de não estar bem. Você consegue me dizer de não estar bem, de coisas que lembram outras, e que você, então, não fica bem. Eu nunca mais tinha voltado ao Rio, desde a morte de Molly. Agora voltava. Então, de manhã, pegando mais uma vez a malinha de mão, já prevejo um dia desses que transbordam. E mais ainda. Pois ia voltar a um Rio sem Molly, e um Rio com meus ex-colegas de trabalho, pessoas que nunca mais eu tinha visto. Era o lançamento do livro sobre café. Ia ter festa, me convidaram. E eu aceitei não porque quisesse ir à festa, que foi o que eu disse para você e você acreditou. Mas por teste. Porque queria me ver no Rio, eu andando no Rio. Nesse. Então vou. Ponte aérea, cadeira de aeroporto, hotel. E vou cedo. Vou cedo para o aeroporto, vou cedo para o Rio, onde chego de manhã num hotel cujo check-in só começa ao meio-dia. E para um compromisso que só inicia no fim da tarde.

Vou. Como uma Molly, afinal, indo, sempre indo e sempre pensando em não voltar.

Tenho um plano secreto. Ir ao Méier. Como se o Méier fosse um portal. Viramos todos para a direita, Pedro desistindo de um casamento, um oito de outubro que nos esperava lá, e nós sem ir. Pois eu iria. E viraria à esquerda, o que aconteceria com Pedro casando com Aleksandra? O que aconteceria com todos nós? O que teria acontecido. Como se eu, recobrindo os mesmos caminhos, cadeiras e cantos, eu encontrasse a falha, o segundo em que tudo virou para um lado e eu pudesse, então, virar para o outro. Eu voltaria ao cartório. Olharia de longe para a mulher do cartório, ela lá, imutável, sem encruzilhadas, já chegada, ela, para sempre lá. Deve ser ela o portal.

254

E, claro, mais um teste. O teste de simplesmente me misturar nas ruas, nas pessoas tão à vontade dessa cidade. E, claro, o que eu achava que seria o principal teste, o de cumprimentar meus ex-colegas, eles lá, também já chegados, enganchados no sucesso. A campanha dos perfis dos produtores é um sucesso. Recebeu o grand prix em Cannes. A festa é tanto para o lançamento do livro quanto para festejar o prêmio. Do qual, dizem, gentis, fiz parte. Talento à parte, concordo com o que me escrevem à mão no convite impresso: "Sem você isso não seria possível." Talento completamente à parte. O deles. Então, já dava para um dia. E sobrava. Mas ia ter mais. Mas, primeiro, começo pelo Méier. Ou por antes, você, sempre tão compreensivo por eu estar nervosa. "Vai dar tudo certo." Acho que se referia ao evento do livro. Acho. Ou eu no Rio sem precisar de desculpas para não ir muitas vezes ao apartamento de Molly, visitá-la, eu toda suada, falando sem parar, contando coisas para que as coisas, todas elas, não me contassem, não outra vez, o tudo.

Da intenção de ir ao Méier não falo com você. Não sei de fato por quê. Como também nunca soube por que fui sozinha ao motel que frequentávamos, nós dois, eu lá sozinha, lá, olhando o teto.

Meu hotel pelo menos era outro, dessa vez. E de lá, largando malinha na portaria enquanto o check-in não abria, eu iria pegar o quatro cinco cinco, olhar pela janela do quatro cinco cinco, uma recuperação da minha mesma cara vazia da qual, vai ver, eu tinha saudade sem precisar. E tanto mais que eu, ansiosa, contente por antecipação, eu me aguardava. Eu outra vez, depois de tanto tempo, num quarto de hotel, o sanduíche-precaução na bolsa, a televisão pendurada com algum jogo de futebol, as minhas novelas que se repetiam não importando quais fossem. E o teto para onde eu ia olhar para não ter de olhar a colcha que seria listada.

A malinha de mão na portaria do hotel. Largo. Saio. Vou para o ponto de ônibus. O quatro cinco cinco passa vazio. Sento na janela.

E vou, voltando.

O ponto final. Salto.

A passarela em cima da linha do trem à minha esquerda. À direita, a subidinha torta que vai dar no McDonald's. E tudo o mais que eu poderia fazer, repetir, de olhos fechados, em qualquer um dos meus lugares nenhuns.

Sento.

Primeiro em uma das mesas. Mas não fica bom. Elas ficam em um cercado, as mesas. O lugar está cheio e não estou consumindo nada, mas, principalmente, não me sinto bem sentada lá, como em um palco. Prefiro ficar mais à margem, mais do lado. Em algum entre. Como sempre.

Vou então para um murinho quebrado e sujo que separa o cercado das mesas do que seria um canteiro, se embalagem vazia, cocô de cachorro e capim fossem flores.

Sento e fico. Muito tempo. Uma menina negra e descalça me olha antes de decidir que, sim, é viável ela dividir o murinho comigo. Uma avó senta com o neto gordo na mesa que eu ocupava antes. O garoto está com mochila de escola, uniforme. Ficam os dois olhando o mesmo vazio que é o meu e por um triz eu e esse garoto não nos tropeçamos, epa, desculpe, no nada. Depois a avó some, sem perguntar nada ao garoto, e volta com dois sundaes. Tomam devagar. Muito devagar. Até o fim. Aí ficam lá, sundae acabado, sempre sem se falar, sem se olhar, mais um tempo. Ela levanta. Ele levanta em seguida, lento, lentos. Meus irmãos. Vão.

256

E eu também.

Restaurantes e bares começam a pôr mesinhas para o almoço.

Volto para o ponto final.

A passarela sobre a linha do trem e, do outro lado, o jardim que é o ponto central do bairro. Atrás dele, o cartório. Fui para ir ao cartório, passar em frente, repetir o suco de laranja que tomei em falta de coisa melhor, bem uns quatro, naquele dia. Espichar o olho para ver se a atendente gorda e mal-humorada continuava em sua cadeira, o que seria castigo suficiente por ser mal-humorada. Sentar na frente dela e dizer: chegamos, pode chamar o juiz. Minha ideia era andar pela calçada larga e sombreada até Tiago aparecer daquele jeito como ele andava, quase sem tocar os pés no chão, bailarino em todas as horas do dia. Acenar para ele que já viria, rindo, até nós, porque já ouviria, de longe, a música que sairia do celular de Pedro, todos alegres, tapas nas costas, e aí, o rio Caxumba, como anda? E ele faria o brrruu dele e abraçaria Aleksandra que então, para receber o abraço, desgrudaria a cabeça do ombro de Pedro. Fumávamos.

"Todos prontos? Então vamos?"

Mas não atravesso a passarela.

Vou ao Méier para atravessar a passarela, mas volto sem atravessar a passarela.

E eu, outra vez no ponto final do quatro cinco cinco. O motorista liga o motor, o ônibus vazio. A mesma janela. O quatro cinco cinco é um ônibus que dá voltas, muitas voltas, pelas ruas estreitas. É tão bom. As casinhas. Volto sem vê-las, como fui também sem vê-las, vendo-as, reconhecendo-as, não como as casinhas do itinerário do quatro cinco cinco no Méier, mas como casinhas, grudadas, geminadas, meias-águas, casinhas de onde sairia uma dona Isaura, com uma mocinha atrás, os pés descalços, a vassoura na mão, a pele escura e uma gravidez apertando a blusinha curta.

É mesmo uma sorte, as tantas voltas. Demoro paca para chegar em Copacabana e no hotel. Fico no hotel esperando o que acho que vai ser a segunda e última parte do dia. No início da noite, o lançamento do livro sobre café, o coffee table book sobre coffee, os colegas, o oi, oi, os beijinhos, o tudo bem e eu os olhando já de tão longe na resposta firme.

"Tudo bem."

Porque sim, está tudo bem, eu mesma me respondo, um pouco espantada.

"I'm very well, yes."

Em inglês e português, o livro. Chama-se "Arabica", tenho um exemplar aqui em algum lugar da tua estante. Em inglês e português e chama-se "Arabica" porque não batem prego sem estopa. Os árabes são, a cada ano, melhor mercado.

Em geral, não há luzes fortes ou muito brancas nesses eventos promovidos pelo departamento de marketing (o que equivale a dizer, pela empresa inteira, por qualquer empresa). É preciso criar um ambiente adequado, e ambientes adequados não são realistas. Nunca. Realidade estraga qualquer coisa. Então, depois, já lá, já tendo passado a tarde num quarto de hotel sem fazer nada, já tendo levantado da colcha do hotel, já tendo ido, já tendo andado um tanto pela rua que reconheço e não reconheço, que me irrita e me atrai, vou. Vou para o que acho que será uma chegada que irá me assegurar que de fato parti. E não espero luzes.

Eu tinha saltado um pouco antes, um trânsito infernal, salto um pouco antes daquele táxi. A pé, pensei, chego mais depressa.

Quase tropeço. Às vezes é mais escuro do que espero.

Mas claro o suficiente para que eu visse, à distância, os vultos que saltavam dos táxis, dos carros caros, eles, que reconheço mesmo os que nunca vi antes, na calçada em frente à porta, na entrega das chaves para o valet parking.

Chegava, naquela hora, do mesmo ponto de onde saí, ao perceber, afinal, que não era aquele o meu lugar, que eu buscar os fazendeiros, que eu viajar até os fazendeiros, primeiro nas ondas sonoras de um telefone e depois pessoalmente, tinha sido completamente inútil. Eu não ter lugar fora, longe, não significava que eu teria lugar dentro, perto. Meus lugares vazios sendo, afinal, bastante bons, ou, pelo menos, meus.

Então paro. Fico vendo. Somem.

Somem na porta. Lá dentro, a luz, além de amena, não é uniforme, descubro já sabendo, assim que consigo, eu também, ir em direção aonde tudo some.

A luz não é uniforme. Há espaços iluminados. E pontos escuros, os cus do mundo, qualquer mundo os tendo, mesmo os irreais. São cus inevitáveis, tudo tem, mas nem por inevitáveis ficam, nesse caso pelo menos, menos escondidos. Os descubro, implacável que sou, por trás de cortinas distantes, debaixo de portas, breus que fingem ser outra coisa. Aqui também ninguém quer ver pedra alguma, no máximo um escurinho aqui e ali, se tanto, dos quais, de qualquer modo, olhos e pés, de comum acordo, se mantêm longe. Ficamos, eu também, no ameno oferecido pelo resto todo.

Estão todos lá. Estamos.

A festa estará no meio, com a apresentação do livro em vídeo — chama-se book trailer, essa apresentação — e com o próprio fotógrafo, um cara premiado, presente no palco. O lançamento do livro afinal um preâmbulo para o anúncio da premiação da campanha Retratos do Brasil, Ano v, grand prix de Cannes obtido há pouco pela agência. Até o fim do evento devo ganhar uma merdalhinha junto com toda a equipe. Somos cinco a subir ao palco. A escadinha é estreita. Esperando, faço um dos meus filmes. Subimos os cinco aos tapas e empurrões, todos querendo ser o primeiro a receber o holofote. Saltos que pisam outros pés por baixo de sorrisos, puxões de cabelo disfarçados, encontrões de bíceps sarados, opa, desculpe.

Sem você isso não seria possível, dizia meu convite. Mas acho que não foi por isso o convite. Fico bem, eu. Quer dizer, não fico. Mas justamente por não ficar, fico. Em tempo de politicamente correto, fico bem eu, lá, eu tão pouco televisiva. Fomos cinco naquele palco. Três homens. Do tipo mesmo que se espera: brancos, jovens, descolados. Uma mulher também do tipo que se espera: branca, jovem e descolada. E agressivíssima, como mulheres precisam(os) ser em ambientes profissionais. E mais eu. Componho bem. A agência e a empresa ficam parecendo bem bacanas, assim, comigo lá, meu cabelo ondulado e quase branco, minha cara de parva.

Estou ainda perto da porta. Ainda entrando. Faço um esforço. Me construo um quase sorriso e, me voalá, entro, eu neutra, na neutralidade esperada do ambiente. Há mais sorrisos à minha volta. É o que mais há na minha vida, sorrisos para que eu sorria de volta.

Sorrisos bem medidos para que não ultrapassem, nos centímetros da extensão horizontal ou na profundidade das alvuras dentárias (essa espécie de luz branca e forte, portanto proibida), o espaço do ameno. Cores, de pele e roupa, vão do não muito escuro ao pastel. Faço o que não devo. Encaro. Nos olhares que não se fixam no meu, passa, às vezes, acho que sim, quero achar que sim, uma ânsia de realidade. Qualquer realidade que fosse. Serviria uma troca de tiros, peidos que fossem, uma freada que não dá certo e bum!, um desastre. Serve bunda de travesti em janela de carro de luxo. O deles.

Têm, sim, a ânsia, confirmo. Mas disfarçam. Não acham que é ânsia. Não a identificam assim. Acham que é pânico. Não ânsia do real, mas pânico do real. É o que dá para dizer, para os outros e para eles mesmos: ai, que medo. Não: ai, que vontade.

Tanto faz, porque é o que os espera, nos espera, a qualquer momento, aqui ou nas fazendas longínquas, nesse centro de cidade ou no de outra, quando eu voltar a São Paulo dessa vez ou em outra vez. Virando qualquer esquina, andando em qualquer rua mais deserta. Ou mesmo dali a pouquinho, ao transpor de volta as madeiras e vitrais centenários daquele lugar. Quando ficarem para trás as portas enormes, degraus gastos e seguranças de terno preto. Porque vai acabar tarde, essa bosta. E a cidade é um perigo.

Mas não que seja assunto, essa vontade, disfarçada em pânico, de que algum dia alguma coisa de fato aconteça, realmente aconteça. Não admitem, nem para eles mesmos, a real razão do cuidado incansável, da mensuração constante de braços e risos, da exata distância mantida, exatas palavras sempre repetidas. Não podem admitir que é o que mais querem: o tiro, a bunda, a gargalhada.

Ou o ciao, estou de saída, vou embora para a realidade possível.

Com as mãos semirrecolhidas, então, como se segurassem algo que não está lá (e não está), não dizem do que lhes falta, sequer que sentem falta. Todos eles. Digo, não só os presentes, percebo. Mas todos, tudo. Nesse momento tenho certeza. Fiz bem em sair. Ainda que no fora de lá, no fora do construído, não exista de fato nada.

Mas eles se esforçam, lá, de pé, seus sorrisos que não dizem da troca, feita há tantas décadas, e mesmo gerações. A troca eu conheço bem:

Abro mão disso e disso e, em troca, fico na esperança de que não me aconteça isso e aquilo.

Eles não dizem da troca. Pelo contrário. Se necessário, se eu, mal-educada que sou, puxar assunto tão desagradável, vem cá, a realidade, diriam que temem, que não querem nem nunca quiseram. Afogam, afundam, sufocam. Nem dizem que temem. Se dissessem algo, diriam que temem. Mas nem isso dizem. É como se não existisse, a existência. Preferem assim, fingir que não existe o em volta, a cercá-los. Uma grosseria falar do medo, uma impossibilidade falar da vontade de sentir medo.

Nem tento.

Assunto, caso surgisse, e viria com o de sempre: um absurdo a situação de insegurança da nossa cidade. E algum caso, ali, pronto: o vizinho, assim que abriu a porta; a sobrinha, mal chegava com o carro. E o coro lá atrás: um a-bsur-do!!!!

Pode ser que tenha havido garçons, rápidos como reflexos em espelho, com suas bandejas e copos, a sumir assim que apareciam. Um componente estético, apenas. Nada que pudesse, com seu movimento de borboletas quase inexistentes, fixar os convidados nas manchas escuras que sobem a partir dos seus sapatos pretos engraxados, a mancha que os contém, os seus invólucros. Apenas um vento de promessa, necessário, esses reflexos de garçons. Apenas um vento de promessa a manter colunatas dóricas, jônicas, sancas florais, lustres e mármores, de pé. Não existissem, esses reflexos fugazes, essas promessas de champanhe ou equivalente, e tudo ruiria. É coisa sabida, elemento imprescindível em cálculos estruturais de engenharia em edificações clássicas ou neoclássicas, sejam elas, essas edificações, arquitetônicas ou mentais. Para que não desmoronem, é preciso, de tempos em tempos, algo que assegure que paraísos existem e estão, não só no passado explícito, mas também logo ali na frente, vinho? uísque? água mineral? É preciso que tudo isso (o evento e seu cenário arquitetônico) e mais a tinta branca. Não é branca. Nunca é só um branco. A tinta é branco-fosco, gelo, marfim, camomila, champanhe, rosa-siena bem clarinho, areia, palha colonial. É preciso que tudo isso (o evento e seu cenário arquitetônico) e mais a tinta estejam lá, na sua não existência controlada, medida, para poder encobrir o resto (eu), para preparar o mundo para a perfeição que virá (sem eu). E que já foi. Lembra? Era tudo ótimo, não? Há cinquenta anos, cem anos, mil, não é? Era tudo perfeito em algum momento que é sempre antes.

Ah, a Antiguidade grega!!!

Suspiros. Não meus. Embora eu também os tenha, de outro tipo.

Arquitetura neoclássica em volta de mim. Aliás, nem. Eclética. Esse nome tão bonito que inventam para merdas tombadas. E arquitetura neoclássica eclética é de fato o que mais encontrei em todos os eventos a que fui, essas coisas preparadas, meticulosamente preparadas, e que ajudei a preparar. Arquitetura neoclássica e seus suspiros. Ah, como era tudo tão bonito. Tão perfeito. Era. Era, sim, tudo. Tudinho. Eles juram. A arquitetura jura. Eram assim mesmo, os agapantos!! Sempre foram assim. Todos branco-foscos, de gesso, sem precisar de regador, essa trabalheira. E suas folhas eram sempre assim, simétricas, é tão calmante a simetria! E dá-lhe sanca.

Um prenúncio.

Os vitrais das janelas enormes me vencem afinal e à minha tentativa de pertencer para ter certeza de que não pertenço. Escapo por eles.

E os vitrais confirmam a verdade que todos, menos eu, já sabem e sempre souberam. Atrás deles, impostas em um triunfo do bom senso, bons costumes e bom gosto, recuperadas direitinho, eternas como são e que ninguém o duvide, há, olha lá, é só olhar, as suaves ondulações de colinas inglesas. Os gramados campos de lá. Não a rua da Assembleia, imagine. A Albion.

Floridos, os campos do lado de lá dos vitrais, floridos por luzes atenuadas e levemente coloridas que se espicham em seus canteiros mutantes. Com certeza a mutação é devida às estações do ano. Que no caso duram um minuto, nem isso. E nem são as estações do ano daqui, pois não as temos. Mas as de lá, qualquer lá. E alegremo-nos! É primavera! Olha lá um amarelinho que passa, um vermelho que resiste.

E só mesmo quem se locupleta na degradação incidental de hoje, na decadência dos costumes dos tempos atuais que é sem dúvida efêmera pois o bem triunfará, sempre triunfa, só mesmo esses pentelhos como eu podem, irritantes, insistir em chamar tais colinas inglesas de ponto de táxi — que chegam e vão. Amarelos todos. Com faixas vermelhas, alguns. Sorrio de volta.

Chama-se Gilca, diz.

De fato, o nome Gilca. Vagamente. Então consigo acompanhar o sorriso com sins um pouco mais vigorosos, quase sinceros, de cabeça.

Claro! Gilca!

A acrescento, no refazer ali, daquele minuto, de uma memória para lá de duvidosa:

"Você não mudou nada."

E me concentro no nariz arrebitado, cuidadosamente armado para ser perfeito e que, por ser perfeito e comum a muitas caras, me serve de bengala no que invento mas que digo que lembro. Já vi esse nariz centenas de vezes. Repito, a cada minuto mais contente por me descobrir sincera no que invento:

"Gente, sua cara não mudou nada!"

E rio, já bem mais segura agora, pois, sim, claro, o nariz, nossa. Várias vezes.

Ela garante que a minha cara também não mudou nada, o que é muito difícil de acreditar, tanto para mim quanto para ela, que enrijece o sorriso, mantendo-o às custas de uma ordem: sorriso, mantenha-se. Ficamos lá, a sorrir e a fazer sins com a cabeça e a nos garantir que estamos iguais, iguaizinhas, como éramos no primeiro ano primário. Externato Atlântico.

Dona Odete, vou lembrar depois. Era Odete.

No segundo ano, dona Ester, mais enérgica do que dona Odete que se contentava em só existir, sem quase se mover. E no terceiro ano, a temível dona Marúcia, gorda, branca, e tão gorda e branca que estava em todos os lugares, na sala de aula e nas ruas, na minha casa e de noite, no teto da minha cama, a vigiar para que eu não fizesse nada do que não devia, e fazia. E tinha voz de homem. E do quarto ano em diante, meu quase padrasto some, Pedro nasce e nada mais pôde se ancorar na escola, de pátio arborizado e salas amplas, a Cocio Barcellos. Minha atenção, do quarto ano em diante, passa a se concentrar definitivamente em mim mesma. Mais precisamente, na ausência de mim mesma. E no espanto de móveis que vêm e vão dentro de casa, do menino que cresce apertado onde eu jurava não caber mais ninguém. Das coisas, ainda novas, que estragam. Há cadeiras que precisam se encostar na parede para que não desabem. E não só cadeiras.

Ressalto então, ali de pé, e para meu benefício, que minha lembrança de Gilca deve ser anterior ao quarto ano. Do quarto ano em diante ela saberia mais de mim do que eu gostaria. Aí me ocorre: talvez não. Porque não sou só eu que invento.

Vê meu nome na programação e o reconhece, não como algo que me pertença, mas como algo que pertence a algum retrato de grupo que ela guarda em fundo de armário. Ela tem cara de quem guarda retratos de infância. Nesse retrato, menininhas todas iguais no cinza da não nitidez — fotográfica e mnemônica. Os nomes atrás, em ordem, na caligrafia redonda de dona Odete, dona Ester. A primeira fila de nomes corresponde aos cinzas da primeira fila, a segunda fila de nomes aos cinzas um pouco atrás, e assim vai, até a quinta fila. Eu.

Reconhece o nome como sendo isso mesmo, um nome. E o resto se inventa. Então não sei? Nem com tanto esforço. O cinza das saias pelo meio da perna, o cinza mais escuro das gravatinhas, a induzir, a produzir automaticamente este desdobramento de mais um cinza, o que abrange todo o momento do evento: continuamos, olha só que engraçado (e rimos), com as mesmas caras.

Você também.

Você também.

E mais risos. Mas educados, baixos. Claro.

Gilca diz que trabalha ali, no museu — parece um museu — em cujo espaço se dá o evento. É chefe do setor de produções externas. E que, quando vê meu nome na lista dos homenageados, não pode deixar de comparecer pessoalmente. Não diz das plaquinhas atrás das cadeiras nas primeiras filas, dos kits de boas-vindas, da contratação de serviços, do trabalho puto que um evento dá. Não diz, porra, parem de fazer tanto evento, vamos mudar de evento para encontro. E fortuito.

Diz que está lá porque precisava me cumprimentar, dar um alô.

Não falo de dona Odete de quem, aliás, só lembro depois. Não confirmo suas lembranças. Sou prudente. O narizinho arrebitado na perfeição de bisturis, o rosto sem rugas, o cabelo de um louro homogêneo em curvas educadas, o brinco, a maquiagem discreta, as unhas manicuradas, dentinhos, olhinhos, a vozinha a dizer de uma infância que me surpreende poder ser considerada minha. E vai ver tive, essa infância. Por simples desatenção, minha ou do mundo, ou minha e do mundo. Pelo menos por um tempo.

Gilca pergunta quando vou embora para São Paulo. Porque quer que eu volte lá para me mostrar todo o casarão, fazer um tour, como diz, pelo casarão. Haverá mais sancas e mais colunas, mais mármores e outras salas, frias, em que tabiques de compensado do ano passado negociam com batentes de carvalho do século passado. Ano e século, afinal, qual a diferença. E eu veria o passo a passo da inclusão, por menor que se deseje, da modernidade de mesas com computadores, fórmicas com lembretes colados, dutos externos de plástico a levar fios telefônicos, envergonhados, rente aos rodapés de jacarandá. Jacarandá a rodo. E eu sem a cuíca. Sem a cuíca, só indo, de subchefias a assessorias, de departamentos de nível três ao pessoal do almoxarifado.

"Olá, muito prazer."

Não confirmo nossas lembranças. Nem ela. Somos prudentes. Nem confirmamos o que se segue a elas. Nossas vidas. Olho Gilca e chego à conclusão que ela nunca fica em beiradas de caminho de terra a berrar Janis Joplin ou Beth Carvalho, o som do carro a toda, os pés em cima do painel, olhando boi pastar ao longe. As sobrancelhas bem desenhadas à minha frente também me informam que Gilca nunca senta em bancos de praça de cidades do interior até que o olhar se mineralize e fique igual ao da estátua ao lado.

Não falamos de homem. É um pressuposto. Eles não existem. Mas não aguento e pergunto. Está separada há mais de dez anos. Faz um muxoxo. Descarta o assunto, não merece comentário. O subtexto: a vida está ótima. Está tudo ótimo.

Grupinhos ao lado, remanescentes, confirmam nos sorrisinhos e gestos: todos estão achando tudo ótimo.

Está tudo ótimo.

Não melhor, mas ótimo. Melhor supõe um movimento, algo que se transforma. Não era muito bom, mas melhorou. Ótimo é parado, perene, está ótimo e está ótimo há muito tempo, tanto tempo que nem há mais a noção de tempo.

Me despeço. Digo onde e a que horas almoçarei amanhã e ela tentará me encontrar. Se não der, ficamos de nos falar, nos catar pelo facebook? Mas ela não gosta dessas coisas. Então quando eu voltar ao Rio a procuro, combinamos.

Na porta, mais umas frases, mais despedidas. Na mão, o tubinho de feltro azul com debrum amarelo. Deve ser o tal ouro sobre azul que colunatas e mármores, batentes e sancas, a fingir seu fausto de fachada, fingiriam se fossem tubo. Não abro. Dentro haverá um papel enrolado, manuscrito em caligrafia cheia de curvas, a garantir que eu não sou eu. É raro eu ser eu. E com certeza não o fui por essas duas horas que passei lá. Chego no evento um pouco atrasada, quase perco a entrega solene do tubinho. Chego e me sento em qualquer lugar, na parte de trás da plateia, sempre o melhor lugar, o que fica perto da porta. Me convidam cochichando a ir para o proscênio.

"Todos estão lá."

Todos sendo os homenageados. Declino. Declino também cochichando, pois não se trata de perturbar o suave desenrolar de discursos e palmas.

Acaba rápido.

Vou para o outro salão. Os grupinhos, os sorrisos, as amenidades a facilitar a indiferenciação dos tubinhos em sua nova comunidade. Saem de dentro da caixa de papelão em que vieram da fabriqueta de brindes e vão para o meio de bolsas de marca. São iguais, quase iguais, a esses guarda-chuvas compactos. Os há, inclusive, em uma que outra mão.

Mas alguns grupinhos já se movem. Os organizadores, anfitriões do evento, se posicionaram perto da porta, em um subtexto: não demorem, andem todos, vamos, o pessoal de apoio só foi pago até as dez horas. Foi tudo ótimo, não é?

E já decididamente à porta, agora mais explícitos, tocando a boiada: saiam, é tarde.

A porta enfim transposta, tento me fixar em algo que vi não vendo, que acho que vi. Tento não me fixar em algo.

Zizi.

E meu primeiro movimento, depois de todos os sorrisos perfeitos e tudo tão perfeito, foi, na verdade, de contentamento. Zizi, com seus eternos sapatos baixos e, agora, e era a primeira vez que eu a via desde a época em que eu e você, eu e ela, nos conhecemos. Zizi com seus cabelos prematuramente grisalhos. Uma não sobrancelha. Já sabia que seria algo assim. Câncer. Mas ver é diferente de saber.

Olhei como quem olha, contente mas apreensiva, um pedaço de realidade antes de se transformar em realidade. Será? Era.

"Olá."

E sorrio. Contente, num primeiro segundo, de ela estar na minha frente.

Viu uma nota no jornal. Foi para me ver. E marcar um encontro. Começo a sentir o mal-estar que, se eu fosse minimamente atenta, teria sentido de primeira. Marco sem marcar deixando claro que não vejo sentido algum. Mas ponho na bolsa o cartãozinho que ela me entrega.

"Te ligo, se der."

Seguranças me dão um boa-noite educado que só lembro de responder depois que já estou longe, uma pressa de estar longe. Vou para os degraus, atenção: degraus. Vê se não tropeça. Degraus amarelados pela luz dos postes do pátio de entrada. São postes feitos direitinho para fingir que são os postes que existiam quando por lá passavam bondes puxados a burros, machados de assises. Melindrosas. Iguais. Quase iguais. É um outro fim de ano, posso, se não ficar atenta, tropeçar e cair em um dia primeiro de janeiro na avenida Paulista, entrudos.

Apresso o passo.

Antes mesmo de chegar no último degrau, já estou estendendo a mão. Táxi, táxi. Rápido, um táxi. Duas sombras, também cuspidas pelos mesmos mármores, gessos e tinta marfim fosca, me olham e dizem meu nome, então eu sou eu, hein!

Devem ser cegos. Mas balançam a cabeça, me dão os parabéns por eu ser eu. Mas o olhar deles contém uma ironia, uma monografia crítica, analítica, de quinze páginas fora bibliografia, começando com um não obstante.

"Não obstante."

Agarro o tubinho com mais força, agradeço.

E me viro rápido, outra vez a mão esticada para táxis que, percebo, inexistem. Por mais que eu tenha visto o canteiro florido de luzes amarelas e vermelhas, agora não tem nenhum. Mas a mantenho, a mão, apontada para os ônibus que se arrastam, majestosos e indiferentes, quero pegá-los com a mão. Quero impedir a passagem, cancela abaixada, dos passantes apressados que se desviam de meus dedos, aponto, inútil, para os carros estacionados, mortos. No ponto dos táxis e das recém-descobertas, e mais rápido extintas, colinas inglesas, nenhum.

Custa a passar, até que passa.

2.

Não é bem um pensamento. São imagens. Aquela então é a Zizi que devo colocar por cima da outra, das outras, que tenho, que guardo. Não ponho. Ponho ao lado. E nem isso. Afasto. Digo ainda não, ainda não. E, nesse táxi, olhando as ruas dessa cidade que já foi a minha, ou quase isso, o pouco que consigo considerar uma cidade como sendo minha, Zizi some. Entram as luzes das vitrines, dos faróis, como cenário. E como cena principal recupero, inútil, completamente inútil, algo que vi assim que cheguei, atrasada ao evento, ao tubinho e à Gilca. À glória e ao sucesso.

Recolho a última perna, fecho a porta, e o táxi me emudece, eu tão grata, pois começa a andar antes de eu precisar me esforçar para dizer para onde mesmo quero ir.

Acabo que digo. Não é para onde eu quero ir. É para onde dá para ir.

Acabo que digo. Uma esquina com o nome incompleto, o apelido, por assim dizer, das ruas que a formam. Uma intimidade com a cidade, que na verdade não mais sinto mas que continuo a querer anunciar. Principalmente para mim. Mas, no caso, com um intuito a mais, há o motorista. No apelido, em voz alta e displicente, das ruas, o anúncio, outro e imediato, incluso: conheço a cidade, não tente me enganar. É o que faço em todos os táxis, mesmo em cidades desconhecidas. Um confronto, o meu, usual, que tento vencer de antemão, com o homem que dirige um carro. Qualquer carro. Não precisa haver um carro. Qualquer homem.

Nos fotogramas que passam pela minha tela/janela, está aquilo de sempre dessa cidade que, de tanto conhecer, ou achar que conheço, nem mais vejo, nem mais conheço. As roupas desleixadas de quem parece sair da praia e são dez e meia da noite, as luzes mais escuras, cada vez mais escuras, do comércio cada vez mais barato.

Mas, sim, o movimento.

Sem parar, este, sim, de sempre, e que já me assustou menos, que já me incomodou menos. Hoje me atinge mais o jeito deles — esse "eles" que já separo como diferentes do "eu". O jeito de olhar, olhar mesmo, nos olhos, quando passam pela rua em direção contrária à sua, a ponto de, mais uns passos, eu me virar, perseguida, e se, e se.

Mas nem isso. Nem mesmo a confirmação que busco do que já é sabido, e que busco mesmo assim, alijando da minha atenção o que poderia ser diferente, nem isso fica. Tem Zizi.

Tem Zizi e tenho defesas. E o que me força a recuperar não são seus cabelos ralos e prematuramente grisalhos.

Porque o que forço de volta à minha cabeça, eu forçando para que isso aconteça, eu na procura de qual ausência lembrarei, qual detalhe inútil me será útil, o que me imponho é a figura da moça morena, linda e magra e o entendimento posterior, só daquele momento, eu dentro do táxi já longe, do que de fato vi.

Chego no evento um pouco atrasada. Eu tinha avisado que declinava da honra do jantar, que iria apenas para a cerimônia, essa aberta a todos. Quase todos. O todos, aqui, restrito a esse grupo, essas roupas e essas caras. Os que, em Goiás, Pará, Minas Gerais, Paraná, Mato Grosso, mas principalmente Brasília, estão por trás do trabalho que fiz, que fingi fazer por tanto tempo. Declino desse jantar como declinei de todos os que consegui declinar, desde sempre. Porque me incomoda a manutenção de conversas, a necessidade de frases forçadamente engraçadas ou brilhantes, sumamente cultas ou sumamente grossas, ou ambas as coisas, a depender do lado de quem a pessoa senta. E com um nível de informação que me faz sempre me perguntar, como conseguem saber tudo, sempre, dos bastidores.

Então, no r.s.v.p., já digo. Não para o jantar. Voos, horários, compromissos apertados.

Claro, claro, eles entendem. Eles entendem como sempre. E sempre um pouco mais rápido do que espero. Não para o jantar. Sim para a cerimônia. Que é a pior parte, a que ninguém quer, a dos discursos infindáveis e que é aquela que eu, tão rígida sempre comigo mesma, me obrigo a assistir.

Vou, é o que digo sem dizer. Mas se vocês pretendem comprar minha presença oferecendo comida, bebida, igual a quem atrai um bicho, faço questão: vou, e não como. Nem bebo. Vou. E faço mesmo questão de ir, sem a cenourinha — em geral, na forma de quiche — da alimentação prévia. E pública. Por que mesmo comemos em público? No caso, é pública mas não muito. Umas dez mesas de cinco, seis pessoas em cada, ou seja, umas sessenta pessoas, pelo que dá para entrever ao chegar, os serviçais limpando tudo, tirando tudo, todo mundo já no salão nobre. E é engraçado esse nome, nobre, expressão de um desejo. Baronesa, duque, cavaleiro da ordem do barbantinho vermelho dobrado em cruz.

Então chego atrasada.

Atrasada, não para o jantar que não conta com minha presença, mas para o salão nobre, para os discursos. Culpa do táxi e de mim que, cansada de mim mesma, sempre a chegar tão absurdamente cedo em todos os lugares, desço do quarto e da colcha e fico no sofá do hall do hotel. Vendo quem chega, quem vai, as malas. Me obrigando a esperar. A porta do hotel abre com sensor de movimento. Qualquer um que passe na rua um pouco mais perto joga em mim o calor insuportável dessa cidade. Mas fico.

Fico lá até quinze minutos antes da hora. Na barriga do rapaz encarregado das malas que chegam e vão, meu alerta e meu alento em esperar. Fosse eu muito cedo e chegaria em algum século antigo. Teria de ficar vendo outras barrigas, à luz de tochas, inchadas de javali assado com farofa, talvez um vinho jorrado a partir de recipientes feitos de bexiga de boi. Não tão cedo, e já neste século, seria a quiche, mesmo. Mas, em qualquer século, os olhos mornos, palitos nos dentes, arrotos e mãos, graças ao vinho, já livres em direção a peitos fartos. Disfarçados, se no século atual. Sem disfarce, se na primeira hipótese. Nobres, em ambos os casos.

Claro que não. Imagine. Fosse eu mais cedo e veria todos na conversa apenas um decibel mais alta, tomando o café final, ruim e frio, o dedinho controlado para não entrar no estereótipo do mindinho levantado, guardanapos quase limpos já ao lado do prato. Imagine. Ninguém se suja, a comida é do tipo que não suja, imagine. E os ahns, ahns são absolutamente perfeitos.

Me levanto do sofá do lobby do hotel exatamente quinze minutos antes da hora prevista para o primeiro discurso.

Então chego atrasada. Pois ao entrar no táxi, o mau humor dos ombros largos na camisa estampada à minha frente me informa que o trânsito está uma merda.

"A senhora desculpe, mas só falando assim."

Para piorar, quando enfim chego, ainda acho: bem, discursos sei lá por quanto tempo. E resolvo passar antes no banheiro. Tudo que não preciso é ficar com vontade de fazer xixi no meio da cerimônia.

No banheiro, uma das cabines ocupada, as outras livres.

E, enquanto faço meu xixi, o barulho inconfundível de alguém que vomita.

Eu fazia meu xixi e pensava em outros jantares, todos iguais, as mesas com as flores, o bufê a disfarçar, em arranjos de toalhas e de flores, sua semelhança constrangedora com qualquer balcão de restaurante por quilo, barato, onde uma balança espera o gado manso no fim de uma fila, início de um matadouro, de um outro tipo de matadouro. Aqui não haveria a balança no fim da fila. Mas haveria outra, a pesar cuidadosamente o valor dos apartes na conversa em que todos tentam encaixar coisas inteligentes entre garfadas medidas para que a gororoba não caia, não suje, não encha. E nem os apartes, eles também igualmente medidos.

Finja que não exista. É esse o truque. Lembrar de Ceci.

E eu lembrei de um desses jantares, em que eu, desistente de qualquer brilho que pudesse competir com os da porcelana e dos próceres presentes, perguntei para quem estava do meu lado, na tentativa desesperada de parecer ao menos educada, já que definitivamente não brilhante:

"E aí, o que você faz?"

E recebi um:

"O que funcionar para você", acompanhado de olhos de cama e sorriso maroto. O que me fez gostar imensamente do sujeito e pô-lo imediatamente na galeria de Grandes Personagens da nossa História, ao lado de outro, que, em outro jantar desses, adentrou o recinto com uma mulher de meias arrastão, vestido vermelho que mal chegava na altura da bunda, peitos de fora, e que ele, estava claro, tinha acabado de ter a felicidade de conhecer, na esquina.

E era nisso que eu pensava ao ouvir o vômito. Então demoro um tempo para vir para o presente e para o clássico e esperado, você está bem?, que é a pergunta mais cretina que alguém pode fazer sempre que a faz. E esta frase, passado o momento certo de dizê-la, não há mais como dizê-la, e acabamos, eu de fazer xixi, e a pessoa na outra cabine, de vomitar, mais ou menos ao mesmo tempo, eu a escutá-la, e ela, seguramente, a me escutar. Mas sem nos falarmos, sem admitirmos uma a presença da outra. E nos vemos ambas, intermediadas pelo espelho da pia, constrangedoramente reais.

É uma mulher jovem, muito magra e muito bonita, morena, que não abre, nem naquele momento nem em nenhum outro, fresta alguma para que eu possa entrar com meu olhar e minhas perguntas.

Você estava vomitando?

Retoca a maquiagem, ajeita o cabelo, sai. Saio logo depois. Todos já dentro da sua nobreza cenográfica.

Ela some.

Me ajeito em uma cadeira da plateia, das poucas que estão vagas, a mais perto da porta. E lá fico e para lá volto, depois de minha rápida participação, tubinho na mão. E depois, então, tudo acabado, os grupinhos em pé na outra sala, veio a Gilca, aquela a quem não vejo desde o primário, se é que vi, e que sente a vontade, então, tão grande, de falar comigo, colegas que fomos e, quem sabe, ainda somos. Eu e ela e o resto da humanidade sempre vendendo alguma coisa. E aí chama a filha, que, ela me diz, está começando também a trabalhar lá. Mais um empreguinho maneiro com o dinheiro público, ela não diz.

E quase adivinho antes mesmo de Gilca iniciar sua fala: "Quero que você conheça minha filha."

276

Pois a moça morena, de costas para nós, está em um grupinho perto. E acho, como às vezes acho, que o universo tem de fazer algum sentido em alguma hora. E que a moça e Gilca, as duas aparições da noite até aquele instante, têm de estar ligadas de alguma maneira para que eu possa enfrentar Zizi, a quem ainda não vi. Quase não tinha visto. Vi, mas achei que não vi ainda nesse primeiro momento. Ela ao longe, do lado de lá da porta. E volto a cara para dentro, para meu empenho em achar que há um sentido em eu descobrir que quem vomita no banheiro está ligada a quem também vomita lembranças, falsas ou necessárias ou falsas e necessárias. Eu. Depois fica tudo mais fácil. Ao sair, Zizi já é de fato Zizi, anunciada que foi pelo vômito e pela arquitetura neoclássica, ela e seu balé, igualmente neoclássico. E tenho o sorriso de alívio, alguém real, seguido de outro movimento, este de pânico, enquanto quase viro de costas, o que nunca dá certo, virar de costas para a saída:

"Porra, é ela mesmo."

Zizi. E só deu para um passo:

"Oi. Vamos nos ver?"

Eu na frente dela, sentindo ainda um resto do alívio a sumir no pânico que cresce.

Mas isso foi depois, logo depois. Antes:

"Quero que você conheça minha filha."

Então quando ouvi, quero que você conheça minha filha, eu já estava tentando encontrar algum equilíbrio, se não em mim, pelo menos no universo, por causa da arquitetura neoclássica, da boa educação vigente e de tudo mais. E já não conseguia. Isso eu. Porque a moça magra e linda sorria para mim equilibradíssima. A mesma que, logo depois do jantar acabado, vomitava no banheiro, vira-se agora com sua cara perenemente agradável (não a vi pendurada em cima da privada, mas acho que mantinha a expressão agradável mesmo vomitando). E se aproxima de mim, sorrindo. Nenhum vestígio de nada. Nos cumprimentamos com a mesma cara e o mesmo cuidado com que cumprimentaríamos uma caixa de papelão embrulhada em celofane: de leve. Para não fazer barulho, para não amassar. Os dois beijinhos, o sorriso vago. E adeus, vou até ali. Pois ela é a encarregada de fotografar o evento e não tem um minuto a perder. Necessidades de registro fotográfico abundam. E ainda, última camada de terra jogada em cima da cena do banheiro, ela me chama. Já estou virada para a porta. Uma certa pressa. Uma vontade de sair, de ver que Zizi não é Zizi, e de fugir da Zizi. A moça me chama, e eu tenho uma prévia do pânico que vou sentir no minuto seguinte, em frente à Zizi.

Ela me chama, segura, imperturbável. Como se a cena do banheiro não existisse, me chama para que a cena do banheiro pare de existir.

Quer que eu vá até ali no canto tirar uma foto com o fulano e mais o beltrano. Vou. Sem entender bem por que alguém haveria de querer uma foto minha com o fulano ou o beltrano. Ou, aliás, o fulano ou o beltrano uma foto comigo.

Perto da porta, Zizi me espera, paciente.

"Vim te ver. Vamos marcar um encontro?"

Digo que sim, que não, que talvez. Que depois eu ligo, se der. E vou embora, táxi, táxi.

E só no táxi é que, buscando rápido algo em que pensar, algo que mantenha minha cabeça em cima do pescoço, volto ao banheiro e percebo o enredo completo. A moça magra, vomitando no fim de um jantar em um banheiro que ela supõe deserto (não se trata do banheiro principal, mas de um pequeno, perto da porta e que é o banheiro onde entro assim que chego, sem saber se acharia outro). Nunca vi de perto um episódio de bulimia ao vivo, embora tão presente na ficção de jornais e seriados. E fico o resto da viagem de táxi tentando saber qual é a importância disso, de eu ter visto isso. Chego à conclusão que nenhuma. Poderia perfeitamente ser uma cena em novela. Posso perfeitamente considerar ter visto aquilo em uma novela. Vai ver vi. Vai ver vivi. O trânsito continuava parado tanto quanto antes do evento. Digo ao motorista que vou descer. Porque, em um intervalo nas minhas visões de jantares e bulimias, de Zizi e seus cabelos tão curtos e grisalhos, acho que reconheço a rua em que o táxi está. Acho que é próxima ao meu ponto de destino. O motorista parece espantado com minha decisão, mas olha a tabela, diz o total. Pago. Salto.

Não era perto. Me enganei. Estou longe. Reconheço que não reconheço mais os lugares que foram os meus por minha vida quase inteira. Mas o espanto não é triste, pelo contrário. Protegida pela minha invisibilidade (não ver é quase igual a não ser vista), determino um ritmo à caminhada. Sem pressa e sem cansaço. Lá como em qualquer outra rua. Como em qualquer cidade. Uma espécie de liberdade. Um eu não eu num espaço não fixo.

Depois, quando afinal sento com Zizi, ela irá falar tudo o que falou, e mais o que não falou, mas disse assim mesmo. E vai me dar o impresso da peça dela, uma criação coreográfica feita a partir de uns versos da Mary Elizabeth Frye, e eu gostaria tanto de gostar dos versos. Catei no Google, copiei, sei de cor, eu gostaria muito de achar ultralegal. Mas não consigo:

> *Do not stand at my grave and weep,*
> *I am not there; I do not sleep.*
> *I am a thousand winds that blow,*
> *I am the diamond glints on snow,*

I am the sun on ripened grain,
I am the gentle autumn rain.
When you awaken in the morning's hush
I am the swift uplifting rush
Of quiet birds in circling flight.
I am the soft starlight at night.
Do not stand at my grave and cry,
I am not there; I did not die.

É a cara da Zizi. A antiga. Só sei declamar esses versos fazendo mentalmente uns movimentos de braço suaves, a colocação exata, acho que se chama colocar o braço, isso, a colocação exata, eles meio levantados, a mão em ponta, um dos dedos mais reto do que os outros, os olhos para cima, o coque, o tutu. E, na hora mesmo em que penso isso, gosto dela. Gosto dela, gosto dela ela sendo assim, de um jeito que não gosto.

3.

Saio do táxi na rua errada. Mas acerto. Foi ótimo. Me dissolvo em calçadas e gentes que ainda voltam de um trabalho tardio. Iguais a mim, me digo. Consigo ficar quase alegre. Passo em frente ao hotel. Continuo. Para meu próprio conforto, me faço um itinerário, um plano. Decido: vou até o fim da avenida, faço uma volta no quarteirão e volto.

Ensinamento: quando em meio a rua movimentada, nunca se deve fazer uma volta repentina, no seco, um pé para a frente, o seguinte já para trás. Pode desorientar os outros, mostrar que também eles podem fazer o mesmo, mudar de ideia de repente a respeito da vida deles. Sou gentil. Ou dou a volta no quarteirão ou ponho a mão na cabeça.

"Meu deus, estou ficando louca!! Esqueci o gás, o papel, o bebê."

E aí volto, fazendo tsk, tsk, tsk para mim mesma e para os outros.

Sou mesmo bem gentil.

Naquela hora faço mais. Não só volto como quem vai, ou seja, virando o quarteirão, como, em vez de voltar à avenida pela mesma calçada, mudo de calçada. Para que não me reconheçam, ih, mas ela acabou de passar para lá. Em algum momento preciso resolver o que fazer em relação ao jantar. Sentar em um lugar e comer sei lá o quê. Bastante bom. Comprar alguma coisa e comer no hotel, na televisão de sempre, os anúncios, as chamadas jornalísticas, os filmes ruins, o futebol, a novela — eu como plateia, apagadíssima plateia de uma novela qualquer que não me dirá respeito. Bastante bom também. Mas vou andando, um passo depois do outro, e vou ficando cada vez mais alegre. Uso a palavra "alegre" porque não tenho o hábito de me dizer feliz. Vou ficando feliz a cada passo em que entro no anonimato, em que fico mais parecida com qualquer um que por lá andava, os ombros cada vez mais leves, o lugar cada vez mais comum, mais nenhum.

Na bolsa, tenho um papel em que anotei, ansiosa, ainda antes de tomar o avião para o Rio, o esqueleto de uma fala de agradecimento, caso me enfiassem um microfone na cara, junto com o tubinho nas mãos. Não foi preciso. Vem só o tubinho. Tudo que esperam de mim, e cumpro, é pegar o tubinho, abraçar comovida quem me lo estendia, antes de me virar de volta para minha cadeira, sorriso e olhos baixos a disfarçar a insolência — e o tédio — da vitória.

Uma lixeira se aproxima. Tenho um problema com lixeiras. Elas me atraem.

Abro a bolsa, tiro o papel do meu ex-futuro discurso, já no fundo, já todo amassado, e jogo aquilo fora. O tubinho, na mesma mão, também vai. Sozinho, de moto próprio. Escorrega sem querer. Ou é o que me digo.

E agora, decididamente feliz, preciso me controlar para não rir sozinha, andando, e não que isso (nem isso) fosse me fazer diferente de quem vai e vem, a meu lado. São alegres. Ou indiferentes. Para mim está bom de qualquer modo. Olham para você. Nos olhos. Mas não que estranhem qualquer coisa que você porventura seja, faça. Não estranham nada. Logo meu itinerário começa a me parecer longo. Estou com pressa, de repente. Quero festejar a rua, o nada das ruas de uma cidade que poderia ser qualquer cidade. Há uma banquinha de esfiha na calçada à minha frente. Assadeiras com esfihas, já poucas, empilhadas. Coxinhas, quibes. Uma fila para comprar, gente comendo. Devem ser boas. Peço duas. Para viagem, falo, pensando ainda em comê-las em frente à televisão pendurada que me espera no hotel, coroação da minha felicidade.

"Desculpe, são três."

O saquinho plástico balança e bate na minha perna quando recomeço a andar, a quentura passando para minha coxa. Abro. Mordo a primeira. Limpo a boca com o quadradinho de papel que vem à guisa de guardanapo. Ricota é sempre meio seca, mas engulo, com satisfação. Vou para a segunda. Outro quadradinho de papel. E para que eu guardaria uma mísera última esfiha já se desmanchando?

Depois, jogo o resto de quadradinhos e plásticos em mais uma lixeira. Agora preciso beber alguma coisa. Não só porque ricota é seca, mas porque quero ampliar o festejo, quero que dure para sempre, eu sempre andando, sempre em frente, ainda que voltando, porque até quando acredita você que posso continuar a viver neste ir e vir do caralho? Te respondo eu e muito mais gente: até o fim da vida.

(E riríamos.)

Mas a lanchonete do outro lado da rua tem mesas de madeira na calçada, uma delas vaga. Atravesso correndo, entre os carros, uma urgência. De repente, um perigo, de que alguém se sente na mesa que é a minha, a mesa é minha, nada mais é meu no mundo, mas aquela mesa é minha.

Na mesa ao lado, uma mãe come pizza com seu filho ainda em uniforme, a mochila escolar ocupando uma terceira cadeira. Gosto imenso de estar do lado dessa mãe que traz o filho da escola quase onze da noite e, antes, janta com ele um pedaço de pizza em mesa de calçada. Gosto imenso dela, do filho dela. Gosto imenso de pertencer ao mesmo mundo deles e poder observar distraidamente o modo como eles se falam e ficam em silêncio, como comem e olham, também distraidamente, para mim, como se olhassem para um cartaz ou qualquer outra pessoa, e com os pedaços de pizza a se remexerem nas bochechas ampliadas por goles ocasionais do guaraná. Estão pensando que logo estarão em casa, escovarão os dentes, uma televisão, e amanhã é outro dia.

Peço um suco de laranja sem gelo.

Vem com gelo, e o suco está um pouco passado. Tomo devagarinho, chupando pelo canudo, para durar bastante, contente afinal de ter vindo com gelo, assim dura mais, o gelo precisa derreter todo, e eu chupar tudo, antes de configurar que terminei meu consumo. E que, portanto, preciso levantar e ir embora.

E aí o mundo fica concreto, todas as formas de todas as coisas, as mesas e as cadeiras, as paredes e o asfalto, os carros que passam e quase não passam, o trânsito parado dia e noite. E aí minha bolsa, com o cartãozinho da Zizi dentro, também tem uma forma e uma consistência, assim como eu. Então, vencida, ligo. Ela atende logo.

"Agora, pode ser?"

Topa na mesma hora. O garçom vem limpar a mesa. Digo que espero uma pessoa. Ele some.

E nessa hora, sim, a diferença entre cidades. Ou melhor, entre bairros de uma mesma cidade. Copacabana não fecha.

Ficamos, eu e Zizi, nesse bar, a noite inteira.

Eu, ela e o que ela me diz, mesmo sem dizer.

Na sala em que faz as sessões de radioterapia há um cabide de pé em que as pessoas põem a roupa que tiram assim que entram. Entra uma pessoa depois da outra, não deixam ninguém demorar mais do que o necessário. Há muita procura. Tiram a roupa. Deitam na maca. Zizi tira a roupa, põe no cabide e deita na maca. Ela não pode se mexer. Caso se mexa, a atendente, uma mulher muito grosseira, chamará sua atenção. A máquina se aproxima devagar, nos ângulos certos para a irradiação. No corpo dela, Zizi, há marcas feitas com um pilô à prova d'água, para indicar os pontos que a máquina deve cobrir. A máquina faz um barulho surdo e contínuo. A sessão dura uns quinze, vinte minutos. Zizi está em uma praia selvagem. O cabide é um coqueiro no canto do olho, elemento necessário do cenário. Há uma tribo com rituais estranhos. Ela se submete a esses rituais porque é a única maneira de estar lá. E ela precisa ficar lá porque estuda a tribo. É antropóloga. Então fica lá, imóvel. E olha, para que fique quase cega, para entrar em alfa, o sol, que é a luz do teto. No ritual, os selvagens aproximam devagar do corpo dela, já pintado para a ocasião, uma caixa grande com abelhas presas. Ficam lá, zunindo, as abelhas dentro da caixa. Ela não pode se incomodar com isso, não pode se mexer, porque qualquer mexida interrompe tudo. Nessa hora o transe faz com que ela sinta frio, embora esteja obviamente em uma praia tropical de alguma ilha do Pacífico.

Depois acaba. Ela se veste.

"Até amanhã."

E vai embora.

Todas as salas de espera de todos os hospitais, clínicas de aplicação, médicos e laboratórios de análise têm televisões com a Ana Maria Braga.

Zizi desenvolve ódio profundo à Ana Maria Braga.

Ela tem consciência do encobrimento, diz. Todos têm, não só ela. E todos, como ela, fingem que aquilo que é fingimento não o é. Pois todos os ambientes, os atendentes, tudo que se refere ao tratamento do câncer é sempre muito alegrinho, são todos alegrinhos. Sempre sorrindo, estão todos. Há cartazes a respeito do bem-estar que existe na vida com câncer. As frases trocadas pelas pessoas são ditas sempre com um se deus quiser, de reforço, para exprimir como tudo vai ser bom, se deus quiser. Há sempre, entre as cadeiras das salas de espera, trocas de receitas infalíveis com substâncias anticancerígenas naturais. Fulano não tem mais nem vestígio do câncer no fígado. Há folhetos intitulados Serviços à Mulher com Câncer, com dicas sobre como pôr um turbante realmente elegante sobre a careca. Vai bem com brincos grandes, o turbante. Compõe com maquiagem um pouco mais carregada nos olhos, o turbante. Mude a cor do turbante para acompanhar seu estado de espírito. Azul-rei um dia, fúcsia no outro. Quem paga o folheto do Serviços à Mulher são os anunciantes que espalham seus anúncios em todas as páginas. Sua melhor peruca está em. Acupuntura para relaxamento no consultório de. Acompanhamento psicológico para a família. Discrição e compreensão em. Às vezes vêm com a foto de um médico jovem, bonito e sorridente. As pessoas comem bombons enquanto fazem quimioterapia. Parece que é bom para não enjoar.

Zizi desenvolve ódio profundo a alegriazinhas.

(E nessa hora olho com mais atenção para ela, eu também com ódio profundo a alegriazinhas, as tuas.)

Aliás, enfermeiros de quimioterapia, médicos, atendentes, telefonistas, todos só falam no diminutivo. Como em:

"Vou pôr agora a agulhinha aqui no seu bracinho."

Zizi desenvolve ódio profundo a diminutivos.

Cita mais alguns: gostosinho, legalzinho. Alguns eu reconheço, inquieta, como sendo teus.

"Gostou da trepada?"

"Ah, foi gostosinho."

Talvez o ódio profundo a diminutivos seja anterior ao câncer. Talvez alguns dos outros ódios também o sejam.

Tem um cara que acompanha a esposa, ela conta. A mulher fica lá, plantada na cadeira de quimioterapia, meio grogue, a agulha no braço. O cara faz, distraído, carinhos com as costas da mão em seu rosto sem parar, sem olhar.

Zizi desenvolve ódio profundo a esse carinho. Se controla para não berrar, ei, para com isso, porra.

O cara faz esse carinho encostado na parede ao lado da cadeira em que a mulher recebe a quimioterapia. Fica vendo a televisão que está pendurada na parede em frente, e faz o carinho. Às vezes fica falando no celular enquanto faz o carinho.

Tem uma lanchonete no térreo de uma das clínicas que ela frequenta. Fazem pão de queijo em intervalos regulares. A clínica cheira a pão de queijo.

Como meus aeroportos, eu poderia acrescentar.

Zizi diz que arranjou um namorado depois da mastectomia. Ela comprou, depois da operação, umas blusinhas leves, dessas de usar por baixo de outra. Precisava. Ajudava a prender o peito falso, a disfarçar o peito falso. Uma dessas blusinhas é branca, de um tecido macio. Quando trepava com esse cara, ela usava a blusinha. Ficou sendo a Blusinha De Trepar. Depois, o lance com esse cara acabou. No armário dela tem um cabide em que só fica essa blusinha. E ela chama esse cabide de Cabide De Trepada. Como se tivesse pendurado a buceta ali. Fica ali.

O cara com quem ela trepa é um conhecido de longa data. Encontram-se por acaso.

Ela está com a peruca. A peruca deixa ela com cara de mulher de anúncio de televisão americana da década de 1950. Vendendo aspirador de pó. Com a peruca ela sempre tem o impulso de segurar o cabo de um aspirador de pó e sorrir para uma câmera um sorriso de duplo sentido, mas não muito. Não é o caso de escandalizar a audiência, as donas de casa americanas da década de 1950 sabem disso. Zizi sabe que fica com essa cara. Detesta a peruca.

O cara encontra com ela por acaso e diz:

"Gente! O que houve com teu cabelo?!"

E ela responde:

"Caiu."

Já a ficha dele demora um pouco mais. Até que ele levanta os olhos. A placa em cima deles diz onde estão: Instituto do Câncer. O conhecido dela pede mil desculpas e tal. Implora por um café.

"É por mim, até eu achar uma cara para vestir, por favor." Vão.

O café diminui na xícara em ritmo mais lento do que cresce o interesse dele por ela. Ele é médico. Oftalmo. Atende, inclusive, eventualmente, pacientes do Instituto do Câncer. Ela acha que a trepada é um experimento científico dele. Não se importa. Ele também é uma espécie de experimento científico dela.

Foi assim que nasceu a blusinha do cabide.

"Sabe, fiquei me sentindo como se eu fosse outra pessoa, outro corpo, fiz um cenário meio dark. Olha, quer saber, não foi de todo mau, viu. Não de todo mau de todo."

E ri.

É um carcinoma micropapilar invasivo, estágio avançado. Oitenta por cento de probabilidade de recidiva. E morte. Vinte por cento escapam por no máximo dez anos.

Fala isso e olha para mim. Digo:

"Eu sei, eu já sabia, Zizi."

E completo informando que estamos morando juntos, eu e você. Ela diz:

"Eu sei, eu já sabia, Valderez."

Ela fala mais, muito mais. E às vezes só me olha. Ela usa um tempo longo para falar e para fazer pausas entre as falas, usa todo o tempo do mundo. É como se soubesse da pressa que as pessoas têm quando sabem que alguém vai morrer. A pressa que temos de que morram logo, para que possamos nos lembrar delas à vontade, nos lembrar do jeito que quisermos lembrar. Ela sabe disso e não tem pressa alguma. Diz:

"Vinte por cento também existe."

Não diz que vai lutar pelos vinte por cento. Aliás, diz que também não suporta ouvir as pessoas dizerem que estão lutando contra um câncer. Ninguém luta contra um câncer.

"Até porque vem outro, e outro."

A luta é contra a calhordice do mundo — a ambiental e a humana — e a babaquice de quem não se protege disso. Ela. Diz que não sabe se, no caso dela, ainda vai dar tempo. Mas que o que ela mais tem feito é pensar. E que tem conseguido.

"Sabe, me sinto, sim, meio assim superior, distante."

E sorri, superior e distante de mim.

Passei naquela lanchonete uma noite inteira. Passei mais, passei muitos dias, todos os dias seguintes, naquela lanchonete. A mulher com o garoto já haviam desaparecido há muito tempo quando lembrei de tornar a olhar. Em dado momento havia putas com clientes. Depois havia outra vez mulheres com garotos em uniforme de escola.

Saímos já estava clareando.

Não digo, naquela noite, o que deveria ter dito e que ela obviamente já sabe. Não era Aleksandra a tua amante. Era eu. Ela se enganou. Ela sabia que você tinha amante, viu você com Aleksandra no café do Leblon, com Aleksandra, a que dava para todo mundo, a que segurava os pelinhos do teu braço e olhava para você como se nada mais existisse.

Outra coisa que não digo é que ela tem toda a razão. Que eu ter ido para um motel com você foi, para mim, pelo menos no começo dessa história, uma brincadeira, um quase nada, um dos meus filmes. Mas que ela se ver enganada por você foi grave. E ela pega um câncer. Não digo a ela, também, o que você me diz, sem parar e desde que nos reencontramos, há tantos e tantos anos, em um São Paulo que não era o nosso, você num apartamento que, mal tendo sido comprado, você pôs à venda, eu e você sem saber quem éramos.

E que era, e que é: que você se arrepende. Não digo que é isso que você dizia e diz. E que você jamais faria isso outra vez. Que você sequer se reconhece, que não há mesmo desculpa, mas que — e se desculpa: você se deixou levar por um clima de tudo pode, comum entre os homens com quem você andava na época, seus colegas de marketing. Que você tinha muitas dificuldades no seu relacionamento com ela. Que você jamais imaginou que o que fizemos sem pensar muito resultasse tão grave, ou seja, que ela iria se deprimir e pegar um câncer.

Que isso e mais aquilo.

Tudo o que você me repete sempre que não consigo te impedir.

E não digo tudo isso porque não me vejo dizendo isso sem que as palavras soem falsas porque sempre que você fala, elas soam falsas. E você fala, e repete e fala outra vez e ainda assim elas soam falsas.

Zizi é de Itajobi, no interior de São Paulo. Foi para o Rio para ser essa outra pessoa, a que executa movimentos perfeitos em mundos perfeitos. Neoclássicos. Com o câncer, não pode voltar para a casa dos pais, mesmo que tivesse vontade. Não tem. Mas, de qualquer modo, lá não há possibilidade de tratamento para o câncer dela. E completa:

"Não tenho vontade. Não tenho vontade alguma de olhar para a cara deles e não tenho vontade alguma que eles olhem para minha cara."

Lá pelas tantas, estamos em silêncio já há várias vidas, olhando, ambas, o nada que clareia. Surge um garçom. Acordamos. Pedimos a nota.

"Eu pago. Você não tomou nem a água."

Ela sorri. Nos levantamos e vamos embora. Está definitivamente clareando. É um dia lindíssimo, é uma outra manhã de sol. Dessas em que bebês morrem.

Nessa há o cheiro do mar, que está logo ali.

Nos despedimos. Ela sorri outra vez para mim. Longamente. Penso em ir até a praia, sentar na areia, virar areia. Mas estou quase chorando. Por ela, pelo dia lindíssimo, por Molly que não está mais na cidade, por muita coisa. E não gosto que me olhem, olha, ela está chorando. Então volto para o hotel.

O dia amanhece de todo, sem sentido de tão lindo.

Antes de se virar para ir embora, a expressão calma, Zizi faz um gesto de descarrego com os braços, um brrruu com a boca, igualzinho ao Tiago no cartório do Méier.

A única coisa que consigo dizer é um ridículo:

"Tudo de bom."

Agora ela ri, sem nem tentar se controlar.

Era para eu ter dito que achava ela legal, principalmente quando levantava os braços, independente de estar em uma aula com crianças pentelhas, independente de não dar para acreditar nem um pouco naqueles braços levantados mas que ela levantava mesmo assim, só porque gostava.

Ela ri naquela hora em que nos despedimos também só porque está a fim de rir. Porque está com vontade de rir, porque gosta de rir quando tem vontade. Porque rir é bom.

Está muito cedo. Você pediu para telefonar quando desse.

Não telefono. Você estaria dormindo.

E como dizer que é mais um dia lindíssimo.

E que, nas discussões que tivemos e nem mais temos, toda vez que eu berrava:

"Mas eu não sabia, porra!"

Que vinham sempre iguais, em resposta aos teus, também sempre iguais:

"Mas você não foi arrastada para aquele motel, porra!"

O que eu deixava implícito era que, se eu soubesse, se eu soubesse que havia a Zizi, que ela era inclusive uma pessoa legal até mesmo no seu ridículo Itajobi que mantinha sem saber que mantinha, se eu soubesse, eu não teria ido para aquele motel. E isso é mentira. Porque eu acho que, sim, eu teria ido. Teria ido de qualquer jeito porque é assim que as coisas são e acontecem, sem a pessoa nem perceber direito o que está acontecendo, a pessoa nem percebe o que está vendo. As coisas não são de fato vistas, ouvidas. Só depois, quando se para e pensa. E se recupera, sem nem saber se o que está sendo recuperado estava lá de fato. E são assim, as pessoas, eu incluída.

O café da manhã do hotel já está servido quando chego depois de ter conseguido me perder, passar da rua em que eu deveria virar, distraída, só indo.

Me olham três tipos de queijo, dois de presunto, incontáveis pães, alguns pequenos, torcidos, e com recheio saindo pelas beiradas. Prato na mão, fixo o olhar tentando adivinhar se se trata de pães doces ou salgados. Não que faça diferença.

E tem os bolos. Pego tudo.

Pilhas de fatias dos bolos num prato. Outro prato com os queijos. Um terceiro com as frutas. Me sirvo do suco em pé, bebendo dois copos antes de trazer mais um para a mesa. O café pegarei depois, para que não esfrie. Pego até não caber mais nos pratos, não ter mais mão. E começo a enfiar tudo na boca e a mastigar devagar. Me concentro em mim mesma. Presto muita atenção na minha boca, faringe, estômago. Quero pegar exatinho o momento em que vai se instaurar o choque glicêmico. Tem mais gente prestando atenção em mim.

Uma menina gordinha me olha ressentida. Foda-se, os movimentos de minha boca cheia, mastigando dois bolos ao mesmo tempo, querem dizer para ela. Ela entende que minha atitude é de quem quer que ela se foda, ela e seu corpo gordinho de quem não pode comer todos os bolos que gostaria. Mas o foda-se é para mim. Foda-se, não o meu regime, inexistente, mas o simples bom senso. Foda-se qualquer tipo de raciocínio, comedimento, qualquer coisa que tenha um encadeamento lógico. Ou educação.

"Pensei bem e."

Mastigo tudo, junto, misturado, engulo. Pego mais. Vou ter de te dizer a frase, pensei bem e, em uma hora qualquer. Naquele dia, hoje, algum dia. Naquele dia mantenho a boca cheia para adiar mais um pouco. Hoje, escrevo o que era para dizer.

Saio da sala de café daquele hotel levando uma maçã na mão, que deixarei no quarto. Porque de repente acho que nunca mais vou comer na vida e que, de noite, vou querer ao menos uma maçã.

Tinha programado o dia, o último dessa viagem, para não fazer nada, para ficar longe até de mim. Já tinha programado isso antes de Zizi, antes do meu quase Méier, antes de aquele dia começar, sei lá há quanto tempo, há quantos dias.

Testo a sorte. Quero um não fazer nada às claras, um nada não por omissão, mas declaradamente nada. Vou esperar por Gilca onde eu disse que estaria. Uma vontade de dizer.

"Vem cá, sua filha é bulímica?"

E cair na gargalhada, e passar mal de tanto rir olhando o narizinho ficar igual, com filha bulímica ou sem. Pego uma mesa em que dá para observar o movimento de quem entra. Preciso estar prevenida, caso aquela louca decida de fato vir. Precisarei de uma cara. Talvez duas mãos educadas. Antes da gargalhada. Ajeito o cabelo.

Peço uma salada. Minha decisão de não comer nunca mais na vida dura até dez para uma. Duas e meia ela não chega. Começa a chover. Ruas molhadas combinarão melhor com meus passos, do jeito como estarão meus passos ao sair desse lugar. Não resisto a uma chuva e às poças. Me levanto. Vou para o metrô.

Salto na esquina do hotel.

Rezo ao deus das camareiras para que meu quarto já esteja arrumado. Não está. Deito na cama assim mesmo. Passo a chave para evitar surpresas. Ligo a televisão sem som. Começo a zapear. Um canal tem um filme que parece bem ruim. Acomodo o travesseiro. Volto a ficar quase bem. Quando a camareira bate na porta, levanto. Digo que mais uns quarenta minutos vou sair e ela poderá entrar. Não parece satisfeita. Eu estou.

Depois saio. Vou tomar um café. Grande. Com água mineral. Do tipo que leva horas. Depois do café, volto. Tudo arrumado. E tem a maçã.

E aí te liguei.

Falo da cidade que já foi a nossa, das ruas. Não são afetos diretos, os nossos, não posso escutar, admitir, frases do tipo: gosto de você, gosto de ter você para falar em fins de dia que não acabam, dentro de hotéis três estrelas de Copacabana. São afetos indiretos, os meus e os teus, os únicos suportáveis. Que estão cheias, as ruas (e iguais a todas as ruas), e que foi bom andar por elas. É o nosso salão nobre particular, meu e teu, as ruas. Uma nobreza de sapatos no chão, cachorros, lixos e lixeiras, e silêncios acolhedores de todos os ruídos. Que nos irmana. E, a cada dia mais, você, aos poucos, conseguindo entender que o ruim existe e não adianta fingir que não existe.

Você pergunta do evento, motivo da minha ida ao Rio.

"Tudo bem."

E não falo do Méier.

Da Zizi eu teria de falar. Mas não ainda. Estabacos emocionais, estresses, depressões, para os que são capazes de tê-los, não são nem suficientes nem necessários para se fazer um câncer. O estabaco sozinho não produz câncer. E a pessoa pode ter câncer sem ter o estabaco. Mas são determinantes. Se a pessoa tiver outras condições de desenvolver um câncer algum dia e de repente sofrer um estabaco emocional, um estresse, uma depressão, ela terá o câncer. Sem estabaco, estresse, depressão, talvez nunca o tivesse.

Também não falo do gesto de Zizi. O braço esticado, o olho no meu olho, o sorriso quase imperceptível na cara.

4.

Não sei como começou. Não que estivesse fora do assunto, imagine. Acho que a morte de Aleksandra está um pouco por trás de qualquer assunto que um de nós, um de nós daquela época, venha a falar. Mas Zizi descrevia de forma específica. Bem vívida. Apontava, no ar da madrugada em Copacabana, a janela da cozinha de Molly, fazendo com as mãos o contorno, o quadrado da janela. E aí ela diz:

"Foi quando Aleksandra começou a cair e eu tentei segurar."

Primeiro, ela não poderia saber que tenho o broche de Aleksandra no meu armário. Até aí tudo bem. Mas, pelo visto, ela também não sabia que Molly tinha tido, tinha ficado com o broche que Aleksandra usava naquele dia. Que, portanto, foi Molly quem tentou segurar Aleksandra quando ela se deixava cair da janela.

Aí também pode haver alguma explicação. Zizi pode não estar mentindo ao me falar isso, ela de fato tenta segurar Aleksandra da janela, é ela quem rasga o tule velho ao fazer isso, é ela quem fica com o broche na mão. Que larga, horrorizada, no chão, assim que Aleksandra desaparece da janela. E Molly apanha o broche, junto com a foto, do chão, depois. Em um gesto que ela não acompanha.

Poderia ser.

Mas agora vem o principal. O gesto. E é importante que eu diga que quando Zizi falava isso eu não estava particularmente interessada em seus gestos, ou mesmo palavras. Acho mesmo que tentava olhar para longe, para o mais longe que desse, para baixo, para qualquer coisa que não fosse ela. Provavelmente eu olhava o nada, que é o que sempre olho. Mas dessas coisas que a gente vê sem querer, vê sem ver, vê porque passa num canto de olho, porque bem na hora calha de a pessoa virar a cabeça e olhar, escutar.

O gesto, o braço que Zizi estica enquanto fala faz um movimento, não de quem puxa para si, mas de quem afasta de si. E ela estica o braço, empurrando o ar e tem a mão espalmada de quem empurra o ar.

Zizi não tentou segurar Aleksandra. Zizi empurrou Aleksandra.

E aí também tem muita coisa. Porque penso nisso desde que voltei do Rio, penso sem parar. Porque não é só o gesto. Zizi tem uma cara estranha quando fala isso, me olha muito firme enquanto fala. E isso também é dessas coisas que você vê quase sem ver, por acaso. Acho que eu fazia um movimento qualquer de cabeça. Já disse, eu tentava olhar para longe, para longe daquela época, do apartamento de Molly, Pedro na escada, infeliz, mas próximo de mim, eu, sem nem perceber, desejando que ele ficasse infeliz para que continuasse próximo de mim, Zizi e seus ridículos que depois me faziam falta, que depois percebi gostar, e Aleksandra. É claro que eu olhava para longe, procurava olhar para longe. Então, devo ter visto que Zizi olhava fixo para minha cara meio que por acaso. Provavelmente meus olhos passaram

297

pela cara dela, varrendo o ar, e perceberam, com surpresa, a expressão dela. Deve ter sido isso. Mas vi. E a expressão dela era consciente. Ou seja, ela fazia o gesto de quem empurra, e não de quem segura, conscientemente. Me mostrava o gesto. Queria que eu visse o gesto. Não foi sem querer. Não houve nada de sem querer naquele momento. Foi por isso que ela pegou um táxi e foi para a porta do local do evento num fim de dia, aguentando um trânsito de fim de dia, sabendo que ia para uma porta ficar lá, me esperando passar, sem poder entrar, sem convite para entrar. Ficou lá por sei lá quanto tempo, até que eu passasse. E ela me desse o cartãozinho, sem nenhuma garantia que fosse de fato conseguir me ver passar, sem nenhuma garantia que eu, cartãozinho na mão, topasse me encontrar com ela. Mas foi. E se foi, era porque era importante para caralho.

Então a pergunta é o que era assim importante para caralho.

Claro, uma vingança. Sabia e sempre soube, digo, não naquele dia da festinha da casa da Molly, da queda de Aleksandra de uma janela da cozinha. Mas logo depois. Soube que era eu a tua amante, e não Aleksandra. Então queria falar comigo como uma espécie de vingança. Queria me dizer que o câncer, quem o provocou tinha sido eu. E você. Queria olhar bem para minha cara, ela com a cara dela, a cara dela sempre enlevada — espiritual, diria ela —, queria olhar bem, com a cara dela, para a minha, e ver como era para mim ela me contar do câncer, dos detalhes do tratamento, de como era para ela ter um câncer. Eu espelhando como era ter um câncer. E como eu ficaria.

Pode ser.

Pode ser mais. Queria ver como eu ficaria, mas queria impedir que eu tivesse pena, não poderia suportar o papel de vítima. Entendo bem. Sou igual. Então, queria que eu soubesse disso, queria fazer comigo o que faço com você: me impedir, como eu impeço você, de passar ao largo, me impedir de olhar ao longe, de fazer um ahn, ahn bem-educado e seguir em frente. Queria me fazer parar. E afundar. Mas sem pena. Então, o que ela estava me dizendo com seu braço tão bem ensaiado no gesto de empurrar era que, o.k., ela, babaca a mais não poder, tinha feito um câncer porque se viu traída por quem ela confiava. O.k. Mas ela não era assim tão indefesa e babaca, ela podia ser perigosa. Nesse caso, o braço esticado no empurrão do ar que ficava em cima de uma mesa de lanchonete em Copacabana em uma noite de verão, estava dizendo: cuidado, posso ser perigosa. Não sou uma vítima. Posso ter sido. Mas não sou. Eu também posso machucar.

O gesto de empurrar foi feito em minha direção. Era eu, no ar em cima da mesa, que ela empurrava sem me tocar. Me dizia que, se quisesse, me faria mal. E era verdade. E ela me fazia mal. E ainda que não quisesse, me faria mal.

Foi bem depois, foi mesmo quase agora, digo neste momento mesmo em que escrevo, e que está por trás do motivo mesmo de eu escrever o que escrevo, foi tipo agora que me veio na cabeça, se instalou na minha cabeça, o que de repente é a verdade, que não vi porque não é só Pedro que não viu a verdade sobre Aleksandra, não é só Molly que não viu a verdade de dona Tereza.

Um afeto.

Zizi me empurra no ar daquela madrugada de Copacabana, me diz que não é uma santa a ser chorada. Me empurra para a frente.

Como é que hoje faço o filme:

Eu nem sabia na hora, mas você, sim, que Zizi já estava no apartamento de Molly desde cedo. Quando entro, depois de tudo, nem vejo Zizi sentada no sofá, nem consigo ver. Só depois de alguns minutos.

O combinado entre você e ela era você ir pegar tua moto na Escola de Dança e voltar para tua casa. Pegar Zizi e ir com ela na festinha do apê de Molly.

Zizi cansa de esperar. Você de fato se atrasa. A moto não estava lá, você briga com o garagista, tem de caçar um táxi, demora para chegar de volta. Zizi sai, irritada. Não só com teu atraso, mais um dos teus atrasos. Mas Zizi cansa do papel de esposa boazinha esperando o marido chegar em casa para saírem juntos. Zizi cansa de você. Afinal.

E sai.

Vai sozinha para a casa da Molly. Onde, claro, chega antes de você. Chega antes de todos. Quando sento naquele degrau de escada, achando que na casa da Molly teria só a Molly e todas as dificuldades que eu tinha com Molly, Zizi já está lá.

O resto é mais ou menos tudo que eu já sabia ou intuía. Digo, na parte factual da coisa.

Menos o broche.

Porque posso, eu como todo mundo, nunca conseguir ver esses afetos de beira de cena, que nunca são de fato ditos ou ouvidos ou percebidos, por quem os oferece e por quem os recebe. Não recebe.

Então, digamos que quem agarra o broche seja de fato Zizi, não Molly.

Zizi, Aleksandra já uma ausência, um buraco negro dentro do buraco negro de uma janela aberta, fica com o broche na mão.

Molly precisa abrir os dedos de Zizi um por um e tirar o broche da mão dela fazendo força. Faz isso no espaço de tempo entre eu, lá fora do apartamento, nos degraus de uma escada que inicia sem que eu saiba uma nova existência para sempre vazia, ver o colchão que cai, entre o espaço de tempo entre eu ver isso e a chegada de um elevador com pessoas, pouco acima da minha cabeça. Nesse espaço de tempo Molly pega o broche.

A foto de Aleksandra com o vestido de noiva já está no chão. Ela largou no último segundo, a mão talvez tentando segurar um batente. Ou ela jogou no chão, com raiva de Pedro. Ou a foto cai sozinha no chão, Aleksandra olhando para a foto, inútil, no chão, um lixo, no chão. E decide que chega, e se deixa cair para trás.

Não sei e tanto faz.

Nada acontece, o mundo parado, inexistente, um vácuo sem nada por um minuto, uma eternidade. Aí Molly se mexe. É a primeira a se mexer. É sempre a primeira. Pega o broche e pega a foto do chão. Guarda. Força Zizi, que está ainda catatônica, a sentar no sofá da sala. Molly nunca se aproximou daquela janela. Nem antes nem depois. Nunca se debruçou para olhar Aleksandra lá embaixo. Ela força Zizi a sentar no sofá. Fica na frente dela, alerta, para que ela não saia do sofá, para que se comporte conforme deve se comportar em uma circunstância como aquela. Fica lá, atenta para que Zizi se mantenha sentada, uma visita sentada no sofá. Já sumiu com a foto e o broche na gaveta mais próxima. E fica aguardando os acontecimentos enquanto, com a mão, acaricia a curva da estante. Aí então chegam as pessoas, você, os gritos e o resto todo.

Porque não é o que Zizi conta naquela noite no bar de Copacabana, mas como ela conta.

São coisas difíceis de descrever em palavras. São sons, gestos. Coisas sutis, uma expressão, uma entonação de voz. São coisas difíceis de serem valorizadas em uma vida, tanto por quem emite quanto por quem deveria receber o que se emite.

Aleksandra está apoiada na janela. Zizi intui que ela vai se deixar cair de costas, depois de ouvir a gargalhada de Molly.

"Foi quando Aleksandra começou a cair e eu tentei segurar."

E me olha.

Zizi fala isso e repete o gesto que diz ter feito naquele dia da festa do apê de Molly. Zizi fala e repete o braço esticado, a mão espalmada.

A mão espalmada que não tem dedos que se curvam, que tentam agarrar algo ou alguém. Não. A mão espalmada que tem os dedos espalmados de quem empurra. O braço esticado num rompante, o braço esticado de quem empurra.

Ela fala e me olha para ter certeza de que estou prestando atenção em seu gesto.

Então, o que ela está me dizendo nesse momento em que fica em silêncio, apenas me olhando, é que nas suas palavras ela tentou impedir Aleksandra de cair, mas que eu devo prestar bem atenção no gesto porque o que ela fez foi empurrar Aleksandra.

Na hora não acreditei nem por um minuto. Continuamos falando, curtindo o ar de maresia, a temperatura amena da madrugada, o ambiente de uma rua de Copacabana tão cheia de gente a qualquer hora do dia ou da noite. Era tudo tão bom. Levei uns minutos para processar o que se passava ali na minha frente, para entender que ela estava atuando uma cena na qual eu devia acreditar, não porque fosse verdadeira, mas porque não era.

Me disse então e ainda digo hoje que sei o que ela estava fazendo naquela hora e que, mais uma vez, ela tinha toda a razão. Não queria ser vista como vítima. Estava me dizendo que não era vítima. Que podia ser, inclusive, muito perigosa quando ficava com raiva. Que eu e você a termos feito de vítima não era aceitável. Que ela, apesar do carcinoma ou por causa disso mesmo, não aceitava ser vítima.

Deve ter treinado o gesto, repetido. Deve ter ensaiado a cena. Deve ter esperado muito uma oportunidade para me encontrar. Ou a você.

Mas tem um porém.

Quando Zizi vê, naquele dia da festa na casa da Molly, a foto de Aleksandra vestida de noiva, o que ela vê é a amante do marido — quem ela flagrou pouquíssimo tempo antes em gesto amoroso num café no Leblon — fantasiando um casamento de mentirinha, um casamento de escárnio, um duplo desprezo. Ela, desprezada como tua mulher e desprezada por ser uma mulher babaca que casou de véu e grinalda, ridícula.

Já de volta ao hotel, depois, decido o seguinte, eu cheia de bolo na boca para não poder dizer nada, vomitar nada: que não sei se foi ela ou Molly quem tentou impedir a queda de Aleksandra e ficou com o broche na mão. Mas decido achar que Aleksandra deixou-se cair. Empurrada não por dedos mas por sons, o da risada de deboche de Molly. E na hora ainda acrescento detalhes inúteis, que são sempre os melhores. Me pergunto se a risada não foi compartilhada, Zizi também rindo, cega de raiva de Aleksandra. E de Molly. Ela ali, na casa de uma pessoa (eu) que ela conhecia pouco, esperando por um você que ela descobria mal conhecer, na frente daquelas duas mulheres que ela achou serem completamente diferentes dela.

(E que não eram, embora não sei se Zizi algum dia pensou nisso.)

E, ao lado disso, tive esse outro pensamento a ser completado um dia, quando der, se der. E que é sobre Molly.

Esse pensamento, o dos afetos fugidios, os que ninguém nota, nem quem os oferece, nem quem os recebe, não recebe.

Então faço um parêntesis.

Molly pega o broche e a foto do chão. Ou estava com o broche na mão, já, não importa. A foto, manda para Pedro depois, bem depois, ele já em Paris. O broche, guarda. Nunca fala nada para ninguém. Porque Molly nunca falou nada para ninguém a respeito daquela noite. Nunca. E acho que ela sabia de mim e de você, como sabia de tudo e de todos, sempre. Como sempre soube o que eu ou Pedro escondíamos dela, cochichando alto na escada. No nosso caso, de mim e Pedro, ela sabia porque queríamos que soubesse. Então sabia. Mas no nosso caso, de mim e de você, sabia porque sabia.

Na verdade não lembro, de fato, de ter me esforçado muito em esconder dela que eu tinha um caso com você. Mas então ela pega broche e foto. Controla Zizi no sofá. E faz isso para me proteger. Proteger o meu segredo de polichinelo. Uma coisa assim, de mãe. Um amor de mãe. Um afeto que nunca vi na nossa vida, a minha e a dela, sempre corrida, dinheiro, trabalhos, eu tão pouco filha, eu a que dividia um apartamento com ela, eu, que a ajudava a criar um menino, o Pedro.

Decidi naquele primeiro momento em Copacabana não acreditar no gesto de Zizi. Decidi achar que era ela precisando me dizer que não aceitava o papel de vítima que eu e você tínhamos destinado a ela. Só isso.

Mas depois pensei naquela outra hipótese. Zizi de fato tendo empurrado Aleksandra, a amante de seu marido vestida de noiva na sua frente. E seu gesto, ao me contar da morte de Aleksandra, não foi vingança, não foi recusa ao papel de vítima. Foi de alguém precisando me dizer que precisava de alguém que a desculpasse. Precisava dizer que ela, sim, empurrou Aleksandra e que ela precisava de alguém que a desculpasse. E só existia um alguém no mundo que podia fazer isso, e esse alguém era eu. A pessoa para quem ela não teria de explicar nada, contar nada, porque já saberia de tudo.

Zizi estava bem naquele dia de noite em Copacabana. Animada até. Ia afinal estrear um espetáculo. Me deu o convite impresso. Não mais o "Vestido de noiva" do Nelson Rodrigues. Mas o espetáculo de dança com coreografia desenvolvida por ela a partir do poema de Mary Elizabeth Frye.

Título: "Não chore à beira do meu túmulo, eu não estou lá".

Deveria ser alguma coisa com bailarinas correndo no palco, de lá para cá, gestos lentos e expressivos, capas esvoaçantes vermelhas. Olhos para cima, braços para cima. Acho que sim. É o mais provável. E eu zombaria e acharia bonito ao mesmo tempo. Diz, naquela hora, que se o espetáculo viesse para São Paulo para eu ver. E acrescentou: "Não precisa me dizer que vai. Só vai." Falei que ia. Não fui. Não veio. Depois nos despedimos. E virei de costas, os olhos cheios d'água, o dia lindíssimo.

Hoje de noite você vai picar coco, manga, um pedaço pequeno de peito de frango grelhado, e misturar com ração. O cachorro vai comer quase tudo mas não tudo, porque sempre deixa um pouco para a ceia, que é quando vai dormir. Aí come o resto e dorme.

Depois de dar a comida para ele, você prepara a tua, que é coco, manga, um pedaço maior de peito de frango e uns tomates. A minha já vai estar preparada desde antes, desde o fim da tarde. Coco, manga, peito de frango, tomates. Mas sou a única dos três a separar o que é salgado do que é fruta. Vou dizer que preparo antes porque não gosto de coisas geladas. Mas é porque faço mesmo tudo antes, ou depois.

Não vamos ter um encontro. O bum. Nunca tivemos. Não vai haver a conjuminância cósmica, uma coincidência de estares. Nunca houve. Vamos compartilhar um espaço, um lugar nenhum, um lugar comum. Tua casa tem móveis que vieram de parentes já falecidos, de amigos que se mudaram, gente que foi para um apartamento menor e deixou com você o sofá grande demais, uma mesa para oito pessoas. O apartamento está à venda há anos. Você de vez em quando fala que vai dar uma prensa no corretor, que viu um menorzinho não sei onde que seria o ideal para nós. E depois esquece o assunto. Eu, de minha parte, fiquei de ver, entre as pessoas que conheço, se consigo alguém para alugar teu quarto vago, que é o plano B. Desse modo, sala, escritório, cozinha e máquina de lavar seriam o que já quase são: um espaço público, que frequentaremos com roupas adequadas, de tênis e meia desde as primeiras horas da manhã, onde não falaremos assuntos particulares em voz alta, a porta da rua podendo se abrir a qualquer momento para um não nós, um inquilino que já está lá desde sempre, nos móveis, ou dentro de nossas cabeças. E, caso eu consiga alugar o quarto, pela primeira vez haverá lá uma presença, uma presença em carne e osso no quarto vazio que nunca esteve de fato vazio.

Nada de novo.

São assim desde que nos conhecemos, esses nossos lugares em comum. Contêm uma certa cerimônia, um tentear de climas e gestos do nosso mútuo não ser, não estar. Nossa convivência. Quanto a um eventual futuro pouco provável inquilino, ele servirá mesmo assim para nosso propósito, ao não existir. Também ele. Um fantasma a já definir, não sendo, o que também não é: a sala. Ele no quarto, a sala viraria outra. Permitirá, permitiria, não sendo, não existindo, que o resto seja como é, salas não nossas. É como gostamos. É como conseguimos ficar, sejam quais forem essas casas que não consideramos nossas.

As coisas que nos cercam têm uma história, mas que não é tua, nem minha. Nós é que fazemos parte da história dessas coisas e pessoas que vão embora. Ao primeiro sinal de que alguém gostou, damos as coisas. E eles seguem, esses objetos, agora acrescidos com uma marca de dente de cachorro, um arranhão qualquer. Damos nossas coisas sem problema. Não nos importamos com elas.

Tenho um exemplo. A madeira curva da estante que foi da dona Isaura e, depois, de Molly. Na morte da Molly você insistiu para que levássemos a lateral da estante conosco. Nela, a marca ausente da mão de Molly, de todas as vezes que Molly, parada ao lado, passava a mão na curva da estante, buscando uma dona

Isaura, o afeto barulhento, gargalhante e brusco de uma dona Isaura, buscando esse afeto tão pouco afeto, no silêncio e no gesto quase invisível de tão pequeno, de uma mão que toca a curva de uma madeira.

A despacharíamos por transporte rodoviário, você disse. Não quis. Imaginei como seria essa terceira edição da dona Isaura no meio da tua casa. E achei que ia ser de uma tristeza sem fim. Eu, a olhar para aquela madeira, presa em um ambiente que não era o dela. Nem meu. Ou pior, outra pessoa, um quase desconhecido a olhar para aquela curva suave. Sem ver. E essa outra pessoa poderia ser você. Você a olhar para aquela madeira curva e suave. Uma dona Isaura que você não conheceu, ali, presa num zoológico, algemada ali, na curva da madeira. Uma Molly, ali, parada, a lembrar, no tato buscado da palma da mão, a pouca ou única gentileza vivida por ela, e ainda assim disfarçada, embaixo dos palavrões, das risadas de voz grossa. A mão de um fantasma, mais um. Aí não quis. Mil vezes os objetos que não me dizem respeito.

São eles que me permitiram estar com você até hoje. E acho que é o que você de fato gosta em mim, uma minha não presença.

Hoje você disse, no almoço do restaurante do shopping: "Hoje, andando na rua, escutei a conversa de uma mulher."

E o que a mulher falava era que ela havia tentado ligar para o celular do marido sem conseguir. E que você lembrou das vezes em que, indo se encontrar comigo no motelzinho de Copacabana, deixava de propósito o celular na gaveta do escritório, para depois ter a desculpa de que tinha esquecido o celular, caso Zizi ligasse. E que não deveria ter sido assim. Que você deveria ter se separado simplesmente.

E o fato de você dizer isso me acalma. É um assunto que não mais está escondido, não mais uma pedra empurrada para um fundo de armário. É algo que nós dois, então, carregamos. E, então, respondendo ao que me pergunto todos os dias, acho que sim, que hoje conseguimos estar bem e que podemos ficar bem. Acabamos que conseguimos. Olhando poças, o cachorro, estamos, sim, em um lugar comum. Nos dois sentidos. O de banal e o de compartilhado. Meu próximo plano é arranjar um trabalho. Não tenho ideia ainda do quê. Pode ser com cuíca. Um filme A. Não vou me incomodar. Não estou mais considerando tão importante muito do que eu considerava importante. Está bom o sol. Bate na rede que tem perto da janela do teu quarto, como batia em quartos de hoteizinhos, quando eu dava sorte. Isso é mais ou menos tudo.

Tenho o aluguel da Domingos de Morais e mais meio aluguel no apartamento que foi da Molly. Vou ficar no sol por um tempo. É um outro dia lindíssimo.

E ao falar isso volto a me lembrar da Zizi em nosso último encontro. Izildinhas. Eu, uma delas. Fui. Não tenho saudade de absolutamente nada da minha vida. Acho que de uma escada. Talvez. Só.

E ponho isso por escrito porque acho que posso não estar aí, presente, para te falar. Você e o cachorro, minhas frases na tela do teu computador, na tua frente. Porque pode ser que eu não esteja. Ou sou eu, que me obrigo a deixar essa possibilidade sempre aberta. E indo, vou devagarinho, num canto de cena, você nem percebendo na hora, quase sem perceber, comendo, passeando e eu, neste instante mesmo, indo.

ESTA OBRA FOI COMPOSTA EM ELECTRA PELO ACQUA ESTÚDIO E IMPRESSA
PELA GRÁFICA BARTIRA EM OFSETE SOBRE PAPEL PÓLEN SOFT DA SUZANO PAPEL
E CELULOSE PARA A EDITORA SCHWARCZ EM AGOSTO DE 2014